Hans Leip

Am Rande der See

Geschichten von der Wasserkant

Husum

Umschlagbild: Reimer Riediger, „Alexandra II“, 1970/72

CIP-Kurztitelaufnahme der Deutschen Bibliothek

Leip, Hans:
Am Rande der See : Geschichten von d. Wasserkant /
Hans Leip. – 2. Aufl. – Husum : Husum Druck- und
Verlagsges., 1987.
(Husum-Taschenbuch)
ISBN 3-88042-006-8

2. Auflage 1987

Gesamtherstellung: Husum Druck- und Verlagsgesellschaft,
Postfach 1480, D-2250 Husum
ISBN 3-88042-006-8

Am
Rande
der See schien
manches voll Liebreiz,
doch nie war das Schreckliche fern.

Ein Leuchtturm wird frisch gestrichen

Als der Holunder zu blühen begann, roch der ganze Deich nach Schnaps und Brot. Es war Juni, und die Mädchen, die gegen die untergehende Sonne lustwandelten, waren trunken von der blühenden Luft. Sie alberten mit den weidenden Lämmern und winkten übermütig den großen Dampfern nach, die in der Breite des Stromes nach Westen in die Welt verschwinden, und auch den weißen Jachtseglern, die sonntags fernab kreuzen und selten auf den Gedanken kommen, bei dem einsamen Deichdorfe anzulegen.

Da geschah es eines Abends, daß ein sonderbares Boot quer über das Fahrwasser genau auf den Ort zuhielt, von einem winzigen Schlepper gezogen. Als es dem Ufer näher kam, wo es flacher wird, warf der Schlepper los und überließ das merkwürdige Fahrzeug seinem Schicksal. Es sah aus wie die Arche Noah, mit der die Kinder spielen. Die Strömung schob es sachte an die Steinböschung heran, doch keine Tiere traten heraus, sondern fünf schweigsame Männer, die mit Stangen nachhalfen. Der Deich ist hier mächtig hoch und beschreibt viele Buchten, und in die größte, wo oben die Mühle steht, bugsierten sie es hinein.

Die Dorfmädchen standen mit wehenden Röcken auf der Deichkrone. Die Männer schielten hinauf, aber vorerst ertönte noch kein Hallo; denn die nördlichen Herzen sind schweigsam und mißtrauisch von Natur. Erst als der Wirt zum „Schönen Blick“ ihnen den besten Liegeplatz hinunterrief, da erfuhr man, daß diese Männer den Leuchtturm frisch zu streichen hatten und vom Staate kamen.

Der Leuchtturm steht nicht weit von der Mühle hinterm Deich. Er ist hoch wie der Großmast eines Vollschiffes, weit höher als der Kirchturm. Seine einst weiße Farbe war in Wind und Wetter ergraut. Manche Leute erinnerten sich daran, wie vor vielen Jahren ein ähnliches Boot und ähnliche Männer gelandet waren, um den Leuchtturm zu streichen, und daß es den Sommer unruhig gewesen war im Orte, nämlich zum Schluß hatte ein Mädchen namens Berta ein Kind gekriegt, man wußte nicht von wem, auch war eine Frau nicht weitab in der Marsch geschieden worden, und eine andere war nach Hamburg gezogen, Ottel

Reem hatte ein Auge verloren, und Pümpel, der mit dem Brotwagen, hatte einen ausgerenkten Daumen seitdem.

Die Männer verankerten das ungefüge Boot nach allen Seiten. Man sah, sie gedachten ihre Zeit zu bleiben. Eine schmale lange Planke wurde vom Bordrand auf die unteren Deichsteine gelegt, und das war die Verbindung bei Flut und bei Ebbe. Wie ein ordentliches Haus, so groß war das Boot. Das obere Stockwerk erwies sich, als das Persenning weggezogen wurde, aus aufgepackten Leitern bestehend. Die Männer gingen daran, packten ab und trugen ohne Hast eine nach der andern über die Planke, die sich jedesmal wie eine Hängematte bog unter der Last, schleppten Leitern, Tauwerk, Latten und Eimer den Deich hinauf, auf der andern Seite wieder hinab über den Wiesenweg an die Chaussee bis zum Leuchtturm. Der Leuchtturm ist um die Zeit des Jugendstils errichtet, eben nach dem Eiffelturm, doch nicht vier, sondern sechs Eisenstreben ragen in den Himmel und haben den Schwung eines Kleides unserer Mütter, als sie jung waren, und die mittlere Säule, darin eine Treppe emporführt, ist schlank wie eine Tänzerin vom Montmartre. Hoch oben ist die Laterne wie ein Kopf mit einem chinesischen Hut, und die Galerie darunter gleicht der Halskrause einer Pirouette. Eine etwas fremde, aber lustige Angelegenheit, solch ein Leuchtturm in dieser platten Landschaft, sollte man meinen. Aber die Männer rankten einen unlustig verkniffenen Blick daran hoch und senkten ihn wieder, spien saftig ins grüne Gras und fluchten über die große Arbeit, die ihnen bevorstand, obwohl sie hinterrücks im Gemüt froh waren, daß sie noch Arbeit hatten, wo andere damals nichts als trockenen Karo schoben.

Somit stiegen zwei im Innern hinauf und nahmen die längste und stärkste Leine mit, ließen sie von der Galerie herab und hievten eine Leiter empor, und der eine kletterte dort oben in schwindelnder Höhe unangeseilt übers Geländer und hielt sich mit einer Hand und befestigte die Leiter mit der andern unterm Boden der Galerie, wo extra Haken dafür sind, und schwang sich auf die Sprossen, sprang sozusagen in die freie Luft, stieg bis zum unteren Ende der Leiter und pendelte damit hin und her, bis es richtig lag, und band es fest. Dann kletterte er wieder hoch und tat mit der nächsten Leiter das gleiche und so fort an allen sechs Streben rundherum an der Galerie. Vielleicht hätte man auch vom Turmfuß aus beginnen können, aber der Meister hielt es für richtig, seinen Leuten von Anfang an ein Vorbild zu sein und die Nerven abzuhärten wegen des Schwindelgefühls, jetzt, da sie noch nüchtern von zu Haus und aus dem Winter kamen; denn es war der erste Leuchtturm, den sie dieses Jahr zu streichen hatten. Und er tat es auch, um den Dorfbewohnern, die unten mit Herzklopfen zusahen, wahren Mannesmut zu zeigen.

Als der Leuchtturm nun ganz eingekleidet war in Leitern und Mannshöhe über Mannshöhe dünne Sondergalerien aus Latten und Bohlen in die Sprossen gehängt waren, da zogen vier der Männer schneeweiße Kittel an, setzten grüne Schutzbrillen auf, rührten ungeheuer viel Bleiweiß an und begannen zu streichen. Früh um sechs stiegen sie, den Pinsel zwischen den Zähnen, den schmalen schwankenden Leiterweg gen Himmel, an fünfzig Meter hoch, links und rechts weiter nichts als Luft, und in der Entfernung von unten schrumpften die Sprossen zusammen, als sei es nur ein Strick. Der fünfte Mann blieb an Bord. Er war der Schiffer und sorgte auch fürs Essen.

Nachdem nun die oberen zehn Meter in purem Weiß prangten, wurde ein Kübel kräftiges Rot angesetzt. Denn diesmal sollte der Leuchtturm der besseren Kennung bei diesigem Wetter wegen nicht in eins weiß heruntergestrichen werden, sondern von der Galerie abwechselnd je vier Meter rot und weiß. Das tat zugleich der Würde Hamburgs Genüge; denn es führt diese Farben im Wappen und hat die Aufsicht über die Befeuerung des Fahrwassers bis in die See hinaus. Die Maler nun, wenn sie von den Gerüsten stiegen, sahen bald aus wie Metzger am Schlachttag oder wie Chirurgen nach gefährlichen Amputationen; läßt sich doch ein gelegentlicher Spritzer schlecht vermeiden, wenn die Sache flutschen soll. Und die Mädchen gruselten sich.

Solange die Arbeit noch so hoch war am Leuchtturm, ging alles friedlich zu im Dorfe. Punkt zwölf und Punkt achtzehn schritten die vier weißen Männer, die grünen Brillen in die Stirn geschoben, im Gänsemarsch zu ihrem Hausboot zurück. Dort rauchte der Schornstein, und der Koch brachte kräftige Sachen auf den Tisch, doch mit dem Gewürz war er sparsam, um den Durst und die Laune nicht zu reizen. Am Sonnabend kam der kleine Schleppdampfer und brachte die, welche verheiratet waren, in die Stadt, und der Meister, der unverheiratet war, besuchte seine Mutter auf der anderen Seite des Stromes. Nur einer blieb immer als Wache an Bord zurück, und saß auf der beschränkten Plattform bei dem kleinen Anbau, obschon es dort nicht am lieblichsten roch, und las alte Zeitungen und die Bücher, die der Pastor des Ortes zur Ablenkung aufs Boot geliehen hatte, gähnte und stopfte seine Socken, und die Blicke, die sich von und zu den Mädchen spannen, die in rosa und blaßlila Sonntagskleidern auf dem Deich hin und her gingen, wurden allgemach geneigter.

„Das sind andere Leute als damals!“ sagte der Wirt zum „Schönen Blick“ und sah seine Frau aus tiefen Augenwinkeln an, weil sie Berta hieß und das Kind jetzt seine Tochter war und abends auf dem Deich spazierenging und neugierig war auf die Männer, die den Leuchtturm strichen, genau wie ihre Mutter es gewesen vor achtzehn Jahren.

„Warten wir ab!“ antwortete die Wirtin, und ihr Doppelkinn lächelte böse aus der Erinnerung hervor. „Die sind noch nicht fertig, die Kerls! Aber an Meta kommen sie mir nicht ’ran!“

Meta, das war die Tochter. Der Alte muschelte, da wäre denn ja auch wohl nicht so viel Mitgift bei den dreckigen Zeiten wie dunnemals, um jemand Unschuldigen damit zu angeln und ihm ein Lokal zu kaufen. Vielleicht würde es für einen Brotladen reichen, meinte Meta da spöttisch; denn sie war ein schon selbständiges Kind, wie die heutige Jugend ist, und riskierte ein offenes Wort. Damit war der Punkt vorerst erledigt, und die Eltern sprachen davon, daß man das Lamm, das den Deich abgraste, bald schneiden müsse, damit es ruhiger werde und fetter im Fleisch.

Die Witterung hielt sich einigermaßen den Sommer. Wenn es regnete, blieben die Maler anfangs an Bord und hauten sich in die blaugewürfelten Betten. Das sah wirklich nicht nach Störenfrieden aus. Die Wirtin zum „Schönen Blick“ atmete einesteils auf, andernteils jedoch hatte sie schon mit einigem Verdienst an diesen Brüdern kalkuliert, wo alles zurückging im Geschäftsleben. „Wart man ab“, sagte ihr Mann, „sie kommen noch.“

Und richtig. Als die Männer über die Mitte herunter waren und nicht mehr so lerchenhoch saßen, wurden sie kühner. Der Holunder hatte ausgeblüht, die Beeren waren grün, und auf den Bänken, die schief vom Wind auf der Deichkuppe in die Büsche gedrückt stehen, saßen abends bei Mondschein die Mädchen und sangen zweistimmig. Die vier, fünf Leute aus dem dicken Malerboot wandelten auf dem Deich einher, und sie hatten einen leichten Schritt, fast wie die vornehmen Segler der Jachten, die nur notgedrungen bei schlechtem Sturm den Ort anlaufen. Sie blieben bei dem angepflockten Bockslamm stehen, das war ganz in der Nähe der Mädchen, und die Mädchen schwiegen plötzlich. Aber nach einer Weile, da die Männer sich mit dem Tierlein herumbalgten und sich komisch machten, kicherten sie allesamt, und eine ließ eine Bemerkung entschlüpfen über große und kleine Böcke; das war Meta, die Tochter zum „Schönen Blick“. Nunmehr war bald Unterhaltung genug im Gange. Jedoch als es dunkel wurde und der Leuchtturm sein Licht anzündete, gingen die Männer die Deichtreppe hinunter in die Wirtschaft. Sie hatten in den soliden Wochen viel Geld gespart, es wurde allmählich langweilig, und die Arbeit war jetzt leicht und es war kein Grund mehr, nicht tüchtig einen zu heben.

Und je mehr der Leuchtturm seiner Vollendung entgegengedieh, desto mehr kitzelte ihnen das Geld in der Tasche. Im „Schönen Blick“ spielte jeden Abend das Grammophon und im Gasthaus „Zur Fähre“ das Radio, und im letzteren war nun sonnabends und sonntags Tanzkränzchen, den Leuchtturmmalern zu Ehren, und diese ließen den wöchentlichen Schlepper zumeist leer wieder wegfahren. Von weit her kamen die Mädchen und jungen Leute, und um Mitternacht, wenn Polizeistunde war, johlte es noch lange auf der sonst so stillen Landstraße, und hinter jedem Distelbusch am Deich lagen die flüsternden Paare. Auf den Bänken aber beim Holunder saßen die Alten noch spät, wenn es die Luft erlaubte, und sprachen von den früheren Zeiten und was da alles passiert sei, als der Leuchtturm gestrichen wurde. Weiß und rot blitzte das Leuchtfeuer über den Strom und die weite Marsch. Und der Brotmann Pümpel reckte den steifen Daumen in den Mund und verschwor sich, sein Sohn solle sich nicht dazwischenmischen.

Sein Sohn steckte morgens die Rundstücke in die Beutel, welche zu dem Zweck an den Hausklinken des Dorfes hingen. Abends saß er im „Schönen Blick“. Er hatte es auf Meta, die Wirtstochter, abgesehen. Aber die Maler schienen das Grammophon auch mehr zu lieben als das Radio und die Tanzkränzchen; denn Meta hatte eine bestechende Art, ihnen die schäumenden Kugeln Helles hinzuschwenken, sie hatte stramme Beine und eine schlagfertige Zunge, und das Licht schien durch ihr dünnes Kleid. Dazu waren da seit kurzem drei Damen in „Penschon“, Damen aus der Stadt, wo sie in der Fabrik, die eine bei Puddingpulver, die andere bei Wollsplint, die dritte bei Kautschuk, tätig waren, sie hatten alle zugleich Ferien und waren befreundet und aus Gründen der Billigkeit in das gottverlassene Deichdorf geraten, wo es nicht einmal einen Badestrand gab. Dennoch liefen sie den ganzen Tag im Badeanzug umher, und die Maler kamen ihnen gerade recht und sie den Malern, so daß die weiteren Schönen des Ortes und das Gasthaus „Zur Fähre“ ins Hintertreffen gerieten. Bezüglich der Tochter Meta jedoch war es der Meister selber, der gewogen blieb. Die Wirtin sah es wohl, jedoch sie beschwichtigte ihr Bedenken, denn es war ja der Meister, der auch ein Motorrad besaß und fast aussah wie ein Kunstmaler und staatlich angestellt war. Damals war es der Meister ja nicht gerade gewesen. Sie betrachtete ihn abschätzend auf Schwiegersohn hin und setzte ihm in der Küche manch kaltes Huhn ohne Anrechnung vor, er war sanftmütig und spielte mit dem Wirte und mit Brotmann Pümpels Sohn Schafskopf bis spät in manche Nacht. Meta saß dabei und tat, als ahne sie nichts, und holte Bier aus dem Keller und goß Steinhäger ein und war freundlich zu jedem, der da kam. Oh, es war ein Leben und Treiben im Dorfe, und der Koch brachte dem Pastor die ablenkenden Schriften mit Dank zurück.

Die Fliederbeeren, wie man die vom Holunder nennt, wurden schwarz und reif. „Die geben gute Hitze!" sagte die Wirtin und lud den Meister zur Suppe ein. Aber auch die übrigen kamen mit; denn es war August geworden. Und Pümpels Sohn kam auch und auch Heinrich von der Mühle und etliche andere. Die „Penschonärinnen" jedoch waren schon wieder abgereist, ihre Ferien waren nicht wie etwa bei Lehrerinnen so groß.

Diesen letzten Abend war es anfangs recht still im „Schönen Blick", doch später machte der gläserne Stiefel die Runde und wurde oft geleert nach Handwerksbrauch, und Pümpels Sohn holte seine Harmonika, und man sang das Lied vom Pfannenflicker und tanzte mit Meta und untereinander, und Heinrich von der Mühle sagte, die Damen aus der Stadt hätten es auch wohl gut gekonnt, nun sei er an der Tour, und der Koch sagte, er habe auf „Friedrich dem Großen" gedient im Skagerrak und brauche sich das nicht bieten zu lassen, und Pümpels Sohn sagte, Meta würde sich mit keinem Kletteraffen einlassen, und die Wirtin sagte, ihr Haus sei ein reines Haus, und der eine Maler, der von den Maurern herkam und das Händeklatschen vorführen wollte, wie es zünftig ist, hieb jemanden versehentlich in die Fresse, und ein wenig später alarmierte der Wirt den Gendarm, und manches war danach trotzdem blau, zerbrochen, eingeknickt und ausgerenkt. Und dann wurde weiter Abschied gefeiert.

Der Meister und Meta waren dem Krakeel entronnen und saßen auf der Holunderbank, und sie weinte, sie habe sich schon drei Morgende übergeben. Da standen sie auf. Der Schafbock, der so munter gewesen war vor zwei Monaten, kaute träge im abnehmenden Mond und war den Tag ein Hammel geworden. „Dja", sagte der Meister trübe, und weiter sagte er nichts und verzog sich auf sein Boot, das schon wieder bepackt war mit den Haufen der Leitern, und seine Leute kamen um die Frühdämmerung ebenfalls, mitgenommen, sternhagelvoll, doch vergnügt. Hinter ihnen, verbunden und geschient, humpelten einige vom Dorfe und hofften giftig, daß die verfluchten Maler allesamt in den Bach kippen würden. Aber sicher wie die Engel glitten sie über den dünnen Plankensteg an Bord, obwohl er sich wie eine Sense krümmte. Um sieben Uhr kam der Schlepper und holte die Arche Noah wieder ab, um sie nach Bützfleth zu bringen oder zum Hungrigen Wolf oder wo sonst ein Leuchtturm zu streichen ist.

Die Deichflicker

Der Deich war schadhaft geworden. Es ist an der gefährlichsten Stelle des Stromes, schon nahe der See. Die Tiden nagen an der gewaltigen Böschung, die von Menschen aufgerichtet, die Marschen schützen sollen, das saftige Weideland, das tiefer liegt als der mittlere Wasserspiegel. Wenn der Mond wechselt und es Springflut gibt, dann klauben die Brecher dicke Granitblöcke aus dem Deich leicht wie ein Jungensdaumen die Rosinen aus dem Weihnachtsklöben.

Die Bauern schrieben an die Regierung. Es dauerte lange, aber eines Tages kam der Staatskommissar und beaugenscheinigte. Und als der nächste Frühling aufzog und der Schaden noch ein gutes Stück teurer war, kam die Sache denn in Schwung. Es war um die Zeit, da es der Landwirtschaft schlecht ging und die Weltmärkte die Erzeugnisse unter Preis lieferten. Somit waren die Bauern froh, bei der Deichflickerei anzuhaken, wenn sie es auch früher verachtet hatten. Gewiß, in einer verschollenen Großväterzeit hatte jedermann einst kostenlos am Deiche mitzuarbeiten gehabt nach dem harten Motto: Wer nicht will dieken, mutt wieken. Heute jedoch, so deuchte es ihnen, wäre es noch schöner gewesen, dem Staate, der seine Steuerblutegel an jedwede Beutelfalte legte, für nichts und wieder nichts untern Arm zu fassen. Und man nahm den sauren Lohn des Arbeitsmannes ohne viel Dank als selbstredend hin. Und sie sprachen obendrein davon, daß es anders werden müsse, und daß die zu Neumünster es bloß man zu dummerhaftig angefangen hätten.

Nun wurden erst mal die Ruinen der alten Steinsetzung entfernt. Der Deich ist hier hoch wie ein vierstöckiges Haus in der Stadt und sah in seinem unteren Teile aus, als hätte die polnische Marine ein Übungsschießen darauf abgehalten. Die Löcher waren muddig voll Brackwasser, und wenn man die noch vorhandenen, von Tang und Algen schlüpfrigen Blöcke zu je vier Mann hochböhrte, schlängelten sich grüne Glasaale darunter, und auch an Wollhandkrabben war kein Mangel. Danach kam eine Schute voll schlanker Kiefernstämme, die man zu mannslangen Pfählen zersägte und sie unten zuspitzte und in den gehörigen Abständen zu niedrigen Palisaden verrammte. Und der Deich roch würzig nach den Heidewäldern, deren sanfte Wipfelbögen man dünn über das ferne andere Ufer blauen sah. Sodann kamen Ewer mit Bauschutt, der von staatlichen Gebäuden stammte, ebenso wie auch die Kiefernstämme von der Regierung kamen, und weil alle sozusagen an der gleichen Kuh sogen, überstürzten sich die Bauern nicht mit der Unterschüttung und dem Glätten der Löcher. Auf der Deichkrone stand ein Maler, der aus einer bessern Gegend her verirrt schien, dem Anzug nach. Und er malte die „Arbeit" und setzte seinen Ehrgeiz in große Bewegungen. Peter Kleuden aber sagte, er störe seine Ziege, die da auf dem grünen Teil weidete, und sah es sich an, schüttelte den prallen Kartoffelkopf, schneuzte sich durch zwei Finger und wischte mit dem roten Flanelltuche nach. „So scharp wird nich arbeit' bi de Regierung!" äußerte er mißbilligend und steckte die Ziegenkette ein paar Schritte weiter weg, und seitdem gilt Kunst hier weniger denn Stiefelwichse.

Dann aber kam der Schiffer mit den Steinen, und der wurde pro Ladung entlohnt. Darum hatte er es eiliger als die anderen. Sein langes Fahrzeug hatte nur einen Mast, der war aber stämmig genug, um mit dem angehievten Schotbaum einen kräftigen Kran abzugeben. An der Nock wurde ein vernünftiger Flaschenzug befestigt, und das Windetau hatte keinen einfachen Haken, sondern eine gewaltige Zange, mit der wurden die großen Steinblöcke erfaßt und schwebten aus dem Schiffsbauche empor, drehten sich schwerfällig in der Luft und wurden niedergelassen auf den einrädrigen Schubkarren, der da schon wartete. Und der Bauer, dessen Karren es gerade war, warf einen abschätzend finsteren Blick auf das feuchte Ungeheuer, das scharf nach verwesendem Seeschleim roch und nach der salzigen Tiefe, aus der es der Schiffer gefischt hatte, und spuckte in die groben Fäuste, schob den Gurt über den Nacken, ergriff die Karrendeichseln, drückte das Kreuz durch und schob bedächtig die jankende Last an Land über die schmalen verwetzten Bretter, die von der Schiffsluke über Bord auf ein paar zitternden Absteifungen an den Deichfuß und die Böschung hinanführten. War er an die Stelle gelangt, wo die Steine benötigt wurden, ließ er mit grunzendem Laut den von der Anstrengung verpreßten Atem entfliehen, die Karre neigte sich zur Seite, und der Stein purzelte heraus.

Es hat gar kein Tempo! knurrte der Schiffer: In drei Tagen müsse der Kahn gelöscht sein. Die Bauern grinsten hämisch. Und auch Peter Kleudens Ziege meckerte herab. Sie war von der gelbschwarzen Sorte und hatte ein Gesicht wie der Leibhaftige. Die Bauern achteten dessen nicht, aber dem Schiffer war es sonderbar. Er war ein langer dürrer Mann mit einem Knebelbart, der aussah wie ein gestutzter Strohwisch. Das war den Bauern gleich verdächtig vorgekommen. Er ging auch nicht in die Wirtschaft, er fragte Kleuden, ob er von der Ziegenmilch haben könne. Kleuden sagte verächtlich: Nö! Ein Schiffer, der Milch trank, war ihm noch nicht begegnet. Da versuchte es der Schiffer im Dorf und kriegte welche bei der tauben Witwe Tiedemann. Abends saß er auf dem Deich und erzählte den Kindern gruselige Geschichten.

Sechs Tage brauchten die Bauern wie der liebe Gott bei der Schöpfung, dann war der letzte Stein ans Licht. Der Schiffer setzte sein braunes Segel und rutschte mit der Ebbe seewärts, um eine neue Ladung zu fischen. Die Bauern packten nun die großen Steine einen neben den andern auf die Schuttunterlage. Sie hatten Glück, da der Regierungsbeamte gerade jetzt zur Kontrolle kam; denn das Einpassen und Zurechtklopfen der Blöcke und das Berammen der Zwischenräume mit geeigneten Splittern muß sorgfältig geschehen und ist eine von Natur langsame Arbeit. Der Maler, der sich noch immer in der Gegend herumtrieb, meinte zwar, es sei einfacher und eleganter, eine glatte Zementböschung hinzugießen wie zu Gibraltar, der hatte aber keine Ahnung, daß ein Deich in sich federn muß im Schwell der Naturgewalten, genau wie eine Matratze, wenn sie nicht vorzeitig Kuhlen kriegen soll.

Nach wenigen Tagen schon war der Schiffer wieder da, sein langer Kahn lag bis an die Lademarke im Wasser, er wußte, was er dem Auftraggeber schuldig war, und die Bauern sagten bedauernd, wenn es ein bißchen gebrist hätte, wäre er abgesoffen mit seinen Steinen. Sie meinten es aber im Herzensgrunde nicht so schlimm, handelte es sich doch um ihre Länder, die da vorm Versaufen geschützt werden sollten. Nun ging die Plackerei mit dem Karrenschieben wieder los, eine wahre Knochenarbeit, und das mit weit weniger Umschichtigkeit, weil die schon vorhandenen Steine noch lange nicht eingebaut waren, und die, die das Einpassen besonders gut zu können meinten, durchaus keine Lust zeigten, Karrenhund zu spielen, was der Deichvogt denn auch so entschied. Dem Schiffer war es nicht recht. Er wollte seinen Kontrakt auf zehn Ladungen abgerissen haben, bevor im Alten Lande die Kirschen reif seien, deren Transport nach Hamburg wie auch späterhin die Äpfel und das Frachtgeld für beide er nicht missen wollte. Darum knurrte er, so oft es ging: Gau, gau, man' büschen hü! Und die Bauern nannten ihn deswegen Käptn Hü.

Sie hatten auch die taube Witwe Tiedemann verständigt, wo er die Milch bezog, so daß sie ihm, als er wieder kam, richtig sagte, sie müsse nun alles an die Meierei liefern. Er versuchte es an andern Stellen, aber alle wußten Bescheid, es gab überall Ausreden. Bis auf eine junge Frau, die von der hohen Geest war, wo die Herzen milder sind, die sagte, wenn ihr Mann nicht wäre, dann gern. Wenn er mal nicht da sei und zur Versammlung, dann vielleicht. Dann würde sie die Ziege selber holen.

Es war Peter Kleudens Frau. Und die Ziege weidet noch immer am Deich. Peter steckte ihren Kettenpfosten dem Fortschritt der Arbeit gemäß, damit er sie im Auge habe. Mittags besorgte er Wasser für sie, und bei Feierabend zottelte er mit ihr nach Hause. Da molk sie seine Frau im Stall, er stand dabei, und dann mußte sie die Milch trinken, solange sie noch warm war; denn er wollte allmählich gern einen Stammhalter haben; und aus dem übrigen wurde Käse gemacht.

Der Schiffer, Käptn Hü, trank Tee, und die Bauern merkten, daß er nach Rum roch, und sagten, den hat er geschmuggelt. Er aber schrie: „Hü! Das ist ja 'n Tempo wie 'ne Fliege in der Buttermilch!" Es war den dritten Morgen bei der zweiten Ladung. Da sagte einer der Bauern so aus den Kusen 'raus: Er könne es ja selber mal versuchen, so eine Karre voll den Deich 'raufzuknacken. Dann könne er mal sehen, ob es gauer ginge und mit mehr Hü. Der lange Schiffer spie giftig über Backbord. Aber es war an sein Ehrgefühl und seine Muskulatur gekitzelt worden. Da half nichts. Er tat einen gesalzenen Fluch und packte die Karrenstengel mit seinen teerigen Flossen, als seien es Suppenschleefe. Den Schultergurt ließ er mißachtend baumeln, wo er baumeln mochte. Die Bauern hatten es so abgepaßt, daß gerade ein besonders fetter Brocken auf dem Schub lag. Der Schiffer kam aber gut damit über Bord, er war die Balance auf schmalen Wegen ja gewohnt. Wo die Bahn jedoch zu steigen begann, da rührte es ihm an die Puste. Er ließ nicht locker, er wollte es den Klutenpeddern schon zeigen, was Seemann heißt und Murr in den Kaldaunen. Aber die Bauern merkten ihm die Säuernis an. Tempo, hü! grölten sie, und Peter Kleuden, der ducknackig und krumm die Klappe am weitesten aufriß, fügte genußreich hinzu: „Kiek, sien Mors röögt sick all!" — Das hatte zur Wirkung, daß der Schiffer seine Aufmerksamkeit mehr auf seinen Achtersteven legte als gut war, und obwohl er trotzdem unter Ächzen und Stöhnen die halbe Deichhöhe, wohin der Stein sollte, sicher noch eben erreicht hätte, kam ihm nun der schnöde verschmähte Gurt ins Gehege, der da tückisch nachschleifte, und unter seine Sohle geriet, so daß es einen Zuck gab und seine Kraft wie von einem elektrischen Schlag gestoppt wurde und nicht nur der Stein, sondern auch die Karre auf die Böschung kippte. Das Gepolter wurde vom Hohngeschrei der Bauern übertrumpft. Der Schiffer verzog keine weitere Miene, sondern ging in seine Kombüse, und für den Tag war das Gau und Hü zum Schweigen gebracht. Die Bauern fühlten sich noch bedeutender als vorher. Der Hauch der Freiheit schwelte über ihrer Knechtsarbeit, und sie sprachen von der Geheimversammlung, die den Abend stattfinden sollte, und von der blutroten Fahne mit dem schwarzen Pflug und dem weißen Schwert. Steif und bedrohlich schwangen sie die Fäuste, trampelten auch auf der Luke herum und kündigten allen Bluthunden das Morgenrot der Rache an. Sie machten auch früher Feierabend. Und Peter Kleuden ließ die Ziege noch am Deich, da sie ihr Quantum noch nicht hatte.

Als alles still war, kam der Schiffer wieder aus seiner Luke, ging an Land und setzte sich oben auf den Deich ins Gras. Die Sonne rollte sich in einen wurstförmigen Wolkenflunsch, daraus wuchsen Windbäume auf, es glusterte an ihren Wurzeln, als sollte es Feuer geben. Das Wasser war hart und grau. Ein Dampfer glitt nach Amerika wie auf rostigen Eisenschienen. Die Möwen miauten ihm nach. Die Flut knisterte an den neuen Böschungssteinen, kam höher und färbte die hell abgeschlagenen Flächen dunkelnaß. Die Ziege riß an ihrem Pfahl. Sie schwieg und sah den Schiffer mit bösen gelben Augen an, und ihr ganzes höllisches Aussehen paßte gut zu dem brandigen Himmel und der steigenden Sintflut. Die Schwalben flitzten tief, sie stießen fast an des Schiffers Beine, um die Mücken zu gnappen, die sich um seine Socken sammelten. Er bohrte verdrossen mit einem Kieferspan im Boden. Dünne Regenwürmer spulten sich hervor, die glaubten, der Maulwurf komme. Er faßte sie spitz mit seinen klobigen Fingern und warf sie in die Luft. Aber die Schwalben wiesen ihm die weißen Bäuche und hatten keinen Appetit. Und die Kinder kamen den Abend auch nicht. Die Väter hatten es ihnen gründlich verboten.

Dafür aber wandelte der Landjäger übern Deich und hatte den Zöllner bei sich. Die beiden blieben bei dem Schiffer stehen, an ihre Fahrräder gelehnt wie pappene Reklamebilder an die hintergeklebte Stütze. Der Schiffer ließ sich nicht stören, und sie begannen, über das Wetter zu sprechen, und daß man mit den Metten lieber angeln solle. Schließlich räusperte sich der Landjäger und sagte, sie wollten eigentlich mal einen Blick in seinen Kahn schmeißen. Und der Zöllner rückte seinen Schnurbart zurecht und sagte: „Sie haben nämlich Rum an Bord!"

„Stimmt!" antwortete der Schiffer grienend: „Ihr könnt 'n Schluck kriegen!" Und damit blieb er sitzen. Die beiden Grünröcke wiesen den Bestechungsversuch in seine Grenzen zurück und schoben sich mit gebreiteten Armen und wackelnden Knien über die mageren Laufbretter, tauchten in den Bauch des Kahnes, rumorten zwischen den Steinen, kletterten in die Kabüse, stocherten mit der Plempe in die Koje, den Ofen, ins Kabelgatt, ins Gemach und in alle Ecken. Mit einer Rumflasche, die halb gefüllt war, erschienen sie wieder an der Oberwelt. „Ist das alles“: schrie der Zöllner.

„Müßt ihr ja wissen!“ rief der Schiffer gnatzig zurück. Kam dann aber auch seinerseits an Bord und ließ die Güte der Flüssigkeit probieren, pur, da man keine Zeit mit Wasserheißmachen vergeuden wollte. Und er sagte, er trinke ihn gewöhnlich mit heißer Milch und Klundjezucker, das sei gut für die Brust. Und wie sie auf die Idee gekommen seien?

Oh, es war so Gerede in der Wirtschaft. Gerüchte. Dazu sind wir als Beamte ja da, erklärten sie wegwerfend.

Der Schiffer pfiff böse durch eine Zahnlücke. Denn komme es auf ein büschen mehr oder weniger Gerede ja nicht auf an. Denn sollten sie man mal im Grenzhaus vorgehen, da neumünstert sich was. Und das seien die richtigen Schmuggelanten, die sich vorn von der Regierung bezahlen lassen für ihr Deichgeflicke und Faulenzen und sie hinten umstürzen. Die Grünen zwinkerten ihm zu. Und er sagte prost und versöhnte sich; denn durch die Luke sah er die junge Frau von der Geest, wie sie die Ziege vom Deich holte. Als sie die Flasche ledig hatten, nahmen die Beamten ihre Räder. Ihre Mienen waren kriegerisch, sie fuhren in Richtung Grenzhaus davon. Doch auf halbem Wege überlegten sie es sich, bogen nach der Poststelle ab und weckten Verstärkung an.

Der Schiffer stieg wieder auf den Deich. Das Dorf war merkwürdig still. Er holte tief Luft, seine Brust schmerzte von der Anstrengung am Morgen. Denn muß ich doch wohl mal Milch trinken, sagte er sich: Wie du mir, so ich dir! Die Brüder sind es nicht besser wert! Und damit ging er hinunter in Peter Kleudens Strohkate, und er kriegte schön warm zu trinken und konnte sich auch im übrigen nicht über Kälte beklagen.

In der Nacht, als im Grenzhaus die Versammlung mit Stank und Krach und etlichen Zertrümmerungen aufgelöst war und die größten Skandalmacher verschütt gingen, kam Peter Kleuden mit einem dicken Auge davon und mehrere andere mit ihm, und sie rechneten sich unterwegs aus, daß kein anderer als der verdammte Käptn Hü das Ding verraten haben könne. Sie schlichen daher nicht gleich nach Haus, sondern auf den Kahn, um den Schiffer gehörig zu vermöbeln. Der Schiffer war aber nicht da. Da glaubten sie erfreut, er sei auf ihre Anspielung wegen Schmuggelns eingebuchtet, und taten ein übriges, schon um die Deichflickerei noch ein wenig zu strecken, kriegten einen Bohrer aus dem Werkzeugkasten, und Kleuden bohrte eigenhändig Käptn Hüs Eigentum unter der Wasserlinie an. Denn mit dem „Wie du mir" springt das Schicksal manchmal komisch um. Und der Schiffer kam, als sie gerade verdufteten, sagte nicht viel, kriegte nasse Füße und stopfte das Loch wieder zu.

Nach ein paar Wochen, als alles wieder in Lot war und die Winden schon süßgrüne flache Kränze um die frischen Deichsteine zu schlingen begannen und ihre weißen Unschuldsbecher dem Tau des Himmels darboten, sprach man nicht mehr davon und vertrug sich besser, weil das gegenseitig volle Kerbholz gut ist für das Gleichgewicht untereinander. Und der Schiffer trank Milch mit Rum, erledigte seine Fahrten, und wenn auch nicht zu den Kirschen, zur Apfelernte kam er gerade noch zurecht.

Gespenst im Nebel

Es waren schon ein paar warme Tage gewesen, und dann war es wieder kühl. Die munteren Dünste, von der Sonne schräg aus den nassen Wiesen, dem Watt und der See gesogen, krochen zusammen und rollten graugelb wie unordentliche Wülste Schafwolle über die Priele. Ein paar Fischer lagen draußen hinterm „Hundeloch" und hofften, ein bißchen Südost solle auffrischen und es sichtiger blasen. Einer aber konnte es nicht abwarten, ging ankerauf und seilte gegen Mittag los, als das Wasser hoch war, kam aber mit vollem Motor bald zurück und preite die anderen an, sein Junge sei über Bord gefallen. Da nahmen sie alle die Beiboote und suchten den ganzen Tag im dicken, stinkigen Nebel an den Schlicksänden entlang. Aber sie fanden die Leiche nicht. Die Ebbe hatte sie wohl mit in die See genommen.

Den Abend klarte es auf, und der Kutter, der das Unglück gehabt hatte, setzte Segel und rutschte mit der Flut heim nach Friedrichskoog, und schon am andern Morgen stand es im Marner Blatt, das von dem Ertrunkenen, und darunter stand das Inserat des Fischers, daß er einen neuen Jungen suche. Der kam denn auch gegen Klock zehn an Bord mit seiner weinenden Mutter, und um elf bei günstiger Tide und prächtig hellem Wetter warf man die Leinen vom Hafendamm los und fuhr wieder davon, um das Geschäft nicht allzulange zu unterbrechen und um die Kosten wieder einzuholen.

Zu Mittag mußte der Junge Graupen kochen, die allgemein „Scheeben Wind" heißen. Er kochte sie dem Schiffer zu pampsig, und der prophezeite dem armen Bengel handgreiflich nichts Gutes für seine Seefahrt und Laufbahn. Pech klebt an Pech, und so hatten sie eben eine Kumme Kaffee zum Nachspülen genossen, da wurde es wieder diesig und bald so dick, daß sie ihre Pantoffeln an den Füßen nicht mehr sehen konnten und Anker werfen mußten. Der Schiffer fluchte, klopfte die Pfeife aus und haute sich in die Koje. Er hatte noch Schlaf zugute. Der Junge mußte oben bleiben. Weitere Mannschaft war ja nicht an Bord. Er hatte strenge Weisung, der Junge, seinen Schiffer nicht vor anständiger Sicht zu wecken, und hatte zweierlei zu tun: Erstens mußte er alle Minute mit einem alten Belegnagel an eine rostige Eisenplatte klopfen, die da frei am Backstag hing und einen durchdringenden Ton abgab. Das war das Warnungssignal für andere Boote, um bei dem Nebel einen Zusammenstoß zu vermeiden. Zweitens sollte er ab und an die Ankerkette einen Faden weiter ausstecken, um bei dem ablaufenden Wasser den Kutter im Strom zu halten. Er tat beides mit zitterndem Eifer. Er war nur ein schmächtiger Knabe, frisch von der Konfirmation, und hatte nicht Schuster werden wollen wie sein Vater, sondern Seemann. Er hatte immer von der hübschen blauen See geträumt mit Wogenkämmen weiß wie Milchschaum, weiß wie ungebärdige Schimmelhengste, darauf Rasmus reitet, der Nordseewind. Nie hatte er wie andere Knaben mit ihren Fischervätern auf See mitgedurft. Er hatte sich am Ausguck vom Vorland genügen lassen sollen, aber es hatte ihm nicht genügt. Nun war er denn ja auf See. Und nun war da dieser alte hustige Drecknebel. Dahinter lag wahrscheinlich die Insel Trischen und ein bißchen weiter längs England und noch ein bißchen weiter Amerika. Dahin wollte er bei nächster Gelegenheit auskneifen und was werden, Hotelboy, Goldsucher, Ölfeldermillionär. Das Leben des Seemannes mit Graupenkochen, Ohrfeigen, Nebelsignalen und Ketteausstecken schien ihm nicht das, was er sich noch vor wenigen Stunden davon versprochen hatte. Anderen Leuten jedoch das Leder versohlen wie sein Vater, das allerdings war ihm auch von einem neugewonnenen und leicht bitteren Standpunkt aus nicht verlockender als vorher. Dann steckte er doch noch lieber fleißig von der ekligen, naß rostigen und fingerzerreibenden Kette aus. Gewiß, der Schiffer hatte ihn wegen der Graupen vermöbelt. Das nächste Mal würde er die Mischung 'raushaben. Morgen nun sollte es Erbsen geben, grün, ungeschält mit Speck. Ihm wurde schwer ums Herz. Nun war wieder das Nebelgebimmel fällig. Und nun wieder die Kette. Es ging schon ganz gut. Auf einmal war die Ankerkette fast zu Ende. Der Krampen, der ihr letztes Glied am Spill festhielt, war mächtig dünn geschliffen. Oho, der Junge sah es wohl. Er ließ den Stopper ins Zahnrad fallen, aber das Spill war zu flott in Gang, der eiserne Stopperzapfen prallte ab, flutsch, rauschte die Kette aus, der Krampen barst weg, als hätte der Teufel seinen Finger dran gewetzt, und die Kette schoß wie ein Katerschwanz durchs Gatt in den Nebel und ins Wasser und war weg. Es war geradezu, als habe jemand mit Gewalt sie hinabgerissen. Der Junge mußte plötzlich an den Ertrunkenen denken. Hatte der sich etwa wieder an Bord ziehen wollen, um ihn vom Platz zu stoßen? Ihm wurde gräsig Er nahm sich zusammen. Längst mußte wieder eine Minute um sein. Dengelenge — beng — beng — beng! knallte er den Belegnagel gegen die Glockenplatte.

Der Kutter lag so schön still, deuchte ihm, was brauchte man einen Anker. Den würde man schon wiederkriegen, tief war es hier sicher nicht. Er pekte mit dem langen Haken ins Wasser, das man nicht sah, das man nur fühlen und hören konnte. Es war doch zu tief. Der Haken, im Nebel sich gleichsam auflösend wie eine Zuckerstange, erreichte keinen Grund. Was nun? Man hätte ins Boot müssen, aber dazu war jetzt keine Zeit wegen des Nebelsignals. Auch fürchtete er, bei weiteren Angelversuchen womöglich einen Leichnam herauszufischen. Den Schiffer zu wecken, wagte er nicht. Sein Gesicht brannte noch von den Maulschellen, und die Luft war ja ringsum noch immer dick wie ein Sack. Dengeleng — beng — beng!

Der Kutter aber dachte gar nicht daran, stillzuliegen. Sachte, sachte schob er sich mit der starken Ebbströmung von dannen, an Trischen vorbei und durch das Falsche Tief, wie es dort heißt.

Der Junge merkte nichts von der Fahrt. Wie eine grauverstaubte Käseglocke war die Welt über ihn gestülpt. Nach dem Kompaß zu sehen, dazu war er nicht beauftragt; er verstand auch noch nichts davon. Manchmal brachen Vögel durch den Dampf, erschreckten ihn, riefen schrill und verschwanden wie weiße Fäden in grauem Tuch. Auch sah er einen Augenzwink lang Masten und Rümpfe der ankernden Flotte; sie glitten vorbei, riesenhaft unter der Lupe des Nebels, glatter Spuk mit scheinbarem Kurs auf Friedrichskoog, wo er zu Hause war und es schön warm und gemütlich hätte haben können auf einem runden Schusterschemel. Danach vernahm er die Heulboje, die vor Buschsand liegt. Es klang grausig, wie jammernde Hilferufe. Er sagte sich tapfer, das könne der Ertrunkene unmöglich sein, vielleicht waren es Seehunde, vielleicht eine Heulboje. Daß es dergleichen gab, hatte er gehört. Und wenn es ein Mensch sei, helfen würde ihm doch keiner können in diesem verfluchten Nebel. Und wie ekelhaft dieser Nebel dunstete, richtig nach Verwesung.

Er hatte den Jungen, der tags vorher ertrunken war, gut gekannt. Sie waren aus derselben Schulklasse. Und der andere hatte gleich Seemann werden dürfen, er aber erst auf das Inserat hin. Der andere war ziemlich dickfellig in der Schule gewesen, oft hatte er über seine dummen Antworten gelacht. Vielleicht war es Unrecht gewesen zu lachen. Aber nun war es zu spät zum Abbitten. Und warum auch? Wer etwas weiß, soll sich freuen, und wer dumm ist, muß sich Spott gefallen lassen. Das hatte der Lehrer gesagt. Und daß sich etwa einer noch im Tode rächen könne, das durfte sich ein vernünftiger Mensch nicht einbilden.

Solcherlei hübsche nüchterne Überlegungen, eines seebefahrenen Mannes würdig, wollten auf die Dauer jedoch nicht viel nützen. Er war ja noch so klein, der Junge auf dem umnebelten, heimtückisch treibenden Fischkutter, er war eben vierzehn. Die Heulboje jammerte nun achteraus. Es war wirklich grausig. Er stand nunmehr in Schweiß frierend da, klammerte sich ans Stag, halb tot vor Angst. Und der Minutenabstand wurde immer kürzer, und während er mit dem großen schwarzen runden Eisennagel auf die Signalplatte hämmerte, schluchzte er: Ich bitte dir ab! Ich bitte dir ab!

Inzwischen lief der Kutter mit einsetzender Flutwelle die Norderpiepen hinauf gen Büsum, geriet bei Tertius-Sand sachte auf Grund und blieb da sitzen. Der Junge im Nebel ahnte nichts davon. Die Heulboje lag nun weit weg, ihr Seufzen war verweht. Der Junge atmete auf. Er hat mir vergeben! sagte er und faltete die mageren Hände für eine Minute Signalpause. Und da, wie ein himmlisches Zeichen sah er auf einmal die Sonne; sie stand schon tief und hing wie eine Blase Schmalz im Nordseequalm geradewegs an der glasig verschwimmenden Klüverspitze. Nun mochte kommen, was wollte; mochte der Schiffer ihm das Fell verbläuen, er wollte es freudig als Buße hinnehmen. Die Luft wurde immer dünner, das Wasser rispelte lebhafter, ein Hauch Brise tat sich auf, in Süd erblitzte ein Strich silberner See. Nur gen Norden lag der Dunst noch dick wie Milchglas.

Jetzt wecke ich ihn! schluckte der Junge gefaßt. Doch kaum hatte er Kurs auf die Logisluke zu genommen, da fuhr er wieder zusammen. Wieder hatte er das entsetzliche Jammern gehört. Es ist bestimmt eine Heulboje! sagte er tapfer zu sich. Er war vor Erschöpfung ein wenig abgestumpft, zum Umfallen müde, auch hungrig und durstig und ganz durchfeuchtet von Nebel und Schweiß. Aber klang es denn nun nicht wirklich ganz deutlich wie ein weinerliches menschliches „Hölfe! Hölfe!"? Es kam aus Nord, wo es noch unsichtig war. Er schleppte sich ans Signal zurück, trommelte wie besessen darauf los, um den Schabernack zu übertönen. Und siehe da, als sein Arm erlahmte, war alles wieder still. Da lächelte er. Ein Gefühl von Triumpf schlich ihn an, genau wie in der Schule, wenn der andere einen richtigen Blödsinn verzapft und er dann mit seiner Antwort ihn gänzlich zugedeckt hatte. Aber plötzlich wurden seine Augen stier wie Fischaugen, seine Füße versagten den Dienst. Auf Backbord, woher das Gejammer gekommen war, bewegte sich eine ungeheure Gestalt im Nebel und kam auf das Schiff zu und wandelte über das Wasser und sah dem Ertrunkenen ähnlich und kam näher, taumelnd, schlenkernd, gräßlich wie der Tod, den er einmal in einer Kasperbude auf dem Marner Markt gesehen. Da wußte er, was seine Mutter gemeint hatte, als sie weinte und sagte: „Op See, dor is de Dood!“ Er wich zurück; kein Schrei brach aus seiner Kehle, seine Hacken stießen rücklings an die Bordschanze, er schlug hintüber, und obwohl das Wasser hier nur flach war, regte er kein Glied vor Entsetzen und ertrank, und die See deckte ihn zu.

Von der anderen Seite kam das Gespenst und schrumpfte zusammen und schlotterte über den platten Tertius-Sand, ein armer klappernder Knabe, derselbe, der den Tag vorher auf den glitschigen Planken ausgerutscht und über Bord gefallen war. Er hatte sich an einem treibenden Fischkorb gehalten. Die Strömung hatte ihn denselben Weg geführt wie den Kutter und bis Tertius-Sand, wo er Grund gefühlt hatte und aufs Trockene gelangt und hingesunken war. Dann hatte er sich gesammelt, war bis zur Bake gekrochen und hatte Kraft gefunden, die steilen Sprossen hinaufzuklettern und vom Wasser und Zwieback zu genießen dort in der Hütte für Schiffbrüchige, die der Sturmfluten und Brandung wegen so hoch im Gebälk hängt. Er war erhalten geblieben, hatte anderntags die Nebelsignale gehört, war dem Klange nachgetorkelt und wie ein Wunder wieder an seinen alten Kutter gekommen.

Als der Schiffer endlich ausgeschlafen hatte und an Deck klüste, saß da jener Junge, den er in vergangener Nacht als geblieben gemeldet hatte, und anfangs glaubte auch er an ein Gespenst. Dann aber machte er seinem Ingrimm Luft, er könne keine zwei Jungen an Bord gebrauchen, und das Geld für das Inserat sei gänzlich weggeschmissen. Als jedoch der zweite Junge nicht aufzufinden war, ernüchterte er sich einigermaßen, was aber nur von kurzer Dauer war, konnte ihm doch der Standort des Schiffes und der Verlust des Ankers nebst Kette nicht lange verborgen bleiben.

Er begann wieder zu toben, brach aber unvermittelt ab, da ein frostiger Schauer sein küstengehärtetes Herz überschlich. Der Hergang schien ihm jählings nebelhaft. Ihm war unheimlich. Er ging ins Logis und nahm einen Schluck. Und mit Unbehagen dachte er an das Gewimmer, das die Mutter des Schustersohnes nicht unterlassen würde, während die des Wiedergekehrten aus alter, leidgewohnter Seemannsfamilie stammte und ihren Schmerz stumm mit in die Kammer genommen hatte.

Gewiß, der Schusterjunge war nicht ungefällig gewesen. Auf See fängt jeder als Tollpatsch an. Aber der Graupenpamps lag dem Schiffer noch im Gedärm, und das verlorene Ankergeschirr war ein Schaden, daran lange zu knacken sein würde. Das dämpfte jede Rührseligkeit. Der Schiffer nahm die Kömflasche nochmals unter die Nase, und danach polterte er wieder auf Deck, und das Jackvoll, das dem andern zugedacht war, bezog nun der Wiederkehrer, und der ließ es geduldig über sich ergehen, weil es immerhin zu seiner Erwärmung beitrug, und weil das Leben besser ist als der Tod.

Der tote Matrose

Es war um die Zeit, da ich etwas später die Mieke von Teerstickens Hof kennenlernte. Öllrich, Leuchtturmwächter zu Neuwerk, sagte, sie sei nicht normal. Der Himmel verzeih mir, wenn ich das Ganze ein wenig anders ansehe.

Die Inselbauern fuhren nach jener Sturmnacht, da sie der Bark, die abends auf Scharhörnriff aufgelaufen war, nicht hatten helfen können, eilends hinüber, sobald es die Ebbe erlaubte. Sie fuhren mit ihren hochrädrigen Wagen über das Watt, wie sie es seit alters her zu tun pflegen, um von den Trümmern zu stranden, was möglich ist. Denn es ist ihr gutes Recht, zu nehmen, was das Meer ihnen zuwirft. Aber, wie Öllrich gleich sagte, der vom Turm im ersten Taggrau ausgelugt hatte, das Wrack war schon bis auf die Mastspitze im Treibsand versackt. Und Rose, der Wirt des Hotels zur Meereswoge, des einzigen auf der Insel, hatte die ganzen zwei Stunden ärgerliche Vermutungen ausgestoßen, ehe wir da waren. Dadurch hatte er mich, der neben ihm auf dem Kutschbock saß, in meinem Genuß der Landschaft gestört, weswegen ich ihm gönnte, daß er recht habe, obwohl ich keinen trefflicheren Menschen als ihn kenne. Ich war damals jedoch noch jung, romantisch und unerfahren.

Wir gingen durch den knisternden Sand gleich auf die Baake, die ungeheuerlich in den Tag ragte, denn sie ist das größte Seezeichen Deutschlands. Wir stiegen mit dem Gemeindevorsteher hinauf, dessen Pflicht es ist, weil sich dort hoch im Gebälk eine kleine Hütte für Schiffbrüchige befindet. Jedoch Zwieback, Decken und Wasserkessel waren unberührt, und es gab für Rose keine Gäste zu begrüßen. Somit kletterten wir denn wieder zu den Wagen hinunter. Rose ließ seinen vierschrötigen Blick noch einmal über die endlose Sandwüste gleiten, die gerillt ist vom ewigen Wind. Fern am Westsaum stand der Gischt wie eine atmende Mauer. Die hochbeinigen Wattwagen bewegten sich spinneklein in der Weite umher. Rose schüttelte verächtlich den Kopf und schnalzte seinen Pferden zu, die ohne weiteres die Richtung gegen den Neuwerker Turm nahmen. Aber auf einmal steckte er die Nase höher und lenkte wieder den Sand hinauf, auf eine Stelle zuhaltend, wo ein paar Möwen sich über der Kimmung balgten. Wir hörten auch bald die Brandung, und als wir über die Düne waren, sahen wir etwas Dunkles, und wir fanden da eine angespülte Leiche. Es war ein Matrose, der wohl in der Nacht ertrunken war. Mir zitterte das Herz, als wir zu ihm traten. Er lag mit entblößten Zähnen da, gleichsam ein verzweifeltes Gelächter verbeißend. Die Möwen und Fische hatten schon ihr Teil von ihm genommen, und seine leeren Augenhöhlen standen voll Salzschaum. Rose sah ihm die Taschen nach und nahm an sich, was er hatte, eine Brieftasche, einige Münzen, einen Ring.

„Ein armer Teufel, es ist Glas!" sagte Rose. „Und dazu ein Engelsmann."

Dann luden wir ihn auf den Wagen und fuhren davon, denn außer ihm schien keiner mehr da zu sein. Ich wandte voll Grausen meinen Blick über ihn hin, wie er so dalag und vom Wagen ein wenig gerüttelt wurde. Über ihm leuchtete das Meer, und auf dem unbewegten Horizont glitten viele Dampfer dahin. Ich sah es wohl, wie sich der Sand heimtückisch bis an die Fahrrinne der Welt schiebt, gierig mahlend und scharrend, ein Horn und ein Schlund zugleich. Scharhörnriff.

„Nichts für ungut, wenn's ein bißchen pumpelt!" sagte Rose, und er meinte den toten Matrosen. Wir schlugen ein gutes Tempo ein, um den Luftzug hinter uns zu lassen. Rose war weit vergnügter als auf der Herfahrt. Er hat ein gutes Herz, dachte ich. Er bemerkte aber gleich darauf, daß sich eine Leichenbergung mehr lohne als das Suchen nach ein paar verrotteten Stengen, denn der Staat bezahle fünfundzwanzig Mark dafür.

Wir holten nunmehr den Wagen des Gemeindevorstehers ein, der auch auf die Wrackbeute verzichtet hatte, aber mehr aus Standesbewußtsein. Rose lieferte ihm richtig alles ab, was er bei dem Toten gefunden hatte. Wir hielten mitten im Watt, Deichsel an Deichsel. Nie sah ich die Muschelbänke ringsum so gelb im kobaltblauen Wasser. Der alte Seebauer entfaltete die Brieftasche mit seinen knotigen Fingern. Etwas Geld war darin und ein Brief das war alles.

„Schlecht zu lesen!" sagte er nach geraumer Zeit und reichte das feuchte Papier an Rose.

„Wahrhaftigen Gottes!" bestätigte Rose und reichte es mir.

Es war klar und deutlich geschrieben und unverwischt.

„Von einem Mädchen!" sagte ich und kramte meine englischen Brocken im Gehirn zusammen. Sie war anscheinend irgendwo in Australien. Es war ein Liebesbrief, und sie schrieb, wie es üblich ist, sie würde ins Wasser gehen, wenn er nicht wiederkäme. Aber dahinter stand, Gott würde ihr den Weg schon zeigen, bis sie ihn fände in der See.

Ich sagte den beiden Männern, was da also stand, und wir sahen eine Weile stumm auf den toten Liebsten.

„Er hat mal gute Zähne!“ kaute der Gemeindevorsteher schließlich aus seiner alten Mundfalte heraus.

Im unendlichen Watt tauchten nun auch schon die Wagen der Nachbarn auf, und wir fuhren weiter.

Auf Neuwerk angekommen, hielten wir gleich vor dem kleinen Leichenhaus, in dem immer ein frischer Sarg bereitsteht für die Heimatlosen. Rose und der Gemeindevorsteher wollten sich nunmehr daran begeben, den Toten abzuladen, aber der Alte hält plötzlich inne und befragt mich noch einmal nach dem Inhalt des Briefes.

„Ne“, sagte er dann zu Rose, „sodenn fahr ihn man wieder zurück!“

„Und das Geld?“ entgegnete Rose.

„Steck ihm wieder bei!“ sagte der Alte und schob die armen Habseligkeiten auf Roses Kutschbock.

„Dunnerslag, den Bergelohn meine ich!“ knurrte Rose hoch.

„Er muß in der See bleiben, du hörst es doch!“ erwiderte der Alte. „Wo soll sie ihn sonst finden!“ Und er sagte dies eigentümlich aus seinem gebeugten Haupte hervor.

Andere Leute waren herzugekommen und beredeten die Sache und den Brief. Rose schrie wütend: „Er schwimmt ja oben!“

Aber man bedeutete ihm, es liege noch ein verrosteter Anker im Vorland, oder einige Steine würden es auch tun. Währenddessen lag der tote Matrose auf dem Wagen dabei; er grinste schaurig in den Himmel, und das Wasser tropfte von den Rädern. Schließlich gingen sie alle davon, und keiner wollte etwas mit der Sache zu tun haben. Rose stand allein da mit seinem Leichnam. Er verbat sich jede Handreichung von mir, wagte auch, wie ich wohl merkte, an meinen Englischkenntnissen zu zweifeln, weswegen ich es begrüßte, daß Öllrich, der Leuchtturmwächter, kam, da er gerade ausgeschlafen hatte, und Rose versprach ihm zehn Mark.

„Ich tu es“, wandte sich Öllrich an mich, wohl um sich vor einem einwandfreien Zeugen reinzuwaschen, „denn man soll immer gegen den Aberglauben angehn!“ Er sei vierzehn Jahre auf Segelschiffen gefahren, sein Sohn sei auch draußen, und er würde ebensowenig wegen einer lächerlichen Deern — hingegen, was er an diesem tue, das möge jemand, solle es so sein, auch an jenem tun.

Damit hoben sie den toten Matrosen herunter und trugen ihn hinein. Sie wagten aber doch nicht, ihn in den Sarg zu legen, sondern legten ihn auf die bloße Erde.

An dem Abend kam kein Mensch in die Wirtschaft, die sich

Hotel zur Meereswoge nennt. Rose hatte gleich nachmittags die Habseligkeiten des Toten in ein Paket gepackt, denn er könne es so gut wie der Gemeindevorsteher, und er schickte seinen Knecht bei der zweiten Ebbe mit los, nach Duhnen auf die Post, an den Cuxhavener Amtmann, so unsinnig es zu der späten Stunde war. Der Knecht kam denn auch triefend mit triefenden Pferden lange vor der Zeit zurück, und der Priel habe sich geändert, und er sei bis an den Hals im Wasser gewesen.

„Und das Paket?"

Das Paket sei weg.

„Es ist nicht wegen der fünfundzwanzig Mark, sondern wegen der Albernheit!" erklärte Rose, als es wieder still war. Und er täte nicht gern etwas umsonst, aber dieser Grog, der solle heute nichts kosten, denn er werde das Geld schon kriegen, schrie er und schlug mit der Faust auf den Tisch. Da tranken wir bis Mitternacht. Kein Laut war außer uns in der Welt. Und wir sprachen dies und das und redeten mit großer Stimme von sozusagen philosophischen Dingen.

Auf einmal klopft es ans Fenster. Rose erbleicht, steht schweigend auf, geht an die Tonbank, nimmt eine volle Flasche und schwankt hinaus.

Nun geht er dahin! dachte ich, und ich mußte laut auflachen, als er weg war. Er war wohl nicht mehr nüchtern, und mir deuchte, er habe mächtig komisch von hinten ausgesehen, so breit wie kurz, und hatte den Kopf eingezogen wie eine Schildkröte, und die Flasche hatte fast auf dem Boden nachgeschleift, so tief hingen seine Arme. Danach fiel mir der tote Matrose ein, von dem wir den ganzen Abend nicht geredet hatten; ach, das traurige Lied stieg mir im Sinn auf, das sie an der Hafenseite singen:

„Glori —, glori —, glori —, gloria,
Schön sind die Mädchen in Batavia!"

Doch war es nur der Kehrreim, denn es handelt von einem gestorbenen Seemann, und mir kamen die Tränen in die Augen, wenngleich ich nicht auf die anderen Worte kommen konnte. Da dachte ich auch wieder an sein Mädchen, das nun in die See gehen würde, ihren Liebsten zu suchen. Ja, ich betete heimlich, da niemand zugegen war, Gott möge gnädig mit ihr sein und mit seinem Finger die Wellen lenken, sie hinzuführen bis Scharhörnriff, und ich wollte Öllrich auch zehn Mark geben, damit er Tag und Nacht nicht das Fernglas von seinen Augen nehmen solle. Und wir würden sie auch begraben auf dem Heimatlosenfriedhof, neben ihrem Herzallerliebsten. Diese tröstliche Erleuchtung überströmte mich, und ich ging hinaus auf den Deich, um den Kleingläubigen, denen man das schlechte Gewissen sogar von hinten ansah, zuzusprechen: „Fürchtet euch nicht!"

Als ich gegen den Wind an die Stelle kam, wo der Grabenring unten liegt, der den kleinen, kreisrunden Friedhof umschließt, da sah ich in der Dunkelheit die beiden schon daherschwanken, unten am Deich, und sie trugen den Sarg auf ihren Schultern. Die Turmlaterne stand wie ein böses Auge hoch darüber. Ich hörte die Kibitze jammern, und Rose trug in der freien Hand die Flasche und ein Tau, während der Leuchtturmwärter die beiden Spaten hatte. Es geht ein kleiner Steg über den Graben auf den Friedhof. Wie nun die beiden mit dem Sarg auf den Steg kommen, da schreit Rose plötzlich dumpf auf, und sie halten an. Ich starre auf die Stelle hin, ich kann mich nicht rühren, so schaurig ist es. Vor dem Steg auf der anderen Seite, da steht eine Frau, und sie hebt die Hand und weist die beiden Männer mit dem Sarg zurück. Ich sehe, wie der Sarg schief auf den beiden Schultern steht; denn Rose ist etwas kleiner, und ich sehe, wie sich Öllrichs Bart vorsträubt; denn er hebt sich vom Grabenwasser ab, in welchem sich das Leuchtfeuer spiegelt. Und sie gehen keinen Schritt, sie stehen auf dem schmalen Steg, der über den Graben führt, und der Sarg schwankt hin und her. Eine unsinnige Angst erfaßt mich, er könne in den Graben stürzen, oder die von mir so schön erdachte göttliche Fügung könne anderweitig zunichte werden. Ich will hinunter, aber meine Füße sind wie Schlick, ich breche in die Knie, ich würge an meiner Kehle, es kommt kein Laut heraus, und dennoch schrei ich wie verrückt.

„Scharhörnriff!" schrei ich und schrei es ihr zu. Mein Gesicht schlägt ins Gras.

Als ich wieder aufblicke, da standen die beiden Männer mitten auf der Friedhofskuppe, die so gewölbt ist von dem Gebein der Namenlosen die vielen Jahrhunderte lang. Sie schaufelten, daß die Spaten klirrten.

Es ist vom Grog! sagte ich mir, nahm mich zusammen und stieg den Deich hinab. Ohne Zögern ging ich über den Steg zu den beiden und half ihnen das Tau halten.

„Sie ist wohl wieder 'runter", sagte Öllrich, „die Mieke stand nämlich vorhin da, die ist nicht ganz normal."

„Und wir dachten erst, es wär seine Braut!" lachte Rose, aber sein Lachen klang man dürftig, und er nahm den letzten Zug aus der Flasche; man sah ihm an, daß es kalt war die Nacht.

Ich aber schwieg, denn es hat keinen Sinn, zu deutlich zu zeigen, wenn man einen romantischen Gedanken gehabt hat. Somit war der Hügel bald gemacht, und er sah aus wie eine kleine helle Sandinsel auf dem dunklen Friedhof, und dieser war wieder eine Insel auf einer Insel, und diese lag mitten auf der runden Erde, die wiederum eine Insel ist in dem großen Himmelsmeer. Wir nahmen alle die Mützen ab, und da mir gerade in dem Augenblick der letzte Vers des Liedes einfiel, an dem ich die ganze Zeit herumgegrübelt hatte, so nahm ich die Gelegenheit wahr und sagte ihn auf:

„Ruhe sanft auf blauem Grunde,
Von den Wellen eingewiegt,
Deiner Mutter bring ich Kunde,
Wo ihr Sohn begraben liegt."

Aber das Gloria ließ ich weg.

Stiller Strandgarten

Folgendes begab sich nach dem Ersten Weltkrieg, aber Ähnliches begibt sich immer wieder.

Es hatte bis zum Mittag geregnet. Der Himmel blieb noch eine Weile bedeckt, und niemand in der großen Stadt dachte daran, sich einem Spaziergang mit Traufe auszusetzen; somit war es sehr einsam diesen Nachmittag auf den Straßen hinter den Vororten und auf der Elbchaussee und die Hügel hinunter die Meile Strand entlang bis Blankenese. Selbst als die Sonne aus abziehenden ockerfarbenen Flören durch die hellgrünen Wipfelschleier zu fingern begann, belebte es sich kaum, denn der Mensch braucht Zeit zur Besinnung. Nur ein einziger Wagen rollte langsam von Ottensen her über das blanke Pflaster den Weg am hohen Ufer hin zwischen den alten Patriziergärten. Es war ein edler und großer Wagen, eine Dame saß am Volant, und sie war allein. Ihr Gesicht, als es durch die Scheibe sinnend über die tiefe Strombreite sich in die Ferne den rauchblauen, sanft schwingenden Graten der Lüneburger Heide zuwandte, war so jung nicht mehr, aber es war schmal und gut gezeichnet, bräunlich, großäugig und im Ausdruck von einer sonderbar kindlichen Erwartung. Er kam von weit her. Der Wagen trug nicht das HH der Stadt, die es eben durchfahren hatte, auch nicht das D Deutschlands, es war eine fremde Bezeichnung, in der sich selbst der greise Gärtner der Bülowschen Villa nicht auskannte, der gerade vorm Gartentor stand, und er hatte hier noch Wagen aus sozusagen aller Welt erlebt.

Eine Pforte weiter nun hielt der Wagen. Sollte es ein Käufer sein? dachte der weißhaarige Mann und strich über seine Joppe. Die Dame stieg zögernd heraus, sie tat es anmutig, aber sehr zaghaft. Sie war schlank, von angenehmer Größe und war in Schwarz, doch sommerlich gekleidet. Es ist eine vornehme Dame, sagte sich der Gärtner; denn seine Augen waren vom Horizonte der Elblandschaft die weiten Blicke gewöhnt, und als sie sich ein wenig scheu umsah, nahm er die Mütze ab, obschon es bis zur nächsten Tür an fünfzig Schritte sein mochte. Sie nickte zurück, ja eine gewisse Helligkeit flog über ihr Gesicht. Dann sah sie, daß die Gartenpforte rostig war und mit einem schmutzigen Bindfaden verschlossen, sah, daß der Kiesweg ungepflegt sich zum Haus hin in verwilderte Büsche verlor, und sah die leeren Fenster des Hauses, und daß es seit längerem ohne Anstrich geblieben war. Eine Weile stand sie reglos. Ihr Mund war keineswegs mehr kindlich, er war in Fröhlichkeit und Leid erfahren, er hatte unzweifelhaft Enttäuschungen hinter sich, und es schien, als wolle er sich vor einer unerwarteten, letzten und tiefen Enttäuschung mit einem heftigen Schlußstrich bewahren, so dünn preßten sich die Lippen zusammen.

Der alte Gärtner war einige Schritte herangekommen, ihm war nämlich, als müsse es so sein. Sie wollte ihm entgegengehen, um die Stimme nicht zu sehr erheben zu brauchen, aber ihre Füße waren erschrockener und trauriger als es ihr Herz zugab, sie kam nicht recht von der Stelle und blieb bei einem Schilde stehen, das über den Zaun ragte und besagte, das Haus sei nebst Garten und Wirtschaftsräumen zu verkaufen. „Dieser hochherrschaftliche Besitz . . .“ stand da, und das Schild war schon ziemlich verwittert. „Es ist schon 'n paar Jahrende zu verkaufen!“ sagte der Gärtner. Er war nun heran.

„Heinrich!“ antwortete sie da mit gepreßter Kehle.

„Heinrich, das bin ich noch immer“, erwiderte er bescheiden und glücklich; denn es hatte lange keiner zu ihm gesagt: „Gnäi Frau waren wohl auch mal zu Besuch hier, ist ja nun aber tot, lange tot, Seine liebe Durchlaucht, unser Fürst Bülow. Ich muß ja noch immer 'n büschen aufpassen auf 'n Garten, damit wenn einer kömmt, es zu kaufen, allens in Schuß sein tut. Abers kömmt ja niemand. Slechte Zeiten. Oder wollen gnäi Frau etwa?“

„O nein! Ist denn dieses auch zu verkaufen?“

„Das da? Wo gnäi Frau ihr Wagen halten tut? Jahrende schon, sind ja zu slechte Zeiten, gnäi Frau. Kam doch der Herr Direktor immer noch mal vor, zu Fuß, ist nämlich ganz arm geworden, der Herr Direktor. ‚Heinrich‘, sagte er immer, ‚slechte Zeiten, abers wird wieder besser‘, sagte er. Nu is er auch gestorben, is an die drei Monate her.“

„Das war mein Bruder!“ sagte da die Dame mit leiser, verzweifelter Stimme: „Ich hörte es, er sei tot. Ich komme von Kuba; es dauert so lange, ehe man alles weiß; ich wußte ja nicht, wie schlimm manches hier aussieht bei euch in Deutschland.“

Der alte Gärtner verzog seinen verwitterten Schädel in drei Dutzend mißtrauische Falten, aber auf einmal sagte er freudig: „Die Farbe von Haar, das stimmt. Dann sind Sie, o ja, nu kenn ich Sie, gnäi Frau, nu sind Sie die Irmel, soo klein waren Sie damaligen. Und gingen in Internat und waren wohl auch später mal da und heirateten nach Übersee, und die alten Herrschaften starben beide im Süden, und der Sohn, der Herr Direktor, was der Bruder war von gnäi Frau, übernahm die Firma. Aber die slechten Zeiten, da ist nichts mehr mit dem Export, und ist eine arme Stadt geworden, die liebe Vaterstadt, un allens Schulden und Elend, da hilft kein Tünche und Hochbahn und Großartigkeit und große neue Schiffe, is nix dahinter!"

Sie schluckte eine Weile an Tränen. Dann verwies sie den Kleinmut. Es sei nur eine Übergangszeit. Und sie bat den alten Mann, die Gartenpforte aufzubinden; er nahm sein Messer mit zittrigen, knotigen Fingern, und durchschnitt das Band, vermeinend, es werde nun wohl bald ein richtiges Schloß wieder daran kommen, und er entschuldigte sich, daß drinnen im Garten alles verwahrlost sei, niemand wolle etwas daran wenden, und er könne ja auch nicht mehr recht, und sei es ja seines Amtes auch nicht für dieses Grundstück, und die Schlüssel für das Haus hätten die Makler.

„Ich will nicht in das Haus, nur ein bißchen durch den Garten", erwiderte die Dame, und Heinrich solle nur wieder in den seinen gehen. Sie bedankte sich, sie lächelte sogar. Aufrecht und fest ging sie den sandigen Weg hinein, und hinter ihr sachte lehnte der Gärtner die wacklige Gartentür wieder an.

Sie ging eine Weile und kam um das Haus auf der Ostseite herum, die Fensterläden hingen schief herab, im Keller waren Scheiben zerschlagen, man sah die Küchenfliesen, das lustige Schachbrett, aber sie waren lange nicht gescheuert. Die Ilexbüsche auf dieser Seite waren üppig über den wuchernden Rasen geschossen, sie blühten in wilden gelben Dolden, der Duft war nicht heimatlich, er war schwül und bitter, roch nach Konfirmation und Beerdigung und nach Westindien, wo sie lange Jahre hatte leben müssen und das sie nicht liebte. Die Rhododendren hatten schon dicke Knospen, aber das war üppiger in den Tropen. Auf der kleinen Lichtung jedoch standen Löwenzahn golden im Gras und die kleinen Marmelblumen, und dann sah sie den Mandelbaum wieder, den sie gepflanzt hatte, als ihr letzter Milchzahn ausgefallen war, und der war darunter begraben worden; das Stämmchen war drei Hände hoch gewesen, mehr nicht und war nun höher als sie, strahlte seine Zweige nach allen Seiten gerade heraus wie ein mildes Feuerwerk, und stand voller seidiger rosa Blüten. Da begann sie zu weinen und ging weinend weiter und sah durch den Tränenschleier die Arabis wie eine weiße Brandung über die Terrasse schäumen, sah die Fetzen der einst weißrot gestreiften Sonnenmarkise im Winde winken, sah die steinernen Löwen, die einen Schnurrbart hatten wie Wilhelm II., der so oft nebenan zu Besuch gewesen und blickte wie durch Nebel hinab auf den Strom, wo weiße Segel in der Brise lagen starr wie Scherben alten Porzellans. Doch über ihr riefen Amseln in den lichten Gewölben der Bäume. Es säuselte im jungen Laube, der frühe Sommer duftete rings, und auch ein Duft von Wasser stieg die Wege herauf. Sie mußte daran denken, daß Gärtner Heinrich, wenn er ein Trinkgeld erhielt, immer zu sagen pflegte: Es hat einen guten Geruch.

Weiter und weiter ging sie umher in dieser zahmen nordischen Wildnis, in der keine Schlangen, keine giftigen Dornen zu fürchten waren. Der Park war groß, sie kam auf den Altan, der hoch überm Abhang in die perlmuttfarbene Luft ragte. Sie blickte ergriffen über das breite glitzernde Wasser, das Füllhorn der Hanse, die Fährstraße der Welt. Drüben die Sände, die flachen Inseln, die saftigen Marschniederungen, winzig auch Kirchtürme, Leuchttürme und Windmühlen und dann die Kuppen und Forsten der Heide, die in milchfarbenem Dunst zergingen. Aber auch Öltanks standen am jenseitigen Ufer, eine ganze Stadt von Öltanks war da aufgewachsen und die Hellinge und Krangerüste einer Werft. Als sie fortging, waren da noch Wiesen gewesen, Gräben und Schilfdickichte, darin ihr Vater Enten jagte und ihr Bruder und sie Urwald gespielt hatten. Sie hatte den richtigen Urwald kennengelernt und sehnte sich nach den kleinen Schilfwäldern zurück. Unter ihr stürzte sich das grünsilberne verwilderte Gewipfel aus Akazien, Weiden, Erlen und blühenden Birnbäumen schluchtig ins Stromtal hinab; der Strand leuchtete kuchengelb durch das frühzarte Blättergespinst. Blasse Wellen, schon rosafarben in der schrägen Sonne, kräuselten wie kindliche Lippen und hatten kleine weiße Zähne. Ach, da fiel ihr ein, wie oft sie als Kinder hier kleine Gesellschaften hatten geben dürfen zu Kuchen und zu Kakao; das liebliche unnütze Geschwätz, die fröhlichen Herzen, das süße Gelächter, die Augen blank wie die Sonnenfunken auf der Strombreite, das Getrappel der zieren Füße wegauf, wegab, die Huhu- und Nu-all-Rufe, die sich in den grünen Gründen verloren, es wisperte noch in ihren Ohren, es hing zwischen den jungen Zweigen, aufbewahrt in den silbernen Schellen dieser herben, kühlen, reinlichen Luft, gewiegt von den Westwinden, die von der Nordsee kommen und salzig auf der Zunge schmecken und Kraft in sich tragen wie Schwarzbrot und Holsteiner Vliesenwurst. Es waren aber mehr die salzigen Tränen, die sie schmeckte. Ein Verlangen stieg in ihr auf nach der Kühle der kleinen Wellen unten am Strand. Ihre Wangen brannten, sie lief die alten grasbewachsenen Schlängelsteige hinunter, sie hob ihr langes Kleid, damit es schneller ginge; es ging so leicht in dieser Luft, es war, als seien drei Jahrzehnte nicht gewesen. Sie kam an einer runden Grotte vorbei, da hatte eines Abends, als sie nach Glühwürmchen suchte, Betty, die gute dicke Köchin, mit Heinrich gesessen, und Heinrich war ein stattlicher Mann gewesen, der Trost und Kummer aller dienstbaren Mädchen der ganzen Nachbarschaft. Sie mußte lachen, es war zu komisch gewesen, sie hatte gesehen, wie die beiden sich küßten, nie vordem hatte sie dergleichen gesehen und hatte es alsbald ihrem Bruder erzählt und ihn gebeten, es ihr zu zeigen. Aber ihr Bruder hatte gesagt, das müsse er leider anderen überlassen. Und nun war er tot.

Der Zaun, der den Garten gegen den offenen Strand abschloß, war an vielen Stellen niedergebrochen, sie lief durch eine Lücke in den knirschenden Sand, sie ließ sich niederfallen; das belanglose Rauschen tat es ihr an, sie hatte großartigere Brandungen erlebt, den Atlantik und die Karibische See, aber dieses war das alte Kinderrauschen und der alte gute Windfächer, der ihre Augen trocken tupfte. Sie zog die Schuhe aus, die Strümpfe. Es war kein Mensch weit und breit, sie streifte die leichten Kleider ab, lief mit erhobenen Armen in die schmalen Wellen, sie lief nicht weit, es war kühl, ungewohnt kühl, aber es war gut. Sie drehte sich in der Sonne um sich selber und flüsterte: Liebe, liebe Sonne, da bin ich wieder! Und sie setzte ganz heimlich hinzu: Hab ich mich nicht gut gehalten trotz der schrecklichen Fremde? Nicht so sehr? War ich damals schöner? Das macht das Heimweh, liebe Sonne!

Ein großer Dampfer kam von Hamburg herab, rotweiß die Schornsteine. Musik, Musik an Bord. Sie bewegte ihre Hände wie weiße Taubenflügel: Nein, ich fahr noch nicht wieder mit, noch nicht, nein, noch nicht gleich! Sie begann wieder zu weinen, so wie sie war, bis an die Knie im Wasser. Dann schämte sie sich, das Schiff war nahe genug, sie sah die Offiziere hoch auf der Brücke, man würde auch sie sehen können, Gläser waren sicherlich auf sie gerichtet, sie flüchtete zu ihren Kleidern zurück; dem Himmel Dank, daß wenigstens die Passagiere schon beim Abendessen saßen. Und dem Himmel Dank, daß sie sich rasch wieder angezogen hatte. Der Gärtner Heinrich stuchelte den Weg herab; sie wurde nachträglich rot. Aber der alte große Mädchenjäger, das war Heinrich ja nicht mehr.

„Ich wollt nur gnäi Frau, wenn gnäi Frau gedenken das Haus zu kaufen, gnäi Frau mit Rat und Tat zur Seite stehn, wollt ich man sagen!“ Das war alles, was Heinrich wollte.

„Ich will es mir überlegen, Heinrich!“ entgegnete sie. Sie wollte nicht sentimental sein; man baute heute schöner und praktischer, keine unechten Rokokoschlösser mehr, sondern versenkbare Glaswände. Aber da oben in den Sälen war ihre Jugend gewesen. Sie stiegen langsam die lichten, verwucherten Hänge empor, sie sah nicht viel rechts und links. Von der Höhe nur warf sie einen Blick nach Westen, wo die große Schiffahrtsstraße dem glühenden Tor der Ferne zuschwingt. Bald würden die Nachtigallen schlagen. Sie wollte nicht daran denken. Sie brach ein Andenken von ihrem Mandelbäumchen, die Blüten kollerten herab, sie lächelte schmerzlich, aber dennoch nahm sie das kahle Zweiglein mit: „Ich werde es meinen Töchtern zeigen", sagte sie. Doch dann schüttelte sie den Kopf: „Nein, die werden es nicht begreifen; ich werde es meinem Bruder aufs Grab legen, er hat mir beim Pflanzen geholfen. Ja, Heinrich, meine Töchter wollen nicht nach Deutschland, die wollen in Neuyork studieren, in ein paar Jahren sind sie soweit, so geht die Zeit dahin. Ich muß ja zurück. Und dann da unten die gräßlichen Öltanks und Werften! Früher waren da Wiesen. Leben Sie wohl, Heinrich!"

Sie wagte nicht mehr, das Haus ihrer Kindheit anzusehen, stieg in ihren Wagen und fuhr davon. Heinrich spürte eine Neigung, das, was sie in seinen alten Fingern gelassen hatte, an die Lippen zu drücken, aber indem er seine Rührung hochschnaubte, hielt er auf halbem Wege inne, murmelte: „Es hat einen guten Geruch!" und steckte den Geldschein ein mitsamt der ganzen hübschen Vergangenheit.

Mussel auf dem Schlick

An der Dithmarscher Küste lebten zwei Vettern, die von Jugend auf einander ähnlich sahen und auch an Wildheit der Gebärde und der Lebensauffassung keiner dem anderen nachstanden. Beider Familienname war Leweko. Harm, der eine, als Erbe eines großen Hofes, wurde Landwirt, der andere, ohne Aussicht auf Grundbesitz, machte zur Not das Abitur und begann, in Kiel dies und das zu studieren. Als der Krieg ausbrach, meldete er sich zur Marine. Doch in den langen Jahren zwischen U-Boot- und Hafendienst gelangte er, trotz allen Wagemuts durch mancherlei Zügellosigkeiten den Vorgesetzten unbequem, nicht weiter als bis zum Obermaaten, spielte alsbald bei den Umsturzgeschichten eine Rolle, wurde fast, ob zu Gebühr oder nicht, von den eigenen Kameraden standrechtlich erschossen und kam, abgekühlt und nach Ruhe verlangend, in seinem Heimatorte wieder an.

Dort hatte er mit einiger Aussicht ein Mädchen sehr gern gehabt, die Tochter des Schulmeisters, sich auch öfter während des Feldzuges um sie gekümmert. Sein Vetter hingegen, sein Rivale auch in dieser Sache wie in manchen sonstigen Wettbewerben der einstigen Jugend, war schon länger wieder daheim; sein Draufgängertum hatte ihm bei der Linie bis zum Offizierspatent verholfen, so daß er mit Glück die einst Umstrittene für sich gewann; zumal man über den anderen, der unzweifelhaft vor Jahren die besseren Chancen gehabt hatte, allerhand der dunkeln Kieler Gerüchte selbst bis an diesen weltverlorenen Strand dringen hörte. Was Wunder, daß keiner von dem „roten Mariner" recht etwas wissen wollte. Selbst seine Eltern und Geschwister empfingen ihn voller Sorge, daß nun bald das Dorf von nichts als seinen angeblichen Untaten rede. Nur der alte Strandvogt war bereit, den guten Kern unter der zerlumpten Paradejacke zu erkennen. Seit je war ihm dieser unruhigere und empfindsamere Sproß der Lewekos lieber gewesen als dessen hochnäsig zielstrebiger Vetter, der sich schon als Deichgraf zu fühlen begann.

Der Heimgekehrte, dessen Neckname vordem Mussel gewesen war, weil er als ein vorzüglicher Muschelfischer gegolten hatte, besann sich auf die See hinterm Deich, lieh sich ein Boot und eine Möwenflinte bei dem gütigen Vogt und fuhr auf eine als unrentabel von der Domäne längst aufgegebene Schlickinsel weit draußen im Watt, wo die Tiden seit Urzeit Land wegschlürfen und Land ausspeien wie am zweiten Schöpfungstage. Dort hauste er in der während des Krieges verlassenen Schäferhütte, die auch kurz als Beobachtungsstation gedient hatte. Er schoß Seehunde und Wattvögel und begann mit den Fellen und Bälgen einen Tauschhandel nach Helgoland, das er fast alle vierzehn Tage, Sommer und Winter, in seinem unmöglichen und vielgeflickten Boote aufsuchte. Niemand störte ihn dabei. Eine Anzahl Legenden bildeten sich über den anwachsenden Luxus seiner Haushaltung, jedoch auch über die lebensgefährlichen Maßnahmen, die er zur Verteidigung seiner Schlickfestung ersonnen hatte, indem er angetriebene oder aufgefischte Minen in die Prielzugänge rund um die Insel verankert haben sollte.

Inzwischen fand die Hochzeit des Vetters statt, der das Hoferbe angetreten hatte. Die junge Frau sah am Hochzeitsmorgen ein ausgesucht schönes Seehundsfell auf der Hausschwelle liegen. Ihr Mann, der darüber zukam, wie sie es in einer Truhe verbergen wollte, meinte, Lunte wittern zu müssen, und ließ nicht nach, in der Folgezeit auf Schritt und Tritt zu sticheln und zu argwöhnen, zumal die junge Frau angab, erst am Trautage selbst durch den Vogt erfahren zu haben, daß Mussel Leweko noch in der Gegend sei, sie habe es aber weder damals noch jetzt glauben können. Die mißtrauischen Redensarten ihres Gatten, die schließlich, obwohl gänzlich grundlos und wohl gerade deswegen, in Grobheiten und sogar Handgreiflichkeiten ausarteten, weckten notgedrungen immer stärker die Erinnerung an jenen durch die Kieler Ereignisse Verrufenen, Erinnerung früher, längst vergessener Zärtlichkeiten, die auf dem trüben Grunde dieser Ehe mählich übergroß und verlockend aufzublühen begannen.

Inzwischen war der Behörde verschiedentlich Unliebsames zu Ohren gekommen über einen Schmuggel mit unverzolltem Rum zwischen Helgoland und der Dithmarscher Küste. Der alte Strandvogt, der die Aufmerksamkeit der Amtsstellen nach der dänischen Grenze zu abzulenken gewußt hatte, starb um diese Zeit. Seinen Posten übernahm Harm Leweko, und eine seiner ersten Vogtshandlungen war, sich mit einer Anzahl Gendarmen, die ihm aus Schleswig zur Verfügung gestellt wurden — mit den ortszuständigen hatte er sich längst überworfen und bezichtigte sie allesamt der Unfähigkeit — nach jener Schlickinsel einzuschiffen, die er als Schmuggelnest lange und laut schon in Verdacht gehabt hatte. Sie kamen auch unter Beobachtung aller Vorsicht durch den Ostpriel. Von einer Minensperre zeigte sich nicht eine Spur, und der neue Strandvogt lachte verächtlich über das Gefasel der albernen Koogbauern, die über Nacht einen Seeteufel und Störtebeker aus dem albernen weggelaufenen Mariner und Muschelschlucker gemacht hätten. Er prahlte, er werde den

Käskerl sanft wie ein Milchlamm und ganz allein aus seiner Schlammbude holen. Somit ließ er die Landjäger, die sich in der grauen, naßkalten Nordsee-Einsamkeit sowieso nicht zu Hause fühlten, an der Vorlandsgrenze im Boot zurück und stieg unbegleitet, allerdings die Flinte hinterm Knast, in seinen Schaftstiefeln den über zwei Kilometer breiten, öden Quellergürtel hinan, der ungestaltet, seltsam und häßlich wie etwas eben Geborenes die flache Kuppe Sandes umgab, die hinter einem kniehohen Dünensaum den Unterschlupf für den Gesuchten bot. Es war schon spät im Jahr, Vogelschwärme zogen wie schmale, enggestrickte Reusennetze durch die Diesigkeit des Tages.

Er soll mir nicht entgehen! sagte sich der Neuvogt. Denn er sah Rauch über der Bude aufsteigen. Aber er erstaunte, als er statt der morschen Schäferhütte, oder vielmehr hinter den Resten dieser, beim Näherkommen ein, wenn auch niedriges, so doch kräftig anmutendes Haus aus frischem Holz erspähte.

Einer der Gendarmen, der durch das Glas vom Boote aus des Vogtes Weg zu verfolgen vermochte, bemerkte, wie er die Flinte nach vorn schob und hinter dem Dünenkamm dort verschwand. Nach einer Weile hörte man aus jener Richtung einen Knall, der nichts anderes als ein Gewehrschuß sein konnte, und dem bald ein zweiter folgte. In Eile machten sie sich nun auf, um über das Vorland an die Hütte zu gelangen; ihre Füße sanken ein, und es dauerte fast eine halbe Stunde, ehe sie den niedrigen Dünensaum erreichten. Dort trat ihnen der Strandvogt entgegen und führte sie in das Haus, wo er im Vorraum auf ein Dutzend Rumfässer wies. In der Stube, die mit aller Behaglichkeit eingerichtet war, lag ein Mann erschossen auf dem Boden. Er war in Seehundsfell gekleidet. Neben seiner gekrampften Rechten lag ein noch neues Jagdgewehr. Ja, ja, das also war Mussel, der große Schmuggler, der rote Kieler. Da lag er nun wie ein toter Eskimo. Er sah ganz so aus, wie ihn die Bauern und Fischer zu beschreiben pflegten.

„Es ging nicht anders, er oder ich!" sagte der Vogt, „hier ging sein Schuß und Gott sei Dank vorbei in die Wand."

Die Beamten gaben zu, daß die Sache hätte unglimpflicher ablaufen können. Der Vogt erklärte, ein Protokoll schon aufgenommen zu haben, zeigte auch dergleichen und ließ die Gendarmen den Tatbestand durch Unterschrift bekräftigen. Im übrigen müsse man sich sputen, sagte er sodann, da die Witterung unbeständig sei. Man vermied, an der Lage des Toten Wesentliches zu ändern, nahm ein Faß Rum als erstmaliges Zeugnis mit, und nachdem ein Wachtmeister flüchtig und hinter der Hand zu einem seiner Kameraden bemerkt hatte, der Erschossene und der

Strandvogt sähen einander merkwürdig ähnlich, und der Angeredete ihn taktvoll daraufhin anstieß, es seien ja auch Vettern gewesen die beiden, fuhr man wieder von dannen.

Der Strandvogt zeigte von da ab ein sonderbar verändertes Wesen, obschon die gerichtliche Untersuchung seinem energischen Vorgehen durchaus Billigung angedeihen ließ. Er war sanfter, namentlich gegen seine Frau, und beide machten oft einen seltsam heiteren Eindruck. Manche wollten allerdings seit der unseligen Tat eigentümliche Gedächtnisstörungen und eine veränderte Redeweise bei dem Strandvogt bemerkt haben. Vielleicht war ihm die Sache nähergegangen, als man hätte vorher vermuten mögen. Immerhin schien ihm, und wohl namentlich auch der Frau, die ein Kind zu erwarten begann, die Gegend nicht mehr zu gefallen. Er legte sein Amt nieder, verkaufte den Hof und wanderte nach Kanada aus.

Mieke Teersticken, als sie davon hörte, meinte einmal, die Vettern hätten im Tode ihre Personen ausgetauscht, oder vielmehr nur ihre Kleidung, und den man dort auf der Insel begraben habe, das sei der Vogt Harm Leweko, und der „rote Kieler" habe Amt und Frau des Toten kraft der Ähnlichkeit einfach übernommen.

Sie sagt auch, das allerdings sei keine Lüge, daß des Vogtes Gewehr erst an zweiter Stelle geschossen habe. Aber der es gegen die Wand abdrückte, das müsse Mussel selber gewesen ein.

Vor der Tür säuselt der Wind, der weiß, wie es war. Und vor dem Deich liegt die See, sie ist nicht unendlich, und niemand ist aus der Welt, solange er lebt. Möge der, der die Herzen lenkt zu gut und böse, es milde mit uns meinen, damit wir bleiben können dort, wo unser Herz zu Hause ist.

Die schlafenden Schiffe

Westlich der Stadt liegen Gärten am Ufer. Ein Freund von mir wohnte dort, der Seemann geworden war wie viele, die den Anblick des Stromes genießen von Jugend auf und den unermüdlichen Schiffsverkehr und die Flaggen der Nationen. Sah man von seinem elterlichen Grundstück stromauf, so ahnte man hinter Dunst und Gemurre das verzweigte Gelände des Hafens. Wandte man das Auge stromabwärts, so tat sich die silberne Ferne auf, schon meeresnah und zumeist überkuppt von klarem großlinigen Gewölk. Schiffe kamen über die Kimmschwelle wie vom westlichen Abendfeuer abgeschnippte rauchende Kohlenbrocken, schoben sich näher, nahmen Farbe und Gestalt an, glitten vorüber, riefen mit Taifunheuler nach dem Lotsen und tauchten unter zu ihrer Entlöschung im Arbeitsschwalch des Hafens. Von dort hinwieder lösten sich die Ozeaner, die nach Übersee gerichtet sind. Ihr Abschiedsruf dröhnt durch die Tage und Nächte der kleinen Gartenhäuser. Sie rauschen daran vorüber und sinken hin in die weite Welt.

Mein Freund nutzte seine Zeit, blieb bei ein und derselben Reederei, machte seine Prüfungen und fuhr mit besten Aussichten auf Beförderung im Levantedienst, als ich ihn unvermutet in der Stadt traf. Er erklärte mir, sein Schiff sei ohne Ladung zurück und liege seit gestern auf. Er bleibe als Wachmann an Bord, allein, alle anderen seien entlassen. Es war nicht seine Art, viel Worte zu machen, aber er schien ganz zufrieden. Ich wußte, er hatte eine Braut. Sie wohnte nicht weit von seinem elterlichen Hause, und von ihrem Garten konnte sie nun alle Tage sein Schiff und vielleicht durch das Glas sogar ihn selber sehen und er sie; denn es lag gerade gegenüber.

Geradewegs überm Strom, am anderen niedrigen Ufer, ist auch noch Hafen, jedoch ein sehr stiller Hafen. Als die große Stadt im Aufblühen war und der Weltmarkt zu den schönsten Hoffnungen berechtigte, fraßen die Bagger gewaltige Buchten in die weichen Wiesen; riesenhafte Kaimauern aus Eichenpfählen, Beton und Granit begannen, sandaufgeschüttete Rampen gehörig einzusäumen; auf dem Papier der Baumeister türmten sich gigantisch Schuppen, Speicher und Silos. Da kam der Niedergang aller Wirtschaft, und die Anstrengungen wurden abgeschnitten. Halb fertig ließ man das Unternehmen im Stich. Die Wiesen schlichen wieder heran, Schilf und Binsen wuchsen wieder, wo nackt und grau die Rampenmauern ragen sollten. Und dennoch sammelten sich hier eines Tages die Schiffe, Überseer guter Größen, kaum einer unter fünftausend Tons. Aber sie brachten nicht den vollgeladenen Duft fremder Zonen mit. Hochbordig, leer, zwei Schlepper vorn, zwei hinten, wurden sie herein bugsiert. Kein Gepolter der Luken war vernehmbar, kein Anmarsch der Schauerleute, kein rasselnder Krangesang. Nur ein letztes müdes Kreischen der Winschen, die Trossen wurden an Poller oder Duckdalben festgemacht und angezogen. Die Kesselfeuer wurden ausgeblasen. Ein Allerletztes war noch zu tun. Zwischen Fock und Besanmast wurde eine Stahlleine geschoren, und ungeheure Deckel aus geteertem Segeltuch, groß wie die Dächer von Karussells, mit einem eisernen Ring in der Mitte, wurden daran hochgehievt und auf die erkalteten Schlotöffnungen niedergelassen, damit nicht Regen und Schnee hineinfalle. Und es sah aus wie Nachtmützen. Was an Mannschaft noch dabeigewesen war, ging an Land. Handel und Wandel stockte in allen Kontinenten. Allerorts waren die Reedereien gezwungen, Schiffe aufzulegen. Und nun lagen sie da und schliefen. Es wurden ihrer täglich mehr. Auch die „Cantaria" war nun darunter, auf der mein Freund als Wachmann an Bord blieb.

Ich besuchte ihn. Es war August. Es war eine Freude, bei ihm an Bord zu sein. Schneeig weiß leuchteten die Aufbauten, alles war grad frisch unterm Pinsel gewesen. Die Messingklinken glänzten, vom Promenadendeck hätte man essen können. Kein Stäubchen lag in den wartenden Kabinen, die Kristallflaschen auf allen Waschtischen waren mit klarstem Wasser gefüllt. Einladend breiteten sich die Sesell in den Salons. In Kammer und Logis, Küche, Vorratsraum, Bunker und Gang auf und ab roch es nach Sauberkeit und Zuversicht. Ich sah durch die reinlichen Grätings die vielen Stockwerke tief: wie blanke Muskeln gespannt strahlte das Geschlänge der Maschinen. „Ein gutes Boot!" sagte mein Freund stolz. „Es ist nicht schlechter als die ‚Cap Polonio' dort, trotz ihrer drei dicken Schornsteine, nur kleiner. Wir müssen bereit sein, immer alles in Schuß. Wir können jeden Tag Order kriegen."

Der Wachhabende von der „Lindenfels", die nebenan lag, kam herüber, als er Besuch witterte. Er lag schon länger hier und langweilte sich allmählich. Und immerhin gab es einen guten Kaffee. „Ich bin schon beim Rum!" sagte er. Er war ein vierschrötiger, älterer Mann mit kurzem Spitzbart. „Ihr seid Knaben!" griente er. „Ich hab schon als Kapitän gefahren und kenne den Wind. Da reden sie auf der ‚Polonio' von Saison. Im Herbst ist Saison in Südamerika. Die werden schön ausrutschen. Genau wie wir ausgerutscht sind. Aber soll man sich deswegen ärgern? I wo! Meine Saison ist im Buddel. Und wenn ich noch 'ne Braut hätte, wie Steuermann, denn will ich gar nicht nasser sitzen als hier."

Mein Freund lächelte. Er sah sein Mädchen fast jeden Tag, und nicht nur von ferne durchs Glas. Er konnte wohl glücklich sein.

Es wurde September. Die Sonne ging unter mitten im Strom, es war wie im Mai. Wir standen hoch auf der Brücke. Drüben unter der blauen Hügelkrause blitzten die Fenster der kleinen Gartenhäuser. Die Fahrrinne sah von hier dünn aus wie eine gelbe Schnur. Wir sprachen nichts. Wir blickten den paar Dampfern nach, die mit der Ebbe ausliefen. Gleich einem grünen Baumwipfel wuchs der Schlotqualm in den Himmel. „Nächste Woche vielleicht!" sagte mein Freund, als ich mich verabschiedete. Es war das einzige, was er gesprochen hatte. Es lag eine verzehrende Hoffnung in seinem Ton. „Ich verstehe dich nicht!" erwiderte ich in der Befürchtung, er möge enttäuscht werden. „Du hast es doch gut, siehst dein Mädchen jeden Tag."

Er sah mich prüfend an. Seine Augen leuchteten auf. Dann aber wandten sie sich wieder der Ferne zu, wo der schöne Qualmwipfel schon verwelkt war.

Es wurde Oktober. Es wurde November. Die Möbel in den Salons staken längst unter mottendichten Überzügen. Der Wachmann der „Lindenfels" kam schon beim Lexikon! lachte er und gab uns einiges zum besten, was unter dem Buchstaben P steht, bei dem er gerade war. Wir hörten nicht recht zu. Mein Freund starrte trübe vor sich hin. Er trank reichlich, aber es ermunterte ihn nicht. Ich wußte, daß es den Eltern seiner Braut nicht gut ging und sie ihm abgeraten hatten, noch länger mit der Tochter zu verkehren. Es war ein einfaches, tüchtiges Mädchen mit einer guten Kontorstellung, aus der allerdings für eine Heirat nicht mehr viel zurückzulegen sein würde. Seine eigenen Bezüge waren ja auch magerer geworden. Gewiß, es war nicht schön. Ich dachte, es ist besser, geradeaus davon zu reden. Er hörte es sich ruhig an. Seine Miene erhellte sich sogar. „Das ist es nicht!" sagte er. (Wie war ich froh, daß er überhaupt endlich etwas sagte!) „Wir müssen endlich wieder fahren, das ist es!"

Es überschwoll meine betuliche Haltung wie Brandung und Bö, war ich doch selber von Fernweh verzehrt. „Nur immer sachte!" schluckte ich.

Der Alte unterbrach seinen Absatz Polynesien, den er, mit Eigenem untermengt, vorzutragen begonnen hatte und sagte trocken: „Ich denke, ihr habt Weihnachtsfracht? Tannbaumkugeln, Schlafpuppen und Kinkerlitzchen nach Barcelona, Tunis und die kleinen Löcher am Mediteranian, wo ein paar Christenmenschen noch Geld haben?"

Das allerdings war ein anderes Zauberwort als meines. Mein Freund war mit einem Schlag wie umgewandelt. Er schrie, grölte, pfiff, sang, tanzte schottischen Hornpipe und kubanischen Rumba. Er nahm die Reederei in Schutz, ohne daß wir sie angegriffen hätten, versicherte, er würde selbst für die halbe Heuer fahren, aber fahren, fahren, 'raus aufs Wasser, 'raus zu Rasmus auf die See, lieber täglich Zwölfjackentag und keine Freiwache zu Bett, als hier verliegen und verkommen. Und er zeigte uns, wie das Schiff anfing zu vermodern. Und selbst die Ratten hätten es schon verlassen. Und selbst die Kakerlaken. Und ich solle bei ihr vorgehen. Es bleibe alles beim alten. Wenn er von der nächsten Reise komme, wolle er Hochzeit feiern, ganz gleich, wovon. Nur fahren, dann würde sich alles finden!

Als wir uns spät von den verrutschten Bezügen des Salons erhoben, meinte der Alte, der früher als Kapitän gefahren war und seine Schlagseite mit Anstand zu balancieren verstand: „Die kommen nu bald 'runter, die Bezüge, die sind genau so wenig mottensicher, wie unsere Tarife."

Was aber 'runter kam, war nur er selber. Es war Januar. Da kam er 'runter von der „Lindenfels" und wurde durch einen anderen Wachmann abgelöst. Die Schiffe lagen noch allesamt da; Reif, Schnee und Eis hingen glitzernd über Reling und Wanten, und die Schlafmützen auf den Schloten wuchsen manchmal zu sonderbaren Formen hoch. Es war unerquicklich, nach drüben zu fahren. Seit der Alte weg war, vermochte niemand mehr einen Funken zu erzeugen in dem einsamen Mann auf der „Cantaria", der denn, nachdem wir uns über ein Nichts bis an die Ehre geraten waren, außer einem gelegentlichen Inspektor lange Zeit kaum einen Menschen sah; auch seiner Braut hatte er verboten, ihn zu besuchen.

Ich traf das junge Mädchen zufällig. Es war ungebeugten Mutes. Er bereite sich auf seinen Funker vor. Man dürfe ihn nicht stören. Und im Frühling würde alles wieder besser, die Schiffahrt und alles. Ich stimmte ihr von Herzen zu. Mir ging es auch nicht rosig. Wir verabredeten einen gemeinsamen Besuch. Als ich sie zur Stunde traf, machte sie ein bedenkliches Gesicht. Sie wolle lieber allein hinüber. Er sei gekündigt. Oh, bis Mai sei noch lange Zeit. Die Frist würde innegehalten. Jede zweite Reederei würde sich alle zehn Finger lecken nach einer solchen Kraft. Und womöglich, und das wäre ihr lieber, nehme er sogar etwas Vernünftiges an Land an. — Ob ich mich gelegentlich umsehen solle? fragte ich, wennschon ich selber auf schwanken Füßen dastand. — Nein, sehr liebenswürdig. aber da würde sich ja tausenderlei finden, mit seinem Examen.

Es war Februar, es war März. Die schräge Sonne gewann an Schein. Auf den runden Beeten in den kleinen Ufergärten prangten schon rosa und rote Tulpen. Ich schrieb eine Postkarte, fragte an, ob ich einmal 'rüberfahren dürfe. Die stillen Schlote drüben starrten gen Himmel aneinandergereiht zu einer maßlosen Egge, die sich hob und senkte mit den Gezeiten, Gott mochte wissen, wo der Acker gepflügt wurde, für den ihre stumpfen Zähne gedacht waren. Hier an der Kante des Festlandes, an der Tür der See. Es zog mich mit unbehaglicher Gewalt dahin. Ich wollte auch ohne Antwort hinüber. Wer sollte es mir verbieten? Ablenkendes kam dazwischen. Ich war Woche um Woche fort von der Stadt und ihrem Strom. Es war Mai, als ich zurückkehrte.

Mit schwerem Gewissen machte ich mich alsbald auf den Weg, nahm den kleinen Fährdampfer. Ach, ich erkannte von weitem den Schornstein der „Cantaria“ heraus aus allen anderen, und es waren nicht weniger geworden. Auf dem Landeponton am Höft geriet mein Mut ins Wanken. „Ist es noch derselbe Wachmann auf der ‚Cantaria‘?“ fragte ich den Zollbeamten, der dort den mageren Verkehr beobachtet. „Heute noch“, entgegnet der. „Boot vorher kam seine Braut. Die kriegt auch bald graue Haare, wenn's so weitergeht. Das heißt, ich würde es da noch lange aushalten mit einer so schnaften Lady.“

Diese zweideutige Bemerkung machte mich nicht leichter. Meine Beine ließen sich Zeit. Ich hatte viel Muße, die Schrebergärten zu betrachten, die sich schon wieder aufgetan hatten, wo auf den Projekten nichts als blaues Wasser und grauer Beton erwogen war. Es blühten gelbe Blumen am Wege und kleine Gebüsche aus Weidenröschen und wildem Hopfen, und auch der graugrüne Wermut wuchs da in Menge. Ich brach eine Rispe ab, zerrieb sie zwischen den Fingern. Es roch gut nach Zitronen in der wärmlichen Luft.

„Davon nehmen man der Herr ein ordentliches Bündel voll!“ rief mir jemand übern Zaun zu. Die Stimme mußte mir bekannt sein. Hallo, das war ja Käpt'n Wachmann von der „Lindenfels“. Er erkannte mich auch. Er wußte auch gleich, wohin ich wolle, und strakte sich den sturen Spitzbart. Aber bevor er eine Bemerkung in der Richtung machte, wich er auf seine eigene Person aus. Er habe sich hier ein Stück Land gemietet, um in der Nähe zu sein, wenn es wieder losginge. Sind es keine Weihnachtskugeln, sind es Ostereier, und wenn die nicht, dann sind's zu Pfingsten ... Er suchte nach etwas Passendem. Ich half ein wenig bitter mit „Pfingstochsen" nach. Er jedoch hob ungekränkt den knotigen Zeigefinger: „Nee, junger Mann, scherzen Sie nicht! Eines Tages geht es bestimmt wieder los; dann hat die Schlaferei ein Ende, hiß auf die Flagge überall! Dann geht's wieder Volldampf voraus. Ade, in die blaue See und rund um die runde Welt. Bloß abwarten! Das muß man können und nicht davonlaufen. Die lange Luft muß man haben und immer mutig, und sich nichts in' Kopf setzen. Dann sollen Sie mal sehen, wie wir wieder obenauf sind! Die die längste Luft gehabt haben, die sind dann am obensten auf!"

Er lachte über sein ganzes altes runzliges Wettergesicht. Mir wurde wohler ums Herz. Der Mann hatte recht. Ich wollte es dem auf der „Cantaria" gleich zum Troste weiterreichen. Der Alte aber war noch nicht zu Ende und schloß wieder an den Anfang an: „Wenn Sie also zu dem gehen, dann nehmen Sie ruhig ein Büschel mit. Wermut — bis W bin ich noch grad gekommen im Lexikon, ehe sie mich an die Luft setzten, an die lange Luft, wohlgemerkt, die ich hab — also Wermut ist gut für Würmer, auch im Kopf, da soll er sich einen Tee von kochen, in Griechenland und auf Steinwärder machen sie Wein daraus, das hilft auch nicht besser, und es heißt anderwegens Artemisia, was eine Admiralin war, und hat jemandem in einer Seeschlacht geholfen, wonach die Italiener ihre Mettwurst Salami so nennen, und hat ihren eigenen Bruder geheiratet, der die Mausoleums erfunden hat, und alles wegen dem Wermut, das sagen Sie man, und wenn die das konnten, kann er seine Braut erst recht heiraten, es wird ja Zeit mit ihr, und sie soll sich ein Beispiel an der Admiralin nehmen und nicht bange sein!"

Ich segnete das Lexikon der „Lindenfels" für diesen erbaulichen Wirrwarr. Das mußte den abgefeimtesten Einsiedler erweichen. Ich schritt davon, um die Beschwingung nicht abflauen zu lassen. Dem Alten fiel aber noch etwas ein: „Vergessen Sie nicht, zu unserm Maibaum zu kommen! Maibaum — richtiges Karussell — Schießbude!" Er rief es mir durch den Trichter seiner alten Hände zu wie von seiner einstigen Kommandobrücke. Wir werden andere Sorgen haben! dachte ich, winkte abwehrend zurück und ging auf die „Cantaria".

Ich sah vorerst niemanden an Deck und wurde wieder zögernd. Ich wollte wieder gehen. Ich wollte nicht stören. Aber es ist eines Mannes nicht würdig, seinem Gewissen auszuweichen, sagte ich mir, und seiner Verantwortung, wo es gilt, einem

Freunde zur Seite zu stehen. Wenn ich es recht bedachte, war dieser mehr mein Freund als mancher mit dem ich öfter zusammentraf und mehr beredete. Es war eine innere, unausgesprochene Verbundenheit, die auch er betreffs meiner empfand, das schien mir nicht zweifelhaft, so wenig nett er sich das letztemal auch gegen mich benommen haben mochte. Alles war entschuldbar in seiner Lage. Aber was hieß: in seiner Lage? Hatte er nicht sein Auskommen? Seinen Beruf? Seine Freundschaft und Liebe? Und sein geliebtes Schiff täglich unter den Sohlen? Millionen andern ging es unerquicklicher.

Mein Sinn füllte sich mit Zwiespalt. Es war eine ungute Luft zwischen den schlafenden Schiffen. Und, mein Gott, wie sahen sie aus. Was blank gewesen war, war rostig, das Weiße vergilbt, hier und da in den Deckritzen wuchs dünnes Gras, es roch moderig aus den Niedergängen, an den Schloten von den Schlafmützen herab hatte die Himmelsnässe lange mißfarbene Rinnsale gezogen, Rost brannte durch die Reling, durch Geländer, Trossen und Nieten und malte wie in durchbrechender Sehnsucht feurige Karten unbekannter Inseln und Erdteile auf die Außenplanken. Es war klar, hier mußte man verrückt werden. Es mußte eine wahre Wohltat sein, hier herauszukommen.

Das schien auch ganz die Meinung meines Freundes zu sein, als er mit seiner Braut und dem neuen Wachmann auf Deck trat. Er begrüßte mich herzlich, als sei nichts gewesen, und sprach gleich von dem Gartenfest, das hinten auf der Mole von dem Schreberverein gefeiert würde. Ja, da müßten wir hin. Sein Gesicht war ein wenig grau, seine Augen ein wenig flackernd, deuchte mir, es mochte aber mehr der Abglanz meiner eigenen Unruhe sein. Seine Freundin lächelte; ihre Stimme war höher und rascher als sonst, als habe sie einen Druck daruntergesetzt. Sie merkte mir an, daß ich auf dem Herzen hatte, nach den Aussichten zu fragen, und kam mir zuvor, indem sie mir zuraunte: „Wir haben eine Stellung." Er hörte es, obwohl er es vielleicht nicht hören sollte, er wandte seine hellen seefarbenen Augen forschend und mit Abwehr auf mich. „Ja", sagte er mühsam gelassen: „Ich hab meine sämtlichen Bücher in den Bach geschmissen. Ich werde Kinoportier."

Sie sah ängstlich auf mich hin und erklärte schnell, es sei nur für den Übergang. Sie habe früher mal zum Film wollen. Daher kenne sie den Direktor.

Der neue Wachmann, dessen augenfällige Biederkeit durch berufliche Enttäuschung gelitten hatte, nahm die Pfeife aus dem

Schnurrbart und meinte spöttisch: „Kintop? In den Kintop entern? Auch eine seemännische Beschäftigung!"

Ich merkte wohl, wie mein Freund an sich hielt. Er nahm seinen Koffer und rannte ohne ein Wort die Gangplanke hinunter. Unten besann er sich. Sein Blick streifte mißbilligend, daß seine Braut angstvoll meinen Arm erfaßt hatte. Er trug den Koffer wieder bergauf, warf ihn nieder. „Der bleibt solange hier! Wir gehen erst mal zum Fest!" schrie er den neuen Wachmann an. Der steckte die Pfeife wieder in den Schnurrbart und grinste achselzuckend.

Wir gingen zu dritt zum andern Höft. Es dämmerte bereits. Die mageren Ankerlaternen der Schiffe wurden hochgezogen, Schlaflichter nah und fern in den Zäunen der Masten und Schlote über den stillen Grüften der Schiffe. Und obwohl dergleichen lyrischer Beigeschmack ihm sonst fremd war, murmelte mein Freund: „Totenlampen."

Es mag sein, daß es so etwas gibt. Jedenfalls schwoll mir das Herz über vor Mitleid mit den beiden, mit ihm, der krank war vom Heimweh nach der See, oder wie es zu sagen war, und der nun einen untensprechenden Schritt an Land tun sollte, und mit ihr, die, wie ich vernommen hatte, ihre gute Stellung hatte aufgeben müssen eines Geredes wegen, daß sie ein Kindlein bekomme. Vor uns erglommen die Glühlampenschnüre des Karussells. Ich redete hastig, daß es noch alles lustig werden könne. Nein, sie sollten wohnen, wo ich wohnte, alles sei zu ihrer Verfügung, heut abend schon, und könnten heiraten und nicht heiraten, wie es bequem sei, und könnten sich auf mich verlassen, und ich wollte ein Hundsfott sein und nicht jeden Bissen mit ihnen teilen, und so weiter. Das junge Mädchen, seine liebe Freundin und Braut, legte die Hand auf meine Schulter, Tränen erstickten ihre Kehle, sie dankte mir freudig. Ich merkte aber, daß es ihm weniger recht war. Weiß der Himmel, mir schien, als sei er eifersüchtig und fürchte, es könne nicht gut gehen, wenn wir drei zusammen hausten. Nicht, daß er etwas dazu sagte. Er sagte etwas anderes. Er wies mit einer ungewohnten Handbewegung auf das Erleuchtete vor uns und murmelte: „So sieht ein Kintop aus!"

Auf dem Rummelplatz trafen wir den alten Kapitän, den früheren Wachmann der „Lindenfels", und er fragte gleich nach dem Wermut. „Ich hab's vergessen!" antwortete ich und wollte den beiden die lachhafte Geschichte gebührend berichten, da ich die Gelegenheit für gekommen glaubte. Aber mein Freund wandte uns den Rücken und ging davon, und die Augen seiner Freundin baten mich, Geduld zu haben.

Es ging hoch her auf diesem Maibaumfest. Es war eine prachtvolle Nacht mit Juchhei bis in die Sterne. Fern glitten die Lichter in der Fahrrinne, und das Tuten der Dampfer mischte sich in die Weisen der Karussellorgel. Ich sah die beiden mit ernstem Gesicht auf zwei wildäugigen, märchenhaft gezäumten Holzpferden sitzen und viele Male im Kreise herumfahren. Ich winkte und rief. Er sah unwillig über mich hinweg, und seiner Braut merkte ich an, daß sie nicht wagte, anders zu sein als er. Was sollte ich machen? Mich aufdrängen? Mir war wehleidig zumute. Ich setzte mein Gefühl unter scharfe Sachen und redete mit Käptn Wermut über die Zukunft. Und Käptn Wermut war voller Zuversicht. Somit sagte ich mir schließlich auch, es wird sich alles finden, wenn wir erst drüben an Land sind. Und Käptn Wermut hatte seine Tochter mitgebracht, seegrasblond und apfelwangig, es tröstete mich. Wir tanzten im Zelt. Sie schoß auch an der Schießbude und traf in Pikas. Pikas schwante mir, bedeutet nichts Gutes. Ich sah mich um nach den beiden, mit denen ich gekommen war. „Die sind lange weg“, sagte Käptn Wermut. Ich machte ihm Vorwürfe, er hätte mir Bescheid geben sollen. „Ein Liebespaar braucht zur Nachtzeit keinen Dritten!“ entgegnete er.

Obwohl meine Überflüssigkeit nun auch von außenstehender Seite besiegelt war, trieb mich meine Unruhe davon. Ich eilte die Reihe der schlafenden Schiffe entlang. Wind hatte sich aufgemacht. Es schurrte, knirschte und seufzte unheimlich in den festgemachten Leinen. Ich stieg die Gangplanke hinauf auf die „Cantaria“. Ich stolperte im Dunkeln über den Koffer, der noch dastand und naß war von Tau. „Nicht abgeholt!“ sagte ich entgeistert. Dann mußten sie also noch auf dem Gelände sein. Nun schön. Wahrscheinlich in einer der Schrebergartenlauben. Was hatte ich auch zu schnüffeln! Obwohl sie nicht nach Schäkerei ausgesehen hatten. Es ist das sicherste, ich warte am Landeponton, entschloß ich mich. Dahin werden sie ja einmal kommen; denn hierbleiben können sie ja nicht mehr.

Das Frührot lag hinter den Werften. Die Fähre mit den letzten Gästen vom Gartenfest war weg. Ich ging auf dem Ponton hin und her in der Morgenkühle und wartete und wartete. Drüben, am zart gehügelten Ufer, wo hinter den engen Gärten die kleinen Lotsenhäuser stehen, sah ich noch in zwei verschiedenen Fenstern Licht, das eine mußte im Hause seiner Eltern sein, das andere bei den ihren. Da mochte man die ganze Nacht gewartet haben. Oder waren sie schon drüben? Feierte man Versöhnung, und war alles in bester Ordnung? Und ich stand da, ohne Abschied, und wartete wie ein Hansnarr? Den Koffer? Nun, den womöglich konnte ja ich mitbringen, dazu war ich vielleicht gut genug. Ich beschloß, mit dem nächsten Fährboot nach drüben zu fahren.

Es war noch nicht das Fährboot, das da kam. Es war die Zollbarkasse. „Fassen Sie mal mit an, Herr, Sie kennen die beiden ja!“ rief mir der Zöllner von unten zu.

Ach Gott, das war ein letzter Dienst, den ich ihnen da tun konnte, ihm, der mein Freund gewesen war, und dem Mädchen, das ihn geliebt. Als wir sie auf den teerigen Bohlen gebettet hatten und das Wasser aus ihren Kleidern rieselte in Rinnsalen, wirr und verschlungen wie die Wege des Lebens, da sagte der Zollbeamte: „Sie müssen vom Ponton gefallen sein. Oder ’reingesprungen. Ist schlecht schwimmen bei dem Strom. Wie die Flut kenterte, kriegten wir sie ins Schraubenwasser. An der Braut habe ich gleich gesehn, das ist der von der ‚Cantaria‘, sie kam ja oft genug hier durch.“

Die Lichter auf allen Schiffen und auf den Leuchtfeuern erloschen. Und auch die Fenster zu Oevelgönne waren nun dunkel. Die Sonne brach rot durch den Hafendunst. Kapitän Wermut humpelte herbei und sah in die friedlichen Gesichter der Toten. „Er hat das Wasser geliebt und sie ihn. Darum, weil er nicht warten konnte, ist es so richtig!“ murmelte er.

Er drehte den verwitterten Schädel und blickte zurück nach den schlafenden Schiffen, die von der Morgensonne frisch gestrichen wurden. Seine alte Stimme war so hoffnungsfroh wie je: „Wer aber warten kann, der wird es erleben!“

Gelächter hinterm Horizont

Es gibt da an der Rampe eine kleine Bar Huddl di Nuddl, welch Name aus Hotel de Nelson entstanden ist und an frühere schönere Zeiten gemahnt. Man sieht auf den Hafen, den Qualm, die Schlote der Überseer, die Werften und die Docks und hört den markigen Lärm bis in die Funkmusik. Freitags abends ist da was los, dann wird viel Abschied gefeiert, und die guten Jungen aus der weiten Welt, Amerikaner, Engländer, Norweger und Deutsche durcheinander betrinken sich an Grogs und an den Abenteuern, von denen sie nicht reden, aber von denen sie wissen und daran sie mit wenigen Worten rühren, worauf der andere im Bilde ist.

Saß da ein kleiner Kapitän vom Bugsierdienst, ein Mann, der sein Lebtag nichts als seinen Hafenschlepper gefahren und die Nase über Brunsbüttelkoog nicht hinausgekriegt hatte. Der saß da oft und hörte die fremden Namen der weiten Welt aussprechen, als sei es für fünf Pfennig in die Suppe. Er hatte ein ordentliches Zuhause, eine biedere Frau, Kinder, Anverwandte bis zum vierten Grad, sein geregeltes Auskommen und einen würdigen Bart, hell wie Sauerkraut.

Aber wenn er aufstand und mit ziemlicher Schlagseite das Lokal verließ, blieb er auf der Treppe stehen. Drinnen sang man, und die Kellnerinnen und Landfeinladies waren denen, die so gut englisch sangen, mehr zugeneigt als jemandem, der die richtigen Seeleute mit ihren dicken Kästen nur ein wenig hin und her zieht von und zu den Liegeplätzen. Und er hörte das kitzlige Gelächter, und das klang wie weit her von Indien, Hawai und Tamatave, von allerlei lustigen Küsten her, die nie über seinen Horizont emporgetaucht waren. Er strich seinen Bart wie eine Harfe, und die Stimmen der Ferne klangen ihm daraus hervor.

Er hätte es ja längst haben können. Als er jung war, gab es noch Heuerbüros, und der paritätische Arbeitsnachweis und das Überangebot waren im Seemannsgewerbe unbekannte Begriffe gewesen. Aber damals hatte es ihn gar nicht gelockt, zwei seiner Brüder waren nicht wieder von See nach Hause gekommen, seinen Vater hatte er gar nicht erst kennengelernt. Er hatte es schlauer angefangen, war im Lande geblieben, dem Wasser dennoch verbunden, hatte die Prüfung für Schiffer auf kleiner Fahrt bestanden, seinen Schleppdampfer wie eine Wespe hin und her summen lassen zwischen den Kolossen der Meere, die draußen zwar prächtig und mächtig sein mochten, im Hafen aber schwerfällig sich nicht allein zu helfen wußten, und hatte den bescheidenen Honig in eine bescheidene Wohnung am Stubbenhuk getragen, und galt bei Nachbarinnen, Krämer, Grünhöker und Schlachter als wackerer Familienvater, bis auf die gelegentlichen Freitagabende.

Nie trank er auch dann scharfe Sachen. Er trank nur Flaschenbier, Lagerbier, das er für „ratschoneller wegen die Verdunstung“ hielt, indem man es nach Belieben einschenken und zustöpseln kann. Daher hatte er seinen Namen „Buddel“. Einen anderen Namen kannte nur die Lohnliste seiner Bugsierreederei.

Eines schönen Freitags, wenn die Abende schon länger werden und nach Vergänglichkeit riechen und der Qualm niederschlägt und die Sterne spärlich werden und man gewisse Zuneigung zu der Sonne bekommt, seinen Ofen vorahnend ansieht und die Flanellgarnitur ab Sonntag einen Strich dicker von hausfraulicher Hand auf den Stuhl vors Bett gelegt wird, dann klingt es verderblich, wenn sie in den großen und kleinen Bars Johannis-Bollwerk hinab, Hafenstraße und Pinnasberg und da von der Mondbai zu Jamaika singen und von den Palmen und Mädchen auf der warmen Strecke hinter Surabaja.

Und das Gelächter der Hafenschwalben im Huddl di Nuddl wurde süß wie das Weißnichtwo, das hinter dem kleinen lackierten Blumenfächer lauerte zu Haus am Spiegel, der von einem seiner verschollenen Brüder stammte, und der verdammte Zigarettendunst roch nach diesem Fächer und war blau und silbern wie die Nebel sein sollen morgens vor Jaluit nach der Regenzeit. Es wurde Frühling auf der anderen Seite der Erde. Käptn Buddel war ein gesunder und einfacher Mann, pflichtbewußt, kam niemals zu spät an Bord seiner Hafenbeschäftigung und las weder aufreizende Bücher, noch sammelte er Postkarten, die seine Frau nicht sehen durfte. Aber diesen Abend durchbrach er seine Gewohnheit und Einsicht durch Grog. Und darum wurde alles noch verderblicher. Und wo eins gebrochen, kommt das nächste schon gekrochen. Er besann sich, daß er ab vier morgens Dienst habe, denn dann war Hochwasser, und sie hatten einen mäßigen Frachtdampfer ’rauszuschleppen, der frisch aus dem Dock kam. Käptn Buddel ging in jener bemerkenswerten Nacht auch richtig zum Steinshöft, enterte seinen Kahn und hatte keine schlechte Haltung. Der Rum hatte die Steuerbordschlagseite des Lagerbiers mit einer nach Backbord aufgehoben. Er war wie eine Kerze. Maschinist und Junge waren schon da, der Kessel stand schon unterm ersten Druck, die Trosse lag klar. Es war drei Uhr.

„Ich will euch was sagen, Leute!“ äußerte Buddel und strich seinen prachtvollen Bart. „Wir haben noch’n Berg Zeit. Geht man noch 'ne Stunde an Land. In Huddl di Nuddl ist es heute fein. Ich hab nämlich heute Geburtstag, verdimmichen Donnerstag noch mal zu, haut euch einen durch die Kiemen und kommt in 'ne Stunde wieder, aberst stickennüchtern! Und daß du kein Weibsbild an Kludas 'ranläßt!"

Damit schenkte er einem jeden fünf Mark, und obwohl sie furchtbar erstaunt waren über die lange Rede und den Urlaub und das Geld, verdunsteten sie doch ohne Widerrede.

Die fürsorgliche Mahnung wegen des Schiffsjungen war das letzte gute Werk, das Käptn Buddel zu Hamburg tat. Denn nun beginnen seine bösen Werke. Er hatte auch zum letztenmal über seinen Bart gestrichen. Denn mit einem rasierklingenscharfen Taschenmesser schnitt er unbarmherzig die ganze majestätische Sauerkrautharfe ab. Er bettete das Ungetüm an die Stelle einer der Reederei gehörenden Matratze nebst Wolldecke, was beides er aufrollte, wie Matrosen es tun, die ein neues Schiffslogis beziehen wollen. Hinein wickelte er eine Arbeitshose des Maschinisten. Das in Zeitungspapier vertäute Frühstücksbrot des Jungen steckte er in die Tasche, sodann machte er den Schlepper eigenhändig flott, was auch verboten ist, stellte die Maschine auf halbe Kraft, warf los und ging ans Ruder. Er hatte bedeutende Angst, daß jemand es spitz kriegen und ihn anpreien würde. Aber wie es oft ist, wenn Verbrechen geschehen, niemand achtete darauf. Buddel querte den Strom und rutschte sachte zum Reiherstieg hinüber, wo der Dampfer in dem großen U des Docks wie eine Gurke im Einmachglas saß. Er legte hübsch an den Ponton, sachte, sachte gegen die Flut, gab dem Ruder noch eine sanfte Drehung zum Strom, nahm sein Bündel und stieg aus. — Nun ist es im allgemeinen nicht sehr leicht, auf einen im Dock liegenden Dampfer zu gelangen, wegen des unbequemen Zugangs und weil da gewöhnlich allerhand Leute herumstehen. Aber sicher wie ein Schlafwandler überwand Käptn Buddel alle Fährnisse, er ging nach vorn in die Roof, rollte seine Matratze in eines der eisernen Gestelle, das noch leer war, und sich darüber in die Decke und schlief mit jener unstörbaren Befriedigung, die da spricht: Ich hab so lange gezogen, nun könnt ihr mich auch mal ziehen!

Das Dock flutete, das Schiff wurde herausgelassen, ein Schlepper war davor, ein zweiter wurde herzugewinkt, aber beide waren nicht Käptn Buddels Schlepper. Käptn Buddels Schlepper gondelte eine Zeitlang im Fahrwasser, wich nicht aus, als ein Engelsmann noch eben mit der Tide aufkam, wurde erschnappt und unter den Bug gedrückt. Ein Taucher kam noch im Laufe des Tages, legte Hebetrossen unter den gesunkenen Schlepper. Käptn Buddels Leiche wurde nicht gefunden.

Käptn Buddels Leiche fuhr als Matrose. Mochte einer der Mannschaft nicht rechtzeitig dem Lager seiner Holden entronnen sein, bei einer Schlägerei das Zeitliche gesegnet haben oder im Hafenkrankenhaus in der Gummiabteilung seinen Rausch ausschlafen, die Musterrolle erwies sich als vollzählig; Käptn Buddel hatte in gelegener Lücke „hier“ gerufen und hieß nun ganz anders. Er hatte allerdings kein Seefahrtsbuch. Aber verlorene Seefahrtsbücher kommen immer mal vor.

Somit also war Käptn Buddel spät noch auf große Fahrt geraten. Es war weder ein Vergnügen, noch war das, was hinterm Horizont lag, so unverschämt munter, wie sich manche denken. Dennoch, es wurde Weihnachten. Er kam nicht wieder. Von Rio ging das Schiff in fremde Rechnung. Er blieb an Bord und kam nach Durban und dann nach Bombay und dann nach Sydney und dann nach Dairen und blieb hängen auf dem Australien-Asien-Tramp und brachte es zum Bootsmann, ein später Abenteurer. Und da er zufällig hörte, daß seine Frau sich getröstet und wieder verheiratet habe, und da er hin und wieder von einem höchstwahrscheinlichen Gelächter träumt, weit, weit hinterm Horizont, dort zu Hamburg, die kleinen Bars zwischen Vorsetzen und Pinnasberg auf und ab, so wird er wohl dabeibleiben, bis ihn eines Tages der Teufel holt wie seine Brüder.

Zwiesprache mit Wasser und Wind

So backstags achterlich, das ist der wahre Wind. Der küßt deinen Nacken, Geri, unaufhörlich, unaufhörlicher als ich je, und dennoch schiebt er dich von sich ab, er hält dich nicht, nimmt dich in keinen Arm. War es nicht ebenso, als wir sundauf steuerten? Du warst es so gewohnt worden, den langen Törn von Saßnitz her. Oder war es derzeit gen Bornmouth? Du stimmtest nicht dafür, daß danach jemand dich an sich zu ziehen unternahm. Es deuchte dir unnützer Aufenthalt, geküßt zu werden und zurückgehalten sein zu müssen. Weiter, weiter, guter Wind!

Du antwortest schon lange nicht mehr, aber dennoch ist dies unser Zwiegespräch. Er bläst deine dunkeln und hellen Seelentanzschleier alle zu den Wolken auf, raumschots der Wind, der treffliche Südost-ein-Viertel-Ost. Es ist nichts Verborgenes mehr in dir, und sieh, fast ist nichts Überraschendes daran, es ist alles Licht, die Sonne blüht dir zu Häupten, als sei sie Widerschein von deinem Haar, darin der Windfinger krault, und dein Haar nichts als Widerschein von dir. Ein abwegiger und verliebter Gedanke. Du nimmst ihn als billigen Zuckerschmelz, obschon er geeignet wäre, die Naturgesetze zu verwirren. Nein, die Wellen kluckern Unsinn rund ums Boot. Du hälst dich ungerührt. Schmale Binse im milden Wind! Wenn es an dir läge, so wie der Hauch dir anliegt, so ewig vorwärts küssend, du würdest nicht Halt gebieten, ihm nicht, bevor nicht Spitzbergens Gletscher dich sehen, wo bei der Magdalenenbucht die sieben Eisberge warten und die Eisbären.

Auch ich trau diesem vernünftigen Wind.

Ich hüte mich, ihn Brise zu nennen und ihn weiblich zu finden etwa aus Eifersucht auf deinen Küssewind. Ich belege die Schot und laß das Segel stehn, wie es steht. Nichts im Antlitz des Himmels deutet darauf hin, daß es mallen könnte oder flauer oder böig werden.

Die Ebbe läuft mit uns bis Mondaufgang. Mitternacht aber werden wir bei der Alten Liebe hafenbinnen sein. Die Ruderpinne kuscht sich unter meine Achsel, sie rührt sich kaum. Es blitzt eine silberne Kette im rechten Fahrwasser, die ist durch unsern Kiel geschoren, wir gleiten daran hin, so stetig rauschen wir gen West. Atmest du nur? Deine Augen sind geschlossen. Du siehst auch so alles, denn alles, was du siehst, ist gleich dir. Es sind zarte Hände, die der Wind hat. An einem Manne würdest du sie so nicht schätzen. Dein Atem und der Wind gehören zusammen; dein Atem ist das kleine Windkind und der Wind spielt damit.

Das dunkle Dampferdu. Aus welchen fernen Nächten lächelst du auf? Es galt nicht uns. Ein Fischersmann klüst dickfellig vor dem großmächtigen Bug, der heimkehrt aus den Ozeanen. Wie unverschämt gebirgig die Sottkästen sind, wenn man aufblickt vom Wasserspiegel! Alle Maßstäbe nach oben rechnen vom Wasserspiegel ab. Nicht nur in der Erdkunde. Von Sansibar, von East London, Kapstadt, Kamerun, den Kapverdischen, von Teneriffa und Porto, daher kommt dieser musizierende graue Berg. Sieben pollermützige Kochsmaaten stehen statt vorhin bedachter sieben Eisberge deinem Lächeln zur Verfügung. Der Heimatwimpel flattert über ihnen wie ein leckerer Spickaal. In Santa Cruz waren die Kakerlaken fingerlang, aber in Duala gab es geeistes Lagerbier. In Croßberrys Pub am Tafelberg entstand eine saftige Hauerei wegen der anrüchigen Bemerkung, die den sauren Kinnladen eines Knasterkauers aus Morotoro enttroff, aber auf der Insel Mafia tanzten die jungen Enkelinnen uralter Sklavenhändler Halahuma, und ihre Haut war nicht dunkler, als dein Nacken jetzt gegen die Sonne leuchtet. Und danach war die ganze Kru so weit, liebe Heimat zu singen und

Keine Blume blüht,
Und kein Vogel singt
Auf der schattenlosen See.
Nur die Sonne glüht,
Und die Welle schwingt,
Und der Wind singt weh Ade.

Melville, Marryat und Conrad, rechte Abenteurer und Seekapitäne, haben viel erlebt, sagst du: Du hingegen machst aus wenig viel. Was aber ist wirklich wirklich? Das Gestaltete?

Vielleicht ist es so, vielleicht anders. Letzte Nacht tanzten wir in Glückstadt. Da war dieser Raumschotswind noch nicht gewesen. Und alles war einfacher. Die Reling besteckt sich mit flatterndem Schnupftuch. Und auch du gönnst der Gelegenheit ein wenig Batist, daraus der Wind eine Magnolienblüte formt und daraus eine Unschuldstaube, die denen zufliegt, die da heimkehren, als kehrten sie heim zu dir. Meine Mütze hätte Lust, ein Habicht zu sein, dein Taschentäubchen zu überflügeln. Du siehst es anders an und meinst, mein Winken sehe aus, als ob ich Himmelsblau mit meiner Mütze schöpfe, damit die Farbe sich länger hübsch halte. Ich weiß, du liebst das Unverblichene wie Sonne, Wind und Wasser. Beweggründe sind deiner lichten Seele viel zu fragwürdige Ankergründe. Dich bewegt es nicht, wie Blumen wachsen. Tatsachen sind deiner Begeisterung und deinem Mißfallen Gäste, nach deren Herkunft man nicht fragt. Was glaubst du? Ich fliege mit meiner Mütze glatt auf das vorbeirauschende himmelhohe Promenadendeck und blicke hinab in dein kleines Boot. Du erkennst mich nicht. Und dennoch kehr ich heim zu dir. Aber du glaubst nicht gern, sagst du: Du nimmst lieber hin. Glauben strengt an.

Die Kochmützen und Kehrwiedertüchlein und die pausbäckige Rabummsmusik sind längst achteraus hinter die Kimm gerutscht. Wir haben gegessen. Sehr nett weißt du das Nötige heranzuzaubern, ohne daß ich lang vom Ruder zu laufen brauche. Die schmalen Möglichkeiten einer Jolle sprießen unter deinen Maßnahmen auf zu duftenden Teehäusern, Liliputbars, Kalteküchesalons. Nun schön. Wir haben uns auch unterhalten. Über die voraussichtliche Witterung, über die Tide bei der Rückfahrt, über den Vorzug, keinen Hund mitgenommen zu haben, und über die Erwägung, Ehrwürden Onkel Hinrich zum Siebzigsten mit einem Bündel Golfstöcke zu beglücken, obschon er wahrscheinlich Rosen daran züchten wird, ganz private kleinstämmige Sonderklassen, deren Name sicher auf die Keule geätzt wird. Keule sei ein allzu dickes deutsches Wort, meintest du, und wir haben eine Weile nachgedacht und zehn zartere Bezeichnungen gefunden, sind aber doch zu Keule zurückgekehrt. Es ist etwas selbständig Muskulöses darin. Die Sonne ging in großer Glorie zu Bett. Danach haben wir über Jahreszeiten gesprochen, es stimmte uns nicht heiter; denn auf einmal merkten wir, jeder für sich und für den andern, daß wir uns ein wenig fürchten, eines Tages alt zu sein. Nun ist es wieder der Wind, der dich unterhält.

Im Dunkeln hat er einen kühlen Mund, du aber fühlst nur, wie er drängt und flüstert: Weiter, weiter! Wir werden noch vor Mitternacht in Cuxhaven sein. Vielleicht sind da manche, die wir kennen. Vielleicht werden wir wieder tanzen wie in Glückstadt, wenn es dergleichen dort gibt so spät noch; denn es ist nie zu spät, mit dir zu tanzen. Aber wird nicht der Wind wieder zu sehr in deinem Nacken gelegen haben? Du wirst müde sein wie damals im Sund von seinen hinterhältigen Küssen und von seiner Unersättlichkeit zur Ferne, die er in deine guten Ohren geigt.

Das Wasser ist bewegter. Die Pinne ist aufgewacht, die Schot scheuert in meiner Hand. Über deiner Schulter blitzt das Belumfeuer. Nun kursen wir südlicher. Ich hole das Segel dichter. Nun hast du das Belumfeuer in deines Herzens Ausschnitt gesteckt, du wirst es wohl erst wieder hervorholen in irgendeiner trostlosen diesigen Nacht, damit wir wieder heimfinden ans feste Land. Es schauert so glucksend aus der Tiefe bei verdecktem Leuchtfeuer. Nun zwitschern kleine Brecher auf und wollen bedacht sein. Da wendest du dich zu mir. Oho, der Wind! Er hält eifersüchtig die Hand auf deine Lippen. Aber ich höre wohl, was du sagst. Dein Haar ist voller Sterne. Und Belumfeuer ist wieder frei. Doch der Wind? Er rückt über Süd, der Unberechenbare. Nun ist das Raumschotspiel aus, nun liegen wir ihm an. Du kuschelst dich an meine Beine. Und ich soll dir getreuer sein, sagst du.

Das kleine Bonnet

Wir saßen bei von Appen in Blankenese, hinten in der gemütlichen Ecke. Da fragte einer, ob jemand ein Schifferklavier zu bändigen verstehe.

„Julus von Dalben;"

„Der? Seit wann?"

„Ich hab es selber gehört", sagte ich.

Julus stand auf, weiß im Gesicht. Er war aus Blankenese, begütert und nicht alt. „Schweig von dem kleinen Bonnet, verflucht, du und sie!" lachte er unsicher und ging davon.

Ich erzählte nichts, und wir tanzten nach den unpersönlichen Platten. Aber nun, da er sich anderweitig verheiratet hat, ist es besser, alles klarzustellen.

Julus hatte sich nämlich damals verknallt in eine der Gondefros. Die Gondefroschen Töchter sind, nehmen wir an, alle blond wie Manilahanf und schlank wie Schilf. Und wie Schilf ist auch, daß man sich manchmal fürchterlich dabei schneidet. Sie sind große Familie, uralte Segelreederei, Salpeter, Zement, vormals Tee- und Sklavenhandel, die Gondefros.

Julus war nur Mitbesitzer einer netten Fischräucherei. Aber er pochte auf sein „von". Alle Blankeneser heißen mehr oder weniger „von". Es ist ein gewöhnliches Bauern- oder Fischer-Von. Doch Herr von Dalben hielt seines für ungewöhnlicher. Er ließ ein Wappen in seine Briefbogen pressen (nicht auf die Umschläge, um sich nicht bei der Post zu blamieren). Und danach lud er „sie" schriftlich zum Segeln ein.

Man muß es ihm lassen, er ist ein ausgeluvter Segler, der gute Julus, und seine Sloop ist eine der geleckteseten zwischen Hamburg und Helgoland. Aber eines hätte er wissen müssen, man tauft sein Boot nicht von einem Tag zum andern um; es bringt kein Glück. „Nasser Kater" ist ein annehmbarer Name für ein Boot. Aber als die schneeigen Schuhe der Gondefro übers Schanddeck ins Cockpit schritten, da stand am Spiegel mit frischer Farbe „Alwel". Und so hieß sie. Sie haben sonderbare Namen, die Gondefros. Ihr Bruder beispielsweise hieß Pipp. Sie hatte ihn kurzerhand mitgebracht. Er war zwölf Jahre alt. Mir war es gleich.

Was ich dabei sollte? Ich sollte die Fock bedienen und so, damit er sich ausgiebiger ihrem Anblick widmen könne; denn von Unterhaltung kann bei Julus nicht viel die Rede sein, was er wohl wußte; darum gedachte er, mich als Spaßmacher zu verbrauchen. Auch sollte ich, er sagte es mir hinter der Hand, und hinter der Hand sag ich es wieder, ich sollte bei Gelegenheit eine kleine Empfehlung seiner Person mit einfließen lassen.

Es war ein hübscher, heißer Tag, es briste sanft achterlich, und wir rutschten mit der letzten Ebbe elbabwärts und kamen nach Glückstadt, als der Wind schralte und von Nord uns anhustete. Da zeigten wir, was wir konnten, hüpften über den Schwell und kratzten mit drei Schlägen in den Hafen. Aber als Julus auf den Streckbug über Stag ging, da klang mir sein „Ree!“ weiß der Teufel zu schnauzig, und ich sah, wie sich Fräulein Alwels angenehmer Mund leicht spöttisch gegen mich hob. Somit fierte ich die Fockschot ein wenig spät, und wir schrapten um Fingerbreite an der Mole längs und nahmen ein dickes Stück Wasser über. Nun, an Julus schwappte es leider vorbei, der Knabe Pipp hatte sowieso nichts an, da er für ein zu erwartendes Indianerfest „röten“ wollte, aber Alwel Gondefros herrliche Beine, die traf es.

Julus war sehr in Kragen, Schlips und Jacke. Sie zog die Strümpfe lachend aus und die Schuhe über die bloßen Füße. Auf halbem Wege zum Essen meinte er, ob ich nicht lieber den ganzen Lunch ins Boot besorgen könne. Und man sah ihm an, daß er aus seiner puren Auffassung von Vornehmheit ihre mangelnden Strümpfe bedachte. Ich sagte ruhig und plump genug, wir sollten uns freuen, daß alle Leute uns mit einer Gondefro in bloßen Beinen zu sehen kriegten, die hübscher seien als der teuerste Strumpf.

Er wollte mich übertrumpfen und verglich sie mit der Fortuna, die oben auf der goldenen Kirchturmskugel statt des Gokkels steht, und ich beneidete ihn schon, da aber entgegnete sie kühl, er verwechsle es hoffentlich nicht mit seinem Wappen. (Auf demselben war nämlich eine Duckdalbe, ein Anlegepfahl, und eine Möwe darauf sitzend.) Und die Dame dort oben habe eine zu unmoderne Figur, obwohl sie Tennis mit dem Morgenstern zu spielen scheine, und überdies hießen nach Morgenstern alle Möwen höchstens Emma.

Nach soviel Geist und Schnippigkeit verstummten wir ein bißchen. Und nur der gute Junge Pipp half uns beim Essen darüber hinweg, indem wir uns in ein nachhaltiges Gespräch verwickelten über die in Indianerreservaten bevorzugten Automobilmarken.

Julus war in sich gekehrt. Ich sagte, um Luft zu schaffen, wir würden, wenngleich schmerzlich, so doch es begreifen, wenn Fräulein Gondefro mit der Bahn anstatt mit unserer Kuff nach Hause führe.

Julus sprang wie ein harpunierter Schweinsfisch in die Höhe. Aber die unendlich kühle und schöne Alwel winkte lässig ab. Sie denke gar nicht daran, wir und das nette Boot, das mache ihr wirklich Spaß.

Somit seilten wir elbauf zurück, und Julus überließ mit gnädig die Pinne, um dem ungerührten Segelweiß der Angebeteten die Grundlagen seiner Existenz zu unterbreiten. Ihre Haut schattete bronzen wie die Tönung kantonesischer Glocken, ihre Augen weiteten sich silbergrau wie die Nordseekimm bei Westernwind. Die Sonne durchleuchtete ihre Gobbymütze und ihre dicken Schläfenhaare. Es war ein milder Tag voll Ausflugdampfermusik und voll der großmächtigen Bässe abgesalzener Überseer aus aller Welt. Aber unser Wind wurde flauer, und knups, schlief er ein. Pipp, der unverblümte Knabe, ritt auf der Großbaumnock seiner Vollendung als Rothaut entgegen, klimperte an der Dirk und flötete nach Taifun und Hurrikan.

Noch schob uns die Flut. Ich sah abwechselnd auf das verschämt killende Achterliek und auf Alwel, die verträumt dasaß, während Julus still und vergeblich nach Worten rang. Auf einmal schrie er: „Wir wollen Wein trinken, Wein, ich weiß ein molliges Lokal. Höher an den Wind, mein Gott, wir kriechen ja im Sirup!" Damit war sein erkünstelter Überschwang auch schon verpufft, und er kratzte belämmert am Mast, mein Segeltalent in Zweifel ziehend.

„Hissen Sie ein kleines Bonnet!" lächelte Alwel. „Die Gondefroschen Kapitäne auf den Teeklippern haben gute Erfahrungen mit kleinen Bonnets gemacht."

„Hiß ein kleines Bonnet!" grunzte Julus mich an, seine Verständnislosigkeit mit dem Brustton eines Hapagkommodores verdeckend.

„Ay, ay!" erwiderte ich, ergriff, um etwas zu ergreifen — denn ich hatte auch keine Ahnung — die seidenen Strümpfe, die noch immer auf dem Kajütsdach lagen, obwohl längst trocken, und schor sie an die Flaggleine.

Die Wirkung war, daß wir uns allesamt mit Julus verkrachten; denn er versteht betreffs korrekter Haltung keinen Scherz, Indessen machten wir wieder Fahrt, obgleich achteraus, da der Strom gekentert hatte. Und im Nu saßen wir fest auf Meiers Sand, das nette Hochgebirge Blankeneses vor der Nase.

Wir hatten rund zehn Stunden Zeit. Es wurde Nacht. Alwel Gondefro wollte nicht im Boot bleiben. Sie ruderte mit ihrem Bruder auf die schilfgrüne Sandbank. (Nein, nach Hause fuhr sie nicht.) Sie nahm alle unsere Decken und Kissen mit und wollte baden.

„Fahr hinüber und sprich mit ihr!“ sagte Julus.

„Dir ist wohl flau!“ entgegnete ich. „Und du willst mich wohl als kleines Bonnet für dein Lebensschiff mißbrauchen!“ Aber dann pfiff ich Pipp, und das Beiboot blieb danach drüben.

Wir lagen still auf dem Rücken, nicht weit voneinander, sie und ich, und blickten in die Sterne und die Stromlichter. Pipp schlief. Aber Julus schlief nicht. Was er nie im Beisein anderer fertiggebracht hätte, er zog eine Ziehharmonika hervor und spielte herzzerreißend die ganze Nacht. Daher eben weiß ich es.

Eine Handharmonika in einer lauen Nacht überm Wasser bei Schiffslichtern, die vorüber in die unbekannte Ferne gleiten, das ist nicht ungefährlich für ein junges Mädchen. Ich hörte es wohl, wie Alwel schwerer zu atmen begann. Oho, Julus war doch ein Hund.

Ob ich sie fragte? Natürlich! Jedoch der Mensch ist ein böses Tier von Jugend auf. Ich fragte sie, wie es sei mit ihr und — mir. Und daß ich, an der Flaggleine meines Daseins ihre kleinen seidenen Sachen in Ewigkeit als Nationale zu führen, als mein Ziel ansehe und verrückt sei wie ein entseelter Hering.

Sie weinte ein wenig an meinem Halse, das schöne Kind. Es sei dies der Abschied von uns allen, sagte sie. Denn die andere Woche, da fahre sie nach Makassar. Und ich solle es auch Herrn von Dalben mitteilen, daß nämlich die Gondefros nicht gern in Hamburg und Blankenese heiraten, sondern lieber in der weiten Welt.

Lissy

„Never meind!“ sagte Jonni; denn wir sprachen Englisch, um den Mädchen zu gefallen. Lissy beugte sich über den Pferdehals und schob mit dem Zeigefinger ihren blonden Stirnvorhang zurück; mein Gott, sie hatte eine wahrhaftige Kinderstirn. Da hob der Stallmeister die Peitsche, ein schwarzer Blitz fuhr durch die Manege, die Musik setzte wieder ein, die Pferde ordneten sich, Lissy trabte davon.

Es war dort in der Kleinen Freiheit, sieben Stufen tief, in jenem Hippodrom, das komischerweise in einem Keller eingerichtet ist und wo die Pferde aus Bierseideln trinken und die Mädchen vierter Güte sind. Es ekelt mich an vor diesem wüsten Lokal, keine zehn Pferde ziehen mich dahin, und doch zwiespältig wie der Mensch ist, gibt es keinen schöneren Platz auf der Welt. Die Decke ist niedrig, eine Lampe hängt inmitten darunter, an den Kalkwänden reiten höchst seltsam die Schatten, das Messing der gänzlich veralteten Kapelle bricht manchmal prächtig aus der rauchigen Luft hervor, es duftet nach Steppe und Zirkus, ja, die kleinen Parfüms und Liköre gehen glatt darin unter, Malaien und Chinesen sitzen an der Rampe, auch Steuerleute aus Flensburg, auch Halbstarke und Linksanwälte selbstverständlich und Vergißmeinnichtblümchen, manchmal auch so kleine Bürger, die es an der Abenteuerdrüse kitzelt. Der Stallmeister steht in gelben Stiefeln mitten unter der Lampe, seine Mütze ist flach, kühn und in der Farbe wie Pferdemist; er schwingt die Peitsche und schnalzt so scharf mit der Zunge, daß es den Peitschenknall übertrifft. Er ist ein Satanskerl, ein Kavalier, um den die Damen kreisen.

„Warum hast du keine Lust?“ fragte ich Jonni und sah auf die herrliche Lissy; denn sie stach hervor aus diesem wilden Pferdekarussell, und ihr Rock begann an den wackelnden Pferdeflanken emporzurutschen; ach, ein Kind war sie, auf einem Schaukelpferd, unschuldig und süß.

Man war derzeit noch bescheiden betreffs Striptease und weniger abgebrüht.

Jonni ließ seinen Mund einige Male nach Kinn und Ohren zucken. Er war, weiß Gott, ein strammer Maat und wie geschaffen für Weiberseufzer, das heißt für die unkomplizierten; ein Fingerhut war das Bierglas in seiner Pranke, und morgen um fünf Uhr früh ab Schuppen 16 ging sein Schiff nach Los Angeles und, verdammt, wer weiß wohin, und wenn er auch nur ein Maschinist war und die Gegenden und Meere nur aus einem

Kohlenloch betrachten konnte, so beneidete ich ihn doch nicht wenig. Und dennoch, wie der Mensch nun einmal ist, gönnte ich ihm die süße Lissy von Herzen, diese seine letzte Nacht.

Denn auf der See, da ist nichts los,
Da ist die Arbeit viel zu groß,
Da ist die Heuer viel zu klein,
Da mag der Teufel Seemann sein!

Jonni hub ein wenig an zu reden, aber ich verstand ihn nicht, die Musik schmetterte gerade den Bostonrefrain, und groß und klein, auf den Pferden wie an den Tischen, sang so schmelzend mit, als nur eben zuzulassen war. „Darling, swiethart, till wie miet ägän!“ Ich sah Jonni gerührt schweigen, und er starrte auf die schöne Lissy, die ihm wippend zunickte und ihren süßen Mund ertönen ließ. Man sah nunmehr bis etwas über ihr Strumpfband, aber sie ritt unbekümmert dahin und hübsch angehoben, ja, wie ein vermaledeiter Cowboy, so geschickt machte sie ihre Sache.

„Sie kommt mir erst wie sechzehn vor!“ sagte ich ermunternd zu Jonni und fühlte dennoch einen brennenden Dornbusch in mir.

„Das ist die Schuppennummer, womit du das verwechselst“, entgegnete er, na, er war unfreundlich in seiner Abschiedsstimmung; weiß der Himmel, ich wollte ihm dabei nicht im Wege sein.

Die Musik brach ab, die Kavalkade kam alsbald zur Ruhe, und es war vorerst wieder stiller; man hörte durch mancherlei Unterhaltung das Kauen am Riemenzeug, das Aufstoßen der Gläser und auch das trübe Gestammel eines unendlich blonden, dänischen Schiffsjungen, an dem eine weißgekleidete Fee herumtätschelte und der nunmehr wohl seinem Schicksal entgegenging. Lissy hielt wieder vor unserem Platz, sie war noch nicht müde im Sattel zu sitzen, und es stand ihr so herrlich, das wußte sie wohl. Das Pferd sah uns schnuppernd an, doch Jonni kam mir zuvor und ließ es gedankenvoll aus seinem Glase trinken. Lissy legte ihren Kopf an den braunen Hals.

„Es gluckst!“ sagte sie und machte ein erstauntes wie auch schalkhaftes Gesicht. Man mußte schon ein Schraubstock sein, um dabei nicht ins Wanken zu geraten. Sodann ließ sie ihre Augen groß und schleierhaft werden und sprach auf die Gegend von Jonnis Hutrand zu: „Mötsch dallars?“

„Ach, mein Süßen“, murmelte Jonni, und mir tat es leid, ja, ich ärgerte mich, daß er solchen Mist daherquoste. Hätte er nicht ebensogut mit Darling oder dergleichen antworten können?

Auch tat er so versunken und schwerfällig und nusselte ewig mit seinem Glas an der Pferdeschnauze herum. Eins, zwei, drei und hepp auf den Sattel und hinter ihr drauf und dann hallo! Und obgleich der Stallmeister nicht viel durchgehen ließ, war dieses etwa Mannesart? Wo ich dasaß und es mir beherrscht durch die Rippen sengeln ließ! Ich hätte es nur sein sollen! Aber nein, ich wollte ihm den Vorrang lassen, wer konnte wissen, was nach dieser Nacht die Ozeane mit ihm vorhatten. Da neigte Jonni plötzlich das leere Glas in meine Richtung hin und sagte kurz und bündig: „Hi!"

Soviel Englisch war mir klar, daß das „er" heißen sollte, und das also war der Lohn für meine Zurückhaltung, die strikte Ablehnung meines Opfers also; ich muß zugeben, ich war empört, ja, verwirrt; denn Lissys Augen ließen von Jonni ab und kamen wie grüne weiche Katzen zu mir.

„Es wird wohl zu knapp mit der Zeit!" sagte ich und brachte es, trotz der Überrumpelung leidlich heraus, auch ließ ich meinen Blick kühl über eine verfluchte Kante dünnen Musselins gleiten, nahm auch kaltblütig mein Glas, um es dem albernen Gaul zu widmen. Es setzte allerdings gerade die neue Runde ein, aber der Dussel von Gaul hätte es ja ruhig erst austrinken sollen, so gut wie er es mit Jonnis getan hatte. Statt dessen streifte Lissys Blick reichlich hochnäsig an uns vorüber.

„Nun hast du alles verdorben!" sagte Jonni wütend

Danach gingen wir weg. An der Tür wies ich leicht darauf hin, daß sie sicher etwas krumme Beine haben würde, wenn sie mal nicht auf dem Gaul säße, und ich sagte das, um Jonni zu trösten. Schweigend bogen wir um die Ecke und gingen durch die Große Freiheit, wo die Kabaretts, Bars und Tingeltangel einem in die Nüstern brüllten. Bei „Kap Horn" pfiff Jonni leise vor sich hin, aber es war schon geschlossen. Schon dieste der Hafen zu uns herauf.

„Ich verstehe dich nicht!" sagte ich traurig.

„Und ich dich nicht!" gab Jonni grob zurück, „wo ich ausgerechnet zu guter Letzt jemanden noch eine uneigennützige Freude machen will."

Wenn das auch rührend gesprochen war, so blies er unnötig seine Schultern dabei auf, ja, es wurmte mich, daß er mir sozusagen das Gute im Herzen herumgedreht hatte. Und dann, konnte ich nicht jeden Abend, sooft ich wollte, dahin gehen, wo die schöne Lissy war? Und es wäre doch dicke genug Zeit gewesen, an Bord zu kommen.

„Sag mal", blieb Jonni mit einem Ruck stehen, „hattest du

eigentlich Angst vor ihr?" Seine Augen waren von der Laterne gelblich und, wie soll ich sagen, so ohne Grenzen geradezu. Ja, schrecklich trostlos waren sie, und er achtete nicht auf den Brustton meiner Entgegnung, zuckte vielmehr höhnisch die Achseln und fuhr lächerlich bestimmt fort: „Schade, daß du Angst vor ihr hattest!"

Ich will ihm nicht unrecht tun, auch keinen Groll gegen ihn mehr hegen, obgleich er mir unrecht getan hat; denn ich glaube, er heuchelte sich irgend etwas vor, um mich mitsamt der munteren Küste verächtlich, klein und verlassenwert zu machen; denn er hatte gar keine große Lust wegzufahren. Aber ich werde mich hüten, ihm das jemals beizubiegen, ist doch nichts peinlicher als zu erleben, wenn ein anderer sein Unrecht einsieht.

Und werde ihm nicht einmal zum Trost erzählen, daß es mit der netten Lissy sicherlich ein fürchterlicher Reinfall gewesen wäre. Ich sah sie später an anderer Stelle, und sie hatte keineswegs krumme Beine, beachtete mich auch nicht weiter und war die Tochter des Lokalbesitzers selber und tat nur manchmal zum Spaß so, als ob, und um den Betrieb zu heben, was wir damals noch nicht wußten.

So gingen wir denn hafenzu, ein wenig schwankend, denke ich; denn wir hatten Abschied gefeiert, und wir sagten nicht viel, und es war ein frostiger Morgen.

Piesekoll

Aus Traum fuhr er auf. Es war Zeit, die Jolle mußte da sein. Piesekoll reckte sich, sah über die Hafenrampe hin, hob den Blick, den Wind zu prüfen.

Wieder der Mond, knurrte er, zunehmender Mond. Wie damals! Und er hatte von damals geträumt. Olga sei ihm nachgereist, so war es gewesen. Hier am Kai hätte sie ihn noch eben erwischt. Ging da ein Mädchen so spät zu den Dampfern? Er sah sich noch langhals um, als kratze es ihn viel, was auf den Qualmpüstern gesündigt werde oder nicht. Da stutzte sie und erkannte ihn. Und sagte seinen Namen mit ganz verwelkter Stimme. Und sah doch jung und niedlich aus im Traum, wie damals vor dreißig Jahren, ein Kind noch fast, das mit Abschied und Herzensweh noch nicht umgehen konnte. Und der magere Mond stand ihr zu Häupten.

Was war da viel zu sagen. Es ist gleich kenterndes Wasser, und wir laufen mit der Ebbe aus! — Das war alles, was zu sagen war.

Sie stand mit hängenden Armen vor ihm, die Handtasche aber hielt sie unterm Ellbogen, so viel Kraft hatte sie noch. Denn darin war das Geld für die Rückfahrt nach Ebenwald, wo ihr Vater eine kleine Papierfabrik betrieb. Piesekoll mußte daran denken, was sie ihm erzählt habe, das beste Papier mache man aus alter abgebrauchter Segelleinwand. Und daraus würden dann die Geldscheine gedruckt.

Eigentlich war es diese Vorstellung gewesen, die ihn so früh nach Hamburg zu den Segelschiffen getrieben hatte. Die ganzen Rahen hingen voll Geld. Wie war das möglich! Olga hatte eine Antwort darauf gewußt. Ihr Großvater hatte immer von der goldenen Ferne gesprochen, war aber nicht über Hamburg, wo er alte Segelleinwand zu kaufen pflegte, hinausgekommen. Er hatte einmal ein kleines Schiffsmodell mitgebracht, einen Viermaster, von einem Matrosen im Passat treulich und nett gefertigt.

„Die großen Segelschiffe mit ihren vielen Segeln saugen das Gold aus der Ferne, nun weißt du es genau!" sagte Olga und zeigte auf die kleinen Segel des Modells, die vor Alter gelblich waren.

Nun war sie im Traum gekommen, ihn wieder zurückzuholen nach Ebenwald, weil sie Angst hatte, er kehre nicht wieder.

Piesekoll zuckte mit der linken Schulter, setzte seinen Schägbrösel in Dampf. Es ist dreißig Jahre her! murmelte er. Aber was sie damals zum Abschied gesagt hatte, es waren genau dieselben Worte, die er eben geträumt: Auf meinen Tränen segelst du davon ...! Und er bedachte, sie habe sicher Angst gehabt wegen der goldsaugenden Segel ... Daß er nämlich entdecken werde, es sei ein Märchen.

Ein Pfiff? Piesekoll nahm seine Sachen und kletterte zum Boot hinunter. Drei Glas war vorbei. Dick lagerte der alte Hafendunst über dem trägen Wasser. „Denn goode Reis ook!" sagte der Jollenführer, und in seiner Stimme lag weiß Gott kein Neid, als er ihm den Seesack an der Bordwand des Windjammers hinaufreichte.

Mitten auf dem Fallreep summte ein Vers durch Piesekolls halbwachen Zustand, ein Lied wie eine lästige Landwespe.

Weit hinter Frisco
da sitzt ein Mann beim Gin.
Die Mädchen gehn vorüber
und sehn nicht nach ihm hin.
Im Hafen glühn die Lichter,
im Herzen ist es Nacht.
Das Heimweh, das Heimweh,
das ist darin erwacht!

Piesekoll zuckte die Achsel, enterte auf und ging durch die Pforte an Deck. Der Wachmann grüßte zurückhaltend. Bekannt und berüchtigt, das war Piesekoll.

Piesekoll grub gewissermaßen die Sohlen in die Planken. Er faßte Fuß, er atmete tief den Geruch des Schiffes ein und wandte die Augen allumfassend umher und empor.

Ungeheurer Kirchhof! knurrte er, da er Masten und Rahen die riesigen Kreuze in den Nachthimmel zeichnen sah. Aber sein Herz war auf einmal wieder zufrieden. In den Docks schabten sie Plankengrind. Dies aber war die Bark Olehoop, und es war fast an der Zeit für sie, die letzte Reise anzutreten, um danach an Lloyds Totenglocke gehängt zu werden im stillen Verlustkontor zu London.

„Okeh!" sagte der Alte und wehte mit der Pranke durch die Luft. Er kannte Piesekoll vom Australtramp her. Piesekoll hatte alle Examen wie er und war ein Seemann wie wenige und vernarrt darauf, nur auf Windjammern zu fahren, die doch aussterben mußten, den Sottkästen zuliebe. Die Chancen waren rar von Hamburg aus. „Du mußt als Bootsmann fahren", sagte der Kapitän. Piesekoll war es schnurz. Drüben röhrten die Bolzenbohrer, der kleinen Havarie des Dampfers „Ponthus" abzuhelfen. Schweißfeuer zuckten lila, wie wenn die Vampirgirls auftreten im Kolosseum oder Allotria. Piesekolls Gesicht war mager aus der Nacht geschält, schien überzogen mit billigem Silber, das bald anläuft. Er drückte sich zurück in die Logistür, nur das Katzenloch seines Bröselllochs glusterte.

Der Lotse kam. Der Schlepper schrie. Ihm antwortete der Trossenpfiff. Hiew Anker! brüllte das Wort von der Hütte. Die Wache klapperte ans Spill, schob die Handspaken ein, trampelnd und klöternd begann der alte Rundlauf. Piesekoll stand da, die Harmonika zwischen den Fäusten. Das war dem Alten neu, aber es ließ sich ertragen, es brachte Takt in die Klöterei. Piesekoll, das war noch einer der alten Schantysinger, und er sang mit rauhem Basse das unvergängliche: Blow, boys, blow! Die Matrosen grinsten in die dunkle Gegend. Keiner kannte es mehr richtig.

Nun war der Anker auf und nieder, nun rissen sie das Eisen aus dem Grund. Der Schlepper zog an. Fern glitten überklar Reihen von Laternen, Häuser duster dahinter, Straßenreihen, Käfig an Käfig voll Mensch. Piesekoll reckte sich, weitete die Nüstern. Es würde Wind wehen. Ein Schiff kann man nicht so jederzeit verlassen wie ein Haus. Aber ein Haus hinwieder ist eingepflanzt wie ein Baum. Der wandelnde Horizont, das ist es, sagte sich Piesekoll voll Behagen; kein Wagen ist wie ein Schiff. Der Horizont, die gute Kimm, silbern und golden, die niemand erreicht und niemand zerschlitzt; nie frißt man sich satt, man schluckt sich tot daran. Dampf, Motore, Flugzeuge gar? Zu rasch für den Genuß und zu laut. Segeln muß man, das ist es.

Der Morgen stieg schräg aus Nordost. Die Kimm brach auf, krank schien die frühe Glut. Die Sonne ward sichtbar, die fiebernde Wunde des Tages. Das Barometer pumpte. Der Schlepper ward verabschiedet. Die Segel knatterten wie weiße Rolläden, dahinter der Tanz beginnt. Dann strich der Wind sie prall. Wie von Wolken gezogen rauschte die „Olehoop" dahin. Die Dünung lief quer, der Wind schralte. „Denn müssen wir wohl über Stag", sagte geruhig der Alte. „Okeh!" antwortete Piesekoll: „Legen wir sie 'n büschen auf den andern Bug!" Er ließ die Bootsmannspfeife zwitschern. Und indes die Wache an die Plätze trampte, sah er in Gedanken die stille Heide vor sich, die hinter Ebenwald liegt.

Nach dreißig Jahren war er wieder nach Ebenwald gekommen. Ihre Wangen waren noch rundlich, sie liefen an wie Pfefferschoten, ihr schütteres Haar war noch blond und strähnte ein wenig im Wind. Sie waren in die Heide gegangen, weit hinterm Ort. Da saßen sie nun. Ihre Hand legte sich auf sein Knie. Ihre

Hände erinnerten ihn an Möwen, er wußte nicht warum. Möwen sehen so gut gewaschen aus, kam ihm vor, und dennoch sind es Räuber. Da segeln solche Hände über das weiße Tischtuch und über die ungewissen Wellen eines Doppelbetts, aber sie rauben, romantisch betrachtet, das Herz und zehren auch kräftig an der allgemeinen Freiheit. Dennoch war er zurückgekommen zu solchem Zweck, deuchte ihn. —

„Smiet los de Fock!“ Jawohl, das Schiff war zu weit herum. Hier war keine stille Heide mehr. Grünschülpig verdämmerte die See. Piesekoll war selber an allen Brassen. Er war eine brauchbare Hand an Bord. Schaum hob sich sonderbar wie Schwalbennester der Musik. Es blies wahrhaft heiter in Want und Stagen. Prall wie Pauken standen die Segel, labberten ab, knallten eine tolle Kanonade, jäh schwangen die Rahen herum, neu füllte sich alles Tuch. —

Die Einfälle des Menschen sind bemerkenswert von Jugend auf, dachte Piesekoll. Aber seine Gedanken irrten von den Segeln zurück nach Ebenwald. Olga purrte mit sahnesauberen Möwenfingern kleine Steine aus dem Heidesand, armselige Splitter Granit und Quarz, er kannte es aus den Büchern. „Uralte Erde“, sagte er; denn er hatte manches behalten von dem, was von Missionen und Flottenvereinen im In- und Ausland an Bord geschickt wird, verschlissene Jahrgänge längst eingegangener Zeitschriften und die Reste verkrachter Leihbibliotheken, was dazu dienen soll, die Festtage zu verschönen, und zum Zeitvertreib und zur Abwendung von den Sünden des Hafenlebens und auch, um die Ebene der Handelsmarine der Allgemeinbildung anzupassen. Sie aber faßte seine Kenntnis nicht auf; sieben Steine waren es gerade, und sie schüttelte sie in ihrer weißen Möwenhand. Er erinnerte ihn dem Klang nach an den Augenblick, da zu Chingutti das Brandungsboot auf den Strand rutscht und man eilends rausjumpen muß, um nicht bei nächster Welle einen nassen Jonny vor die Büx zu kriegen.

„Ach du!“ erwiderte sie im Tone eines Kinderfräulein: „Mit der Straßenbahn passiert so was nicht!“ Dann warf sie die schmächtigen jahrtausendverschliffenen Kiesel in die Luft und fing wieder auf davon, soviel sich fangen ließ. Es waren zwei. „Zwei Kinder“, sagte sie lächelnd: „Ein hell, ein dunkel, ein Knabe, ein Mädchen!“

„Der soll wohl nicht Seemann werden!“ antwortete er.

„Nein, damit seine Braut dreißig Jahre warten soll? Wie ich? Er wird Autobusschaffner bei der Post, das ist sicherer. Vielleicht könnte er auch die Papierfabrik wieder hochbringen. Es braucht auch dort nicht mal Segelleinwand zu sein. Holz und Stroh tun es auch", meinte sie. Sie setzte sich in Eifer.

Piesekoll schwieg und blickte den Wolken nach, die wie große Fische gegen Westen entrannen. Neben seinen Füßen stand der Mahagonikasten mit dem Sextanten im Heidekraut, ein wertvolles Stück, das er nie aus den Augen ließ.

Was man denn in dem feinen Kasten habe — etwa das Gold der Ferne? fragte Olga, als habe sie es lange schon fragen wollen. Sie strich mit dem Mittelfinger steif über das blanke Holz.

„Du meinst meinen Sextanten?" erwiderte Piesekoll zerstreut.

„Sechs Tanten? Bißchen viel auf einmal!" lächelte Olga: „Sind es wenigstens Erbtanten?"

Zum Schießen!" knurrte Piesekoll. Und da Olgas Mund noch dünner wurde in der Annahme, Piesekoll habe keinen Sinn für ihre humorvolle Einkleidung der Vermögensfrage, fühlte er Mitleid mit ihr, die ihn, einen Seemann, über dreißig Jahre lang sozusagen geliebt, die vielleicht seinetwegen sitzenblieb, die aber von seiner Beschäftigung wenig Ahnung hatte und wohl auch ablehnte, es zu haben. Das ist Seemannslos, dachte Piesekoll und lächelte nun seinerseits, die gekränkte Seele zu trösten: „Wirklich schießt man damit gleichsam", sagte er; die Strahlenfältchen zwischen seinen Augen und Schläfen vertieften sich, er blickte wie durch Tankschlitze, als sähe er weit über die blendende Kimm: „Man schießt damit die goldene Ferne, die Sonne und die Sterne, daß sie runterfallen auf den Horizont, und dann sagt man: Aha, da sind wir also!"

Olga neigte den Kopf ein wenig zur Seite und machte ein kindlich spitzbübisches Gesicht, dasselbe wie vordem, als sie in dem kleinen Heidegasthaus ein beim Kaffee übriggebliebenes Stück Zucker sachte in die Handtasche verschwinden ließ. Sie war gewillt, Klarheit zu erlangen und flötete rasch: „Und dann fährst du eilends hin und verschlingst es alles, du Löwe. Wieviel ist es denn im ganzen?"

„O, je nach Länge und Breite."

„Nicht schlecht, wenn du deine Figur meinst —"

„Ich meinte die Ortsbestimmung auf See", brummte Piesekoll, und es wurde ihm unbehaglich vor ihrem lauernden Blick, der vom Wochenmarkt zu stammen schien, wo man den Blumenkohl prüft, eh' man ihn nimmt.

„Und wie wird es mit unserer Bestimmung auf Land?" seufzte sie, sah rund über die einsame Heide und senkte die matten Lider.

Piesekoll hatte das Gefühl, als ob eine klippenreiche Küste

plötzlich vorm Bug aufgetaucht sei. Da gab es nichts als Halsen, und sollte die Takelage dabei zum Teufel gehn, in die Brandung sausen konnte man ja immer noch. Er schob leise den rechten Arm hinter ihren rundlichen Rücken. Aber sie tat nicht gütigerweise, als merke sie es nicht, sondern sie schrob sich kitzlig in eine abweisende vorweggeneigte Haltung, drohte ihm mit dem Finger über die Achsel hin: So in aller Öffentlichkeit — das wären wohl die goldenen Methoden aus den Spelunken der Häfen — Und er solle doch nun endlich mal auspacken, was alles er denn in den vielen gottlosen Jahren erlebt, welche Haufen verkommener Weiber ihm das Geld der Ferne aus den Taschen geschlürft und wie lecker sich die Kreaturen wohl benommen hätten. Ach, ihr könne er kein Seemansgarn vorspinnen. —

Piesekoll knurrte. Gottlob, er war wieder auf dem Schiff. Ungeschlacht stand er vor der Back. Die See brach herein, es wischte ihm bis unter die Nase. Er hielt sich stur, er wußte, sie holte ihn noch nicht. Seine Wangen lagen gehöhlt, als söge seine mächtige Brust allzu unersättlich den scharfen Wind nach innen. Über seine Stirn war eisern die Harke des Daseins gegangen. Strohern war sein dürrer Bart, wie versengt von der bitteren Lake der Meere, und so auch seine Augen, so ausgelaugt, daß wenige seinem Blick gewachsen waren, wenn er je die verkniffenen Lider auseinanderriß. Das deutete nämlich auf Unwetter wie eine allzu klare Kimm. Seine Faust war bekannt von Frisko bis an die Levante. Zu Taongi schlief ein unvorsichtiger Beachcomber verscharrt im Korallensand, der ihm dumm gekommen war betreffs der Seilschiffe.

In Port Adelaide hatte er sich wegen ähnlicher Fälle von Bord vernebelt und war lange ohne Chance gewesen. Da strandete er mit Fleiß auf den Bänken der Seefahrtsschule alldort, büffelte dies und das, was nötig war, und machte danach gehörigen Orts sein Schifferexamen mit Glanz, und obwohl er es zwanzig Jahre früher hätte machen sollen, war er doch kein Mann, der mit dem Verkommen liebäugelt, er trank nicht viel, er ließ die Mädchen ziemlich in Ruh, und da sein Geld verdunstete, ging er in kühler Überlegung zur Heilsarmee und predigte, wie es verlangt wurde. Er hatte eine gute Stimme. Als der Kongreß war, sollte er solo singen, aber er irrte sich im Text, da die Melodie den schlichten Dur-Dreiklang aufwies von „Blow, boys, blow!“ Er sang deshalb nicht zur Ehre von „Our Saviours own Army“ und flog.

Flog seinem Herzen nach, das längst landkrank war, und hatte Glück denselben Abend und kam auf einen Weizensegler nach London. Aber nach Hamburg, das sollte länger dauern. Und als er endlich eines Tages über den Baumwall an Land kam, da fand er dort in der Gastwirtschaft zum Scheeben Stebel, die vor manchen Jahren seine letzte Anschrift gewesen war, einen Brief, der erst einige Monate dort lagerte. Und somit war ihm Olga, seine Konfirmandenliebe wieder ins Gedächtnis zurückgetaut, und er war, da das Vollschiff aufgelegt wurde, nach Ebenwald in die Heimat gefahren. Ja, so war es gewesen.

Dort in Ebenwald war keiner mehr, der ihn kannte, außer ihr. Denn er war auf See gegangen mit fünfzehn, als sein Vater gestorben war und das Brot knapp wurde zu Haus. Seine Mutter war tot. Seine Geschwister in alle Welt zerstreut. Somit also war er nach drei Jahrzehnten mit der angejahrten Liebe auf die Heide gelangt, wie es die Liebenden tun. Aber als er sie zu bürgerlich gesitteter Stunde in ihrem Jungfernstübchen wieder abgeliefert hatte, da war er schnurstracks aufseufzend zum Bahnhof zurückgezuckelt. Sein Seesack war in Hamburg geblieben. In der Hand trug er nur den säuberlich polierten Sextantenkasten, das teure Stück. Das war sein ganzes Gepäck.

Und als habe er die rechte Witterung bis Ebenwald hin gehabt, er traf in Hamburg alsbald Kuddl Bramms, genannt Rundbein, einen der besten und letzten Segelkapitäne, der mogelte ihn an Bord, obschon die Liste voll war und der Arbeitsnachweis Krach gemacht hätte. So war die Sache gewesen.

Es wachsen noch immer unruhige Männer auf der westlichen Halbkugel, in denen rumoren ein paar Tropfen Wikingerblut, rund tausend Jahre alt.

Stürmisches Herz! Unersättliches Herz! Von Liverpool hat Piesekoll hundert Dollar an Olga geschickt. Und hat dabei etwas von Möwenhänden geschrieben, und daß sein Herz kein Möwenfraß sein wolle, sondern die wandelbaren Horizonte noch eine Weile zu lieben gedächte. Was alles Olga komisch und beleidigend fand. Später, viel später fand sie es rührend. — —

Da aber waren schon wieder ein paar Jahre dahin. An dem zerwetzten Tisch in der Sabello-Bar, in dem ungelüfteten Schnapsladen zu Kota-Hul oder so, das war es, daß Piesekoll das fettige Glas hob. Es war die Zeit, da er um den hübschen Begriff Insulinde herum und bis Sachalin hinauf Hitze und Kälte durchpflügte in mancher Mühsal und immer noch auf Seglern, guten und schlechten, da hob er das volle Glas und sagte etwas von dem ewigen Durst nach dem unbegreiflichen Erdkreis und dem Gold der Ferne, das mit Tränen gesalzen sei, was keiner verstand und jeder dem Gin zuschrieb. Und danach sangen alle, die von der Wasserkante dabei waren:

Ick heff mol een Hamborger Veermaster sehn,
to my hoda,
De Masten so scheef as denn Schipper sien Been,
to my hoda hoda ho!
Blow, boys, blow!
To Californio!
There is plenty of gold
as I was told
on the banks of Sacramento.

Den Kehrreim sangen auch die andern mit, sogar die Yankees. Und die von dem deutschen Frachtdampfer fragten dann Piesekoll, ob er mit wolle, endlich mal wieder nach Haus. Und er nickte und erwiderte, man solle ein Mädchen wie Olga nicht allzulange allein lassen. Waren inzwischen doch weitere fünf Jahre verronnen. Aber den Abend darauf wartete das Boot vergebens an der Mole.

Eben vor der Mole — Piesekoll kam unschlüssig am Kai entlang, den immer noch tadellosen Kasten mit dem Sextanten in der Hand — da hatte ihn eine Dame angesprochen. Eine Dame, die ganz atemlos war, so hatte sie sich beeilt, ihn einzuholen. „Käptn!“ sagte sie mit ganz verwelkter Stimme: „Sie reisen?“

Es war eine Dame aus Deutschland, o ja, sie war einstmals mit einer der englischen Familien als Kinderfräulein in die Kolonie gekommen und war dann hängengeblieben in dem besseren Hotel dort, wo der Hafen zu Ende ist. Warum? Großer Mond, warum?

Die Nächte sind heiß und die Heimat liegt weit,
und die Heimat liegt weit wie die Ewigkeit.

Sie wartete jetzt gar keine Antwort ab, hob eine bebende Hand auf Piesekolls Schulter. „Ich möchte mit! — Nach Haus!“

„Ich reise gar nicht mal nach Haus!“ entgegnete Piesekoll da, und er war verlegen, daß er gerade in diesem Augenblick zu solcher Einsicht kam und somit unhöflich sein mußte gegen die flehentliche Stimme. Er mußte doch an Bord, aber nicht auf den Frachttramp gen Wesermünde oder so. Oder gar Hamburg! Das waren Hirngespinste der vergangenen Nacht und war gewesen. —

Als Piesekoll schon wieder unter Segel war, da mußte er an Olga denken, so, als sei die flehentliche Hoteldame eine verkappte Erscheinung von ihr. Er setzte seine Mütze fester und zuckte mit der linken Schulter auf die alte Art. Es riß ihn ein elender Nerv im Kreuz. Jünger war er nicht geworden. Er war eben verdammt jung gewesen, als Olga es gesagt hatte: Auf meinen Tränen segelst du davon.

Auf solchen Fahrwässern muß man baldigst zurückkehren, sonst ist die Tide verpaßt. Aber der eine segelt zurück und der andere segelt weiter, je nach Sorte.

Kiesekoll? Käptn Piesekoll? Er hätte Inspektor werden können bei Laeisz und ebenfalls in Freemantle. Aber was macht er? Schuftet sich mit einem der mulschen Schoner ab, die zwischen den Ratakinseln und den Neuen Hebriden Kopra sammeln von all dem kleinen Gewimmel und Atoll, und könnte auf einem Dampfer fahren bis zur Hamburgklasse aufwärts, ein nüchterner, erfahrener Mann, der er ist. Und könnte seine Horizonte rascher verschlingen, wie er es nennt.

Jeder muß wissen, was ihm verdaulich ist.
Piesekoll für sein Teil weiß es.

Bö-Sand

Einsamkeit ist gut, zumal aber auf den Halligen; denn wie sollten dort viele leben? Die Inseln sind so klein. Und sie liegen recht verlassen in der See, obschon die Küste bei guter Sicht über die Kimm lächelt, das dicke Land, auf dem man reisen und reisen kann, ohne gleich immer aufs Wasser zu stoßen wie ein Gefangener auf die Wand.

Aber wir haben ja das Boot, sagte der Pächter auf Bö-Sand. Und als die Woche zu Ende war, fuhr er nach Husum. Er tukkerte sich mit dem rostigen Motor gut aus dem Priel heraus. Die Priggen hatten sich winterlangs vernünftig gehalten. Es war überhaupt günstig gegangen. Das Springwasser war nicht auf die besten Koppeln gelangt, geschweige denn an die Hauswarft. Und die Schafe und die Gänse waren wohlauf, und die beiden Kühe waren schon seit ein paar Tagen draußen. Und Frau und Kind gut zu Wege. Wie richtig, daß er die Kühe damals herüberbugsiert hatte, obschon die Leute von Hooge gelacht hatten, und sogar die von Nordstrandischmoor. Wie sollte der dürftige Fladen Bö-Sand, der von einer Wolkenkuh klaks ins Watt gekleckert schien, wie sollte der wahrhaftes Rindvieh ernähren, wo doch schon die Schafe zu zupfen hatten. Aber Klaas Mokmann hatte es geschafft mitsamt seinem überspönigen Knecht, der für drei arbeiten konnte und nur wie ein halber aß. Ja, sie hatten sogar Winterfutter gemacht, tatsächliches Kleeheu, und der kleine Munke hatte auch in den dunklen Tagen satt Milch zu trinken gehabt.

Munke, das war Klaas Mokmann sein Sohn. Zwei Jahre nun schon alt, ein Halligkind, das den kommenden Wind schon einen Tag im voraus roch. Und nun war es mit den Kühen so weit. Da half kein Gemurmel und Gefingere von Jochen Knüll, wie der Knecht hieß.

„Dennso müssen sie wohl zum Bullen, Herr!" sagte Jochen.

Aber der Pächtersfrau grauste vor dem Transport. Sie war von der Geest. Sie konnte die Kühe keine Stunde missen. Es war zuviel Heimweh in ihr gewesen diesen langen Winter. Munke kann nun auch Schafsmilch trinken, meinte sie.

Aber zwei Kälber wären auch nicht schlecht, meinte ihr Mann: „Und wie ist es mit dem Geschwister für Munke?"

Die Pächtersfrau schlug die Augen nieder und wurde rot.

Sodenn machen wir es anders, hatte da Mokmann in seinen Strohwisch von Schnauzbart gemurmelt. Er hatte sich den Winter über ja man mäßig um die äußere Schönheit gekümmert.

Aber nun rasierte er sich plötzlich aalglatt. Und war nach Husum gefahren.

Es war Markt in Husum. Und Klaas Mokmann traf da den Bauern, den er kannte. „Wie ist es nun mit dem Bullen?“ fragte er. Der Bauer kniff die rötlichen Augen und rieb sich das linke Nasenloch mit dem Daumen. „Zahlen kannst du ihn nicht von deiner mageren Klitsche“, antwortete er: „Aber ich leih in dir, und wenn die Kälber was werden, krieg ich eins davon ab.“

In Ordnung. Der Bauer wohnte gleich am Stadtrand. Und sie brachten den Bullen so bis Nachmittag an Bord. Eine ziemliche Arbeit! Und das mußte dann begossen werden. Es war überhaupt mal etwas anderes, so in Husum, zwischen Stockwerken und Bäumen. Und dazu Marktrummel. Darüber konnte einer die Ebbe versäumen. Mußte man also einen halben Tag zugeben. Und somit war es längst Abend. Und in der Wirtschaft, wo Klaas noch saß, ging die Tanzmusik los. „Djewoll“, grinste der Bauer und rieb sich die Nase, „junge Kerls müssen mal Luft haben.“ Und er gab nun seinerseits einen aus. „Hat allens seinen Grund“, fuhr er dann fort und hob die rote Nasenspitze zu Klaas Mokmanns grauen, schwermütigen Augen: „Ich möchte heut auch nicht zu Haus sein, ich hab Besuch aus Hamburg.“

Besuch aus Hamburg? Mein Gott, das klang wie Neuyork und London. So was gab es auf Bö-Sand nicht. Der Pächter schüttelte den langen Schädel.

Der Bauer nickte verständnisvoll. „Mir ist das zu überkandidel. Meine Frau wird dann plötzlich fein und zwustert mir dauernd was zu: Hinnerk, rülps nicht so! Als wenn ich nicht bei mir tun kann, was ich tu.“

Indessen wurde Klaas Mokmann etwas verlegen und schurrte mit den groben Sohlen unterm Tisch. Der Bauerndaumen war grad im Begriff, das linke Nasenloch auch von innen zu massieren.

„Onkel Hinnerk“, sagte da eine gebildete Stimme. Der Bauer drehte sich erschrocken um. „Ja, das ist ja mein Besuch, direkt aus Hamburg“, sagte er.

Das junge Mädchen war verlegen, das sah man. Es war eine andere Art Vergnügen, sehr viel mehr Tabaksqualm und Krakeel, als es gewohnt schien. Klaas Mokmann war auch ganz benommen und sah die Erscheinung an, eine Dame aus dem Modenblatt, so war es ihm, ein bißchen zu blaß natürlich, und die Nase reichlich spitz, und das Ganze allzu mager.

„Tante meinte“, sagte sie, „ich soll mich hier amüsieren. Aber ich weiß nicht —.“ Wie konnte so ein weltweites Stück, das mit silbernen Gabeln aß und nichts als „alles elektrisch“ kannte, so zipp tun. Klaas fühlte eine verächtliche Abwehr in sich sprießen. Da wandte sich das Fräulein an ihn. Ach so, der unverschämte Bauernonkel hatte anscheinend mit dem Daumen auf ihn gedeutet. Und es stand noch das freundlich gekaute Wort in Zigarrendunst geschrieben: „Der soll ja gut tanzen. Der ist von der Hallig. Da lernen sie das Tanzen bei jedweder Springflut.“

„Ah!“ sagte das Fräulein und legte gleichsam erleichtert an einem Ponton an. Und Klaas, der ganz abwesend in eine himmelhohe Verneinung alles Ungewöhnlichen starrte, fühlte doch bei diesem hilflosen Fräuleinblick zugleich eine Prise Mitleid. Und sollte der Nasendaumen etwa Spott zu reiben gedenken? Gewiß, es war Jahre her, Jahrzehnte vielleicht sogar. Aber es hatte doch mal eine Zeit gegeben, da war er selber ein paar Tage in Hamburg gewesen und auch in St. Pauli, wo der gute Tanz sozusagen bis auf den Asphalt reicht. Und zu Heide, wo er beim Schützenfest seine Frau kennengelernt, o hallo, er hatte getanzt bis ins lichte Morgenrot, und wie! Ganz abgesehen von vordem.

„Ich bin gar nicht danach angezogen!“ Er schüttelte den sturen blonden Kopf.

„Macht nichts, ich hab auch kein Abendkleid mit!“ lächelte das Fräulein. Und da war er auch schon mit ihr mitten im Gewimmel. „Hallig?“ atmete sie: „Kann ich nicht mit, wenn Sie wieder rüberfahren? Sie können mir doch sicher die versunkene Stadt Rungholt unterwegs zeigen. Wir haben das Gedicht von Liliencron in der Schule auswendig gelernt:

— Die Maschine schütterte und stöhnte —
Trutz, blanke Hans! . . .“

Mokmann konnte nicht rasch antworten. Es war doch solche Sache mit dem Polka oder was es sein mochte. Langsam, sachte! knurrte er sich an, immer ein bei ein mit dem Bein wie beim Buttpedden!

„Das müssen Sie mir auch zeigen, das Buttpedden!“ lachte das Fräulein. Jemine, er hatte laut gedacht, wie man es so leicht gewohnt wird in der Einsamkeit.

„Ich hab schon einen Bullen an Bord!“ sagte er danach: „Aber wenn Sie meinen —“ fügte er hinzu, besorgt, der Höflichkeit etwas vergeben zu haben.

„Am Hafen also? Kann ich dort auch übernachten? Ich hole nur eben meinen Koffer, nur so klein, ist nur ’ne Zahnbürste drin. Ich muß endlich mal eine Hallig erleben! Ich wollte von hier schon zum Bahnhof, es ist ja furchtbar nett bei Onkel Hinnerk —.“

Schöpfer, die Dame taute auf! Sie war mit festen Schritten an Land gestiegen und ergriff Besitz. Klaas Mokmann dampfte die Hitze aus dem Kragen, der ein wenig gelb von der langen Winterrast war. Er wagte ja keine Einwendung. Er sackte stumm auf den Stuhl neben den Bullenbauern.

„Djewoll", griente der: „Junge Kerls und Hamburger Deerns — Sie ist mit meiner Frau verwandt, ein Herz und eine Seele."

„Sie will mit nach Bö-Sand", sagte Klaas Mokmann. Er wollte es anklagend sagen, aber es war doch wie ein kleiner Triumph. Hamburger Besuch auf Bö-Sand, das würde nebst dem Bullen die ganze Inselwelt von Langeneß und namentlich die stolzen Hooger ja wohl rein aus der Tüte bringen.

Er stand auf, er verschwand ohne Gruß. Das fremde Mädchen deuchte ihm auf einmal schön wie die Erinnerung an die Reeperbahn. Rund drei Stunden war es bis Bö-Sand. Drei Stunden allein auf freier See.

Klaas Mokmann spürte die schweren Sohlen nicht mehr, die ihm den Tanz so sauer gemacht hatten. Es war nach Mitternacht. Wo war die Zeit geblieben, die auf den Halligen so langsam läuft. Hähne krähten. Eine Drossel flötete. Er blieb stehen, sah in den Birnbaum hinauf. Welche Wunder es doch auf Erden gab!

Aber im Boot, da fing die Hallig wieder an. Da stand nun, gut hingezurrt, der Bulle und langweilte sich, schniefte unter dem Sackleinen hervor, das ihm über die Augen gebunden war, scheuerte die breite Schnauze laut an der Bootsducht, soweit die Fesselung und der schmerzhafte Nasenring ihm Gelegenheit dazu ließen.

Was denn? Was denn? knurrte Klaas Mokmann da innerlichst. Der Strom stand noch träge hafenauf, es hatte noch Zeit mit dem Kentern. Und eigentlich wollte er den Motor ja geschont haben und das teure Zeugs, das der fraß. Aber klapperten da nicht diese sonderbar hohen Absätze am Kai heran? Und rief nicht diese engelgleiche Stimme seinen ehrbaren Namen?

Und er wußte nicht einmal im geringsten, wie diese reizende Stimme hieß. Und was würde seine Frau sagen? Und was Jochen Knüll?

Und ihm fiel ein, daß der kleine Munke, sein Kronprinz, so scheußlich geheult habe, als er sich gen Husum aufmachte. Sollte der Unrat geahnt haben?

O Einsamkeit, o Seelenfrieden! Fing etwa ein Choral so an? Und bleibst du über Nacht, könntest du für uns alle in die Kirche gehn, hatte seine Frau gemeint.

Das war ja nun nicht mehr zu machen.

Der Bulle genügt! knurrte Mokmann auf einmal lauthals. Und der Motor ballerte ja auch schon, und er war ja schon mitten im Priel und hielt gen See.

Die Sterne waren schon blaß, und es wehte kaum ein Hauch, so daß er hörte, wie jene Stimme jemanden fragte: „Gibt es eigentlich Telephon auf Bö-Sand?“

Und er war schon fast an den langen Vorländern vorbei, da hörte er noch immer das gröbliche Fischerlachen, das auf diese Frage hin die stille Gegend verunzierte und die Wattvögel aufscheuchte. So daß sie in Schwärmen aufflogen wie Netze, den Tag zu fangen, den wohlgemeinten und verläßlichen Tag, darin doch manches lauert, was unvorhersehbar ist.

Eine Hütte am Strand

In den Dünen steht noch eine alte Baracke von der Marine her, sagte man mir auf dem Amt: Man will da einen Vogelwart hinsetzen, aber die Gehaltsfrage schwebt noch. Ich hatte die Insel in guter Erinnerung und gedachte, in Einsamkeit vor dem unerbittlichen Angesicht der See mich wieder einmal auf mich selber zu besinnen. Ich lieh mir ein Boot. Als ich losseilen wollte, kam Prökatt auf die Mole und fragte nicht lange, sondern kletterte wie ein Orang herab und setzte sich zu mir. Prökatt war von Beruf Metzger, ausgestattet mit der amtlichen Befugnis eines Fleischbeschauers. Solche Leute wissen viel zu erzählen. Er erzählte aber diesmal nichts von den Bauern, wie ich gern gehört hätte, sondern von seinen angeblichen Heldentaten im Krieg und wie er mit Partisanen und Defaitisten aufgeräumt habe. „Das ist alles übel!" sagte ich. Er schwieg gekränkt, und ich konnte See und Wind und Himmel und den strohhalmdünnen gelben aufdunenden Streifen der Insel eine Weile ungestört genießen.

Die Tide indes lief rascher als das Boot: es war nicht mehr Wasser genug, um bis ans Deichsiel zu gelangen. Wir mußten an der Schlickkante landen und ein Stück über Watt und Sand, barfuß, wozu es noch ein bißchen früh im Jahr war. Doch der Fleischbeschauer schien es anregend zu finden. Er erzählte nun von den Inselbauern und bezeichnete sie allesamt als Flundermäuler. Was aber die Hütte betreffe, diese Baracke, das sei eine wahre Bruchbude und nichts für einen halbwegs anständigen Menschen, selbst im Sommer nicht. Und wenn! dachte ich. Mir war eremitisch zu Sinn. Mein Blick fiel verloren auf seine Füße, die ihre Spuren wuchtig in den Schlick gruben. Seine Zehennägel waren ungeschnitten und gekrümmt wie Vogelkrallen. Das paßte zu seinem Gesicht und zu seinem ungepflegten Barte. Haha! lachte er scharf: „Man soll das Natürliche nicht hindern, solange es bequem ist."

Seeschwalben zogen uns entgegen, schlank, weiß und grau mit orangefarbenen Schnäbeln; sie schrien ein heiseres Kyrie über uns. Prökatt blieb stehen und knurrte böse in den Schwarm. Sodann riet er mir unverblümt von der Hütte ab. Meinte auch, es sei besser, wenn jemand beim Boot bliebe. Seine rötlichen Augen schielten drohend an mir vorbei. Dieser Hackmack! dachte ich. Das Boot lag hoch und trocken; Stunden mußten vergehen, ehe eine aufflutende Welle seinen Bug kitzeln würde. Ich antwortete höflich: „Hätte ich geahnt, daß Sie selber etwas mit der Baracke vorhaben ..." — „Das geht keinen was an!" knurrte er und ging weiter. Der Apfel hat einen Wurm, sagte ich mir, zog Schuh und Strümpfe an und stieg ihm nach auf den Deich. Dahinter lagen die saftigen Wiesen und die Gehöfte, eine Bäuerin kam unten entlang, drall, in rotem Rock. Sie tat zufällig, schien aber gewartet zu haben. „Sie ist weg, Prökatt!“ rief sie herauf.

Prökatts Haltung änderte sich. Er grinste mich an und schwenkte den kleinen Koffer mit den amtlichen Instrumenten. „Nichts für ungut!“ sagte er und ging an seine Arbeit, dem entlegensten der Höfe zu, wo er einen geschlachteten Ochsen zu untersuchen hatte. Ich folgte dem Deich bis in die Dünen und besah mir die Hütte. Es fehlte nichts. Das Dach war dicht, Tür und Fenster waren in Ordnung, sogar ein Ofen und eine leere Bettstatt waren vorhanden. Meine Schuhe knirschten im Sand, der durch die Ritzen hereingeweht war. An den Holzwänden hingen angepinnt ein paar Abbildungen aus Zeitschriften, vom Kurischen Haff. Ich stieß einen Fensterladen auf. Zwischen den Dünenkuppen erblickte man gen West die freie See. Hier ist es richtig! sagte ich mir. Ein Hauch billigen Parfüms geisterte von der Bettstatt, als habe ein Mädchen darin geschlafen. Ich dachte mir mein Teil und ging den Klinkersteg hinab ins Dorf und ins Gasthaus. Der Wirt schwieg lange in seinen Pfeifenqualm hinein. Dann, tropfenweise im Laufe der nächsten halben Stunde, vertraute er mir an: „Bettzeug können Sie bei mir haben. Die Pachulka hat alles wieder abgeliefert. Bezahlt hat er ja alles. Wir sind 'ne triste Insel. Kein Seebad mit Strandorchester und Reunions. Wir haben wenig Gäste. Und wo das Ding leer stand. Da drückt man ein Auge zu. Wenn er auch anderweitig verheiratet ist. Sie hat bei den Bauern geholfen. Ist ja mächtig fleißig und hat was gespart, hat sie ja wohl und will nun damit abhaun.“

Den Rückweg zum Boot hätte ich quer durch die Inselwiesen nehmen können. Aber es war noch Zeit für die Dünen. Hier war die rechte Einsamkeit. Die Luft ging kühl, sie war scharf gewürzt von verwesendem Tang und Muschelgetier. Die Nordsee zwikkerte grau, leer und ohne Halt bis zum Horizont. Wie eine Schlinge war der Horizont, er zog sich würgend näher und über die Hütte zusammen, die hier zweckmäßig und lieblos hingesetzt stand. Mich fror ein wenig. Ich fand plötzlich, es sei richtiger, sich ins Gebirge zu schlagen, zu den Quellen zurück, zu den blühenden Matten, in die großen Wälder und zu den Felsen, die noch nicht zu Sand zermahlen und zur Tiefe geschwemmt sind, und wo Gelassenheit und Behagen des Alters beruhigend wirken, indes hier, allzu unruhig und sengend, die stete Verjüngung kobolzte im Aufstand aus Wind und Welle. Und ich wollte eigentlich keinen Blick mehr in die abgelehnte Eremitage werfen. Der Wirt hatte mir einen Schlüssel gegeben. Wozu? Unschlüssig faßte ich die Klinke. Da hörte ich von drinnen einen unterdrückten Aufschrei. Ich öffnete und sah mitten im Raum eine weibliche Gestalt stehen. Sie war in Mantel und Kopftuch und derben Schuhen und stand geduckt, als wolle sie mich anspringen. Ihr verzerrtes, noch junges Gesicht löste sich, als sie erklärte, sie habe sich schon gefürchtet, es sei der Prökatt und wolle sie einschließen, nachdem er eben vor ihr dagewesen sei und die Andenken an den Wänden zerrissen habe. Sie sprach heftig, mit ostischem Stimmklang, und sammelte die Fetzen der Zeitschriftenausschnitte vom Boden auf. Ich half ihr, und dann fragte sie mich, ob sie mit dem Boot mitfahren könne. „Prökatt fährt auch mit", sagte ich. Sie hatte darauf eine Gebärde, als trage sie eine Sichel in der Hand, und erklärte leise, Prökatt habe damals am Schluß des Krieges ihre vier Brüder erschossen und auch ihren Mann, aber sie habe er schließlich geschont und sie mitgenommen bis hierher und sei dann manchmal gekommen, in diese Hütte. Und jetzt wolle sie ihn endlich anzeigen. Und zwar deswegen, weil er seine Pflicht verletzt habe, sie nicht auch zu erschießen.

Auf dem Deich stieß Prökatt zu uns. Er tat, als sei ich allein. Er war angeheitert, denn das Auge des Fleischbeschauers pflegt in schwierigen Fällen geölt zu werden. Die Fahrt über sang er schmalzig vor sich hin und blickte steif achteraus. Die Pachulka saß vorm Mast und weinte leise. Von der Küste uns entgegen erhoben sich die Stimmen der beiden Dorfglocken, den Sonntag einzuläuten. Wortlos standen wir dann auf der Mole. Prökatt trat dicht an mich heran. Sein Bart dunstete nach Bauernspeck und Doppelkorn. Seine hornigen Finger zuckten beschwörend an mir hoch. „Was hat sie Ihnen erzählt?" knurrte er. Und drehte sich böse um. Die Pachulka sah ihn mit verwaschenen Augen still an. Auf einmal ging er stumm davon. Er torkelte. Er ging immer schneller. Den Rockkragen schlug er hoch, als wolle er das Genick schützen, preßte den Koffer unter den Arm, als müsse er sich an etwas klammern, rannte die Mole entlang und verschwand beim Zoll um die Ecke.

Die Glocken schepperten immer noch und mischten sich mit dem Gekreisch der fischenden Möwen und mit den Klängen des Orchestrions in Möllers Lokal. Fast ging die arme, ostisch fremde Stimme darin unter, die da sagte: „Friede, Friede! Ich will zurück dahin, wo sie alle begraben liegen!"

Abschied vom Meer

Die Dünenkette entschwillt nach Nord. Sie hebt sich wie Gebirge. Ein Lamm steht am Hang groß wie eine Kuh; denn nirgends wächst ein Baum zum Vergleich. Und die Häuser sind fern. Die kleine Luv schwingt ihren Mantel im Kreis, Nord über Süd. Als sei sie eben mit dem Fallschirm gelandet, so steht sie atmend auf dieser Erde. Durch eine Lücke in den Sandkämmen bricht der Wind. Das Geräusch der Brandung füllt das Tal, und die Wollgräser schaukeln an der tiefsten Stelle, wo es noch immer morastig ist. Luv kniet nieder, ungeachtet ihres dünnen Kleides und zupft eines heraus. Alle Maße sind nur verhältnismäßige Einrichtungen, was sollte der kleine Halm mit der weißen Flocke nicht das sein, was die Fischer ihn heißen: ein Hexenbesen! Luv schreitet beherzt durch die Sandschlucht zwischen den Mittagsgletschern, sehr gern wäre sie eine Hexe, um ihre Brokatschuhe zu schonen. Es ist Abschied, darum hat sie das Schönste an, ach, es ist die sichtbare Bitternis, sich mit den schrecklichen Talons de Paris im fliegenden Sande zu quälen; nach den langen Wochen platter Sohle sind sie elend wie unter die Hacken gespießte Bleistifte. Die beiden feuchten Flecke im Kleid verdunsten, ihre Knie darunter sind schmerzlich kalt, der Sand stiebt gegen ihr Gesicht, und sie deutet ihn gerührt als die harten Tränen der Landschaft.

Es ist Abschied, und da lag der Strand. Möbelwagenhoch krachen die Brecher heran, überdacht von flatternden Laken, aber in sanften Bogen laufen sie den Strand herauf, mit sauber eingerollten, weißwollenen glitzernden Kanten. So wird es mit vielem sein, das da donnernd heranstürmt und uns zu verschlingen droht, sagt sich die schöne Luv, und sie meint ohne Umschweife die Liebe. Ihre hübschen Finger sieben in dem flachen Wall winziger Muscheln und Steine, es finden sich merkwürdige Gehäuse des Daseins, die Farben sind vornehm in der See wie gute Sommermoden, man sollte in der Tiefe wohnen, vom hohen Rauschen überschäumt, stumm, auf den Augenblick der Brandung harrend und auf die Wollkante, die der Durchschlupf ist und uns abwirft zum Daliegen am Strande und zu Abenteuern, die zwischen Kinderfingern oder als Andenken auf unbrauchbaren Briefmarkenschachteln enden. Eine Möwe blitzt fern. Es ist Abschied, Luv spricht gegen das laute Meer, und die Abenteuer hätten sich in soliden Grenzen gehalten. Dann wendet sie den Kopf, denen sie hat trotz des Getöses etwas gehört, das nach Menschen klingt.

Dort, wo der Haufen wesenloser Strandkörbe flach zerweht, im Sand verdämmert — hier hatte während des Feldzuges ein freundlicher Ostende-Ersatz der Bewachungsoffiziere seine Stätte gehabt —, mahlt sich ein kleiner Wagen heran. Paula, der große Schimmel, zieht ihn, und ihr mulattenhaftes Füllen hoppelt nebenher. Und es ist kein Zweifel, daß Knudjen Knust den Wagen lenkt. Knudjen Knust ist heut blonder als Luv, er hat seine Mütze vergessen, und es besteht kein Unterschied zwischen dem Sand und seinem Haar. Luv hat keine Neigung zu ihm, sein Gesicht und Bau ist so eintönig breit und so uralt klug wie die ganze Insel, doch niemals ist ein rechter Vergleich in der Nähe, so daß er bedeutend aussieht, wie ein Mann nach Luvs Geschmack, wenngleich sie weiß, daß ein Lamm keine Kuh ist. Und, ach, ist es mit ihrer Schönheit nicht dasselbe? Sie hätte Lust, sich plitzeplatz vor ihm auszuziehen und vor ihm weg hinter die Wogenberge zu rennen — ade, Kerr Knust! — Er kommt näher, schlafend wie immer. Ab und zu hält er, steigt schnarchend vom Bock und lädt Treibholz auf. Sie werden wieder Brot backen, dies Brot, das wie warme, schwere Sommererde schmeckt, und manchmal beißt man auf ein glashelles Sandkorn; aber sie wird fort sein und nicht mehr den Anschnitt erleben. Ein anderer wird den Lachknust genießen. Samt diesem Knudjen Knust. Man könnte weinen! —

Luv erhebt sich, die schöne Luv. Sie steht da in ihrem dünnen Kleid, durch das die tiefe Sonne kugelt, und in ihren brokatenen Schuhen. Knudjen sieht schläfrig über sie hin. Wenn er nicht auf der See fischt, schläft er, und selbst beim Essen.

„Spann Paula los!“ sagt Luv ärgerlich, indem das Füllen ihren Händen entwischt.

Knudjen Knust spannt den Schimmel los.

„Bück dich!“ sagt Luv. Er tut es. Mit einem federnden, himmlischen Schwung fliegt Luv über diesen Schemel auf den Rücken Paulas. Los, los, mein Hexenbesen! schreit sie, ihre Hacken trommeln in die geduldigen Weichen, und sie lenkt, hühott, geradewegs ins Meer, in die krachende Brandung.

Der duldsame Gaul geht wirklich hinein, das Schaumwasser gluckst unter seinen frühstückstellergroßen Hufen. Das Fohlen steht erstarrt wie ein Sägebock. Der erste Brecher leckt über Luvs Schuhe. Da wacht Knudjen auf, mit unglaublichen Sätzen springt er durch das gischtende Gekräusel, packt den Schweif Paulas mit seinen mächtigen Händen, packt höher zu, und mit einem einzigen unerhörten Sprung sitzt er auf der Kruppe, zack, hinter der tollen Luv. Wer hätte das gedacht von Knudjen Knust! Gerade kämmt es mauerhoch heran, brüllend, schlackengrün und eisig, birst und peitscht in Fetzen über sie hin. Aber Knudjen hat die Leine, er hält den Schimmel hoch, und der Schwall zerstiebt. Paula stemmt sich mit dem ganzen guten Haufen ihrer Muskeln gegen das saugende Salzwasser; um die Hufe brausen wilde Strudel. Knudjen hält stumm und stählern die Zügel. Und dann schnalzt er laut. Wacker kehrt der gute Schimmel um; sie erreichen prustend das Trockene.

Ehe sie beide herunterrutschen, dreht Luv sich zurück und küßt Knudjen mitten in sein nasses, verdutztes Gesicht. Und dann ist sie auf dem Boden, bevor er es begreift, und sie rennt von dannen, ihren Bademantel erraffend, und liegt hinter der Strandhaferkuppe und weint ein wenig, weil es Abschied ist und die Sonne versinkt und schon Oktober ist, während Knudjen Knust dösig und polternd weiterfährt. Wie er ganz verschwunden ist mit seinem Lärm, steht Luv hoch auf der Düne und flüstert den Vers in den Wind, den ihr ein aus der Pension entschwundener, allzu offensichtlicher Herr auf heimlichen Zettel geschrieben hat:

In Lee, da liegt ein Inselland,
Luv, schöne Luv!
Du heller Tag,
Du schneller Tag,
Zerrinnst du in der heißen Hand
Leicht wie ein weißer Inselsand?
Luv, kleine Luv!

Das Mädchen auf dem Teller

Damals, als seine Stimme noch dünn und hoch war, wurde er Pieps genannt. Sein Vater hatte am Hafen zu tun, wo alles laut und groß ist. Und sein Vater war es gewesen, der zuerst — und sichtlich nicht ganz zufrieden mit ihm — Pieps zu ihm gesagt. Da war nichts zu machen. Es mußte ertragen werden.

Gelegentlich, wenn der Hafenbetrieb behindert war — wegen Nebels oder wegen Streiks —, half Piepsens Vater bei der Firma Davenport. Das war eine feine Firma am Neuen Wall; sie handelte mit Porzellan, mit englischem Porzellangeschirr, und das a in ihrem Namen wurde wie e ausgesprochen. Devenport, das wußte jedes Hamburger Kind. Die Schaufenster Davenports gehörten nicht zu den geringsten in der an sich schon bevorzugten Geschäftsstraße. Hanseatische Geschäftsleute hielten seit je auf erstklassiges Tafelservice, und das fand man bei Davenport. Gewählt und geschmackvoll war es ausgestellt mit einem Blumenstrauß in der Ecke je nach Jahreszeit. Schlicht und solide war die Tür des Eingangs, schweres Mahagoni, die Klinke Messing mit kleiner britischer Krone. Mit einem Worte: Vornehm! Die Rückseite des Hauses jedoch war nichts als praktisch, ähnlich wie bei einer Weste. Denn hinten lag das Fleet, das trübe enge Wasser, das geradewegs zum Hafen führt. Und so scheußlich es dort manchmal von all dem Abfall roch, den unachtsame Leute hineinschütteten und der niemals restlos mit ablaufender Tide entschwand, Pieps hatte das Fleet gern. Es stellte unzweifelhaft die direkte Verbindung in die weite Welt dar. Sumatra mußte da irgendwo liegen. Eben hatte sein Vater eine Kiste für Sumatra gepackt. „Die ist für Ostern“, sagte der Hausknecht, und hievte sie in die Schute hinunter. „Zu Weihnachten können die wie bisher von Palmblättern schmausen.“

„Sumatra?“ Pieps schmeckte den Klang nach: „Oha! Ist das weit?“

Bükopp, der Hausknecht, ergriff ihn mit den Schaufeln von Händen und hielt ihn aus der Luke. „Wenn ich dich jetzt loslasse und du Luft und Murr genug hast, kannst du bis Ostern hinschwimmen. Soll ich?“

Pieps hatte Angst, so gefährlich über dem schmutzigen Spalt Wasser zu schweben, der sich da zwischen der feuchten Mauer und dem Schutenrand auftat. Aber er muckste sich nicht. Und da sein Vater kam, stellte Bükopp ihn wieder auf die Beine und pfiff, als sei nichts los: „Ist denn kein Stuhl da für meine Hulda.“ Der Vater ging an eine der Kisten aus frischem weißen

Holz, die vordem aus der Schute nach oben gelangt waren. London cif Hamburg stand darauf. Pieps las es. „Was heißt cif?" fragte er. Bükopp unterbrach seinen Schlager und grinste: „Kuß im voraus", aber dann entfernte er sich. Pieps Vater war nicht für solche Witze. „Es bedeutet auf Englisch Kosten, Versicherung und Fracht, und das ist's, was im voraus bezahlt wurde von drüben", sagte er und begann, die Kiste auszupacken. Und er fügte hinzu: „Es eilt mal wieder. Senator Muckedeiers wollen es schon in einer Stunde haben."

Pieps war eigentlich nur mal so mitgegangen, nur des Fleetes wegen, weil das hier viel näher lag als etwa von der Brücke aus. Der Packraum bei Davenports lag im Keller; von der Luke war es nicht weit bis zu den Zubringerschuten, und diese holten die Fracht von den Seeschiffen oder beförderten sie dorthin. Man hörte das Wasser schmatzen, so nahebei war es, wenigstens zur Flutzeit. Darum auch wohl hatte Bükopp ihm vorhin zugeflüstert: „Nächstens halt ich dich aus der Dachluke raus!" Ihm war sicher darum zu tun, Angst zu machen. Aber Pieps hatte es ihm nicht gegönnt und hatte weder gezappelt noch geschrien.

„Faß mit an, wo du schon dastehst!" sagte der Vater. Und somit packten sie zusammen das teure Service von der Kiste in einen großen Korb, holten Stück für Stück aus der Holzwolle hervor, Terrinen und Schüsseln für Suppe, Gemüse und Kartoffeln, und den ulkigen kahnförmigen Soßenbehälter, den man in Hamburg Schüguß nennt, dann die gewaltigen Bratenplatten und die für Geflügel und die für Fisch und die kleinen Schüsseln für Salate, Kompott, Pudding oder Dessert, und dann die tiefen und flachen Teller, und dann die handlicheren für die Beigaben, fürs Brötchen zur Suppe oder für ein bißchen Kresse oder Chicorée oder derlei, auch für die Ablage der Gräten von Steinbutt und Kabeljau und was von Hummern und Geflügel nicht eßbar ist. Das alles erklärte der Vater, und Pieps fühlte die Genüsse mißtrauisch nach und all die Umstände mit den vielen Sachen. Zu Hause gingen die Mahlzeiten entschieden bequemer vor sich. Hier nun war vorerst alles in rosa Papier gewickelt, und das duftete besser als das schlammige Fleet. Es duftete geradezu nach den eleganten Salons, wo es so viel zu essen gab und man so mächtig etepetete — so nannte es der Vater — sich dabei benehmen mußte.

„O wie hübsch!" sagte Pieps bei jedem Stück, das da zum Vorschein kam. Denn es war alles bemalt mit den Hafenstädten der Welt. „Und alles verschieden, das ganze Dutzend!" nickte der Vater und prüfte Stück für Stück, indem er mit dem oberen

Knöchel des Ringfingers leicht dagegenschlug, ob es heil und ohne geheimen Sprung sei. Man muß den Ringfinger nehmen, und oft genügt schon, eben mit dem Fingernagel daran zu klopfen. Der Zeigefinger wäre viel zu robust, um zart genug aufzutreffen, namentlich bei der harten Hafenhand von Pieps' Vater. Und es gab den matten klaren Klang, wie ihn das englische Porzellan hergibt, diese Mischung sozusagen aus Steingut und feinstem China. „Es ist Knochenasche darin", sagte der Vater voller Kenntnis.

„Von was für Knochen?" fragte Pieps erschauernd. „Vom Kirchhof?"

„Wer will das schon wissen!" lächelte der Vater. „Jedenfalls sind es sehr zarte Knochen."

„Vielleicht vom Ganges, wo sich die jungen Witwen mitverbrennen", warf da Hausknecht Bükopp ins Gespräch. Er war immer zur Stelle, wenn etwas zu bemerken war, hatte auch nicht gezögert, den Ewerführern in die Schute hinab zu verpassen, daß sie elende Streikbrecher seien. Nun aber ging er nach oben, weil für ihn die Stunde schlug, die Schaufensterscheiben zu putzen.

Der Vater hielt einen Teller gegen das Licht, das von der Luke hereinströmte, und es schimmerte hindurch, und nun sah man erst richtig, was daraufgemalt war. Fremdartige Gebäude und Segelschiffe und am Kai ein kleines braunes Mädchen in weißem Gewande. Dazu auch Buchstaben am Rande der Malerei, „Sin-ga-po-re", las Pieps. Obwohl er erst ein Jahr zur Schule ging, konnte er doch schon soviel lesen . . .

„Man sagt Singapur. Es ist Englisch", erklärte der Vater.

„Singapur!" wiederholte Pieps und fragte dann begierig: „Ist das bei Sumatra?"

„Ungefähr bald nebenan", nickte der Vater. „Und das da ist eine kleine Malaiin." „Aber doch keine Witwe?" Piepsens Stimme war noch höher als sonst.

„Was für ein Unsinn!" knurrte der Vater. Und die beiden packten weiter. Da waren dann Ansichten von Neuyork und von Bombay, Yokohama und Port Said, Sidney, Lissabon und selbst von Hamburg, auch von Bremen mit dem Roland. Aber Pieps blickte kaum darauf hin, ja, nicht einmal auf die Freiheitsstatute oder den chinesischen Kaiser. Er dachte an die kleine Malaiin. Mittendrin polterten Bükopps grobe Schuhe auf der Treppe. „Du sollst mal zum Chef!" sagte er zu Piepsens Vater. „Na und?" erwiderte der Vater und ging mit hinauf. Pieps war allein. Er stand da ganz atemlos von der weiten Weltreise, die er auf dem Porzellan mitgemacht. Es lag nun schon fast alles im

Korb. Pieps tastete hinein in den Duft aus Holzwolle und sanft perfümiertem Papier. Da, das mußte er sein, der Teller. Behutsam zog er ihn hervor, wickelte ihn wieder aus, hob ihn gegen das Licht. O, welch rührendes Gesicht die kleine Malaiin hatte! Und so traurige große Augen wie die Gazelle im Zoologischen Garten hinterm Gitter.

„Ksss!“ zischte es von der Treppe. Pieps zuckte zusammen und — o je! — der Teller glitt ihm aus der Hand und schlug auf die Steinfliesen des Kellers. „Hähähä!“ lachte der Hausknecht. So leise konnte der trotz der groben Schuhsohlen schleichen, und nun war es ihm also doch gelungen, Pieps zu erschrecken. Man sah noch eben sein breites, graues, grinsendes Gesicht weit übers Geländer herabgebeugt, ehe er sich wieder verzog. Denn gerade kam der Vater zurück. Und sah gleich die Bescherung und langte aus, besann sich jedoch, vielleicht, weil der Junge ihn so merkwürdig flehend anblickte und dann auch noch piepste: „Sie ist aber heil geblieben.“

Der Vater nahm schweigend die beiden Stücke, in die der Teller zerknallt war, paßte die Bruchflächen aneinander, wickelte sorgfältig das Papier um den Invaliden und steckte das Päckchen sachte zwischen das Übrige in den Korb. Als dann nach einer Weile alles fertig umgepackt war, sagte er finster: „Du fährst mit. Muckedeiers werden schön Krach machen.“

Mit Pferd und Wagen fuhren sie nach Pöseldorf, wo Senator Muckedeier eine Villa besaß. Autos, nein, die gab es damals erst wenige. Auch hielt die Firma Pferd und Wagen für vornehmer, schon weil es leiser war und besser roch. Hausknecht Bükopp brauchte nicht mit; der Vater verstand sich selber aufs Kutschieren, und Muckedeiers Dienstmädchen war kräftig genug, den schweren Korb in die Küche tragen zu helfen. Das war’s, was der Chef dem Vater hatte vordem mitteilen wollen. Sonst wäre das mit dem Teller wohl auch kaum passiert.

Schließlich stand fast alles endgültig gelandet und ausgepackt auf dem großen Küchentisch bei Senators, tadellos und schön. Eben kam auch Frau Muckedeier, um persönlich einen Blick auf das neue Service zu werfen. „Sehr, sehr ordentlich!“ sagte sie. „Und die Zahl? Stimmt ja denn wohl auch; es muß ja noch alles aufgewaschen werden, alle die vielen Dutzend.“

„Und dann wird den Abend Puter davon gespeist“, fügte Anna, das Dienstmädchen, hinzu.

Es half nichts, nun mußte auch das letzte rosa Papier abgewickelt werden. Der Vater hatte bis dahin den besagten Teller immer noch etwas beiseite geschoben. Dem armen Pieps klopfte das Herz bis unter die Haare. Gern wäre er davongerannt. Aber der Vater hatte einen Blick auf ihn, und das hält ja mehr als zehn Teertaue.

„Huch!“ schrie Anna auf. „Also doch einer kaputt!“

„Welch ein Pech!“ sagte der Vater und tat ungeheuer erstaunt.

„Pech? Aber nein doch!“ wehrte Frau Muckedeier ab: „Scherben bringen Glück. Wir haben außerdem sowieso niemals Gäste über die Zahl der Musen hinaus, haben wir wohl nicht.“ Sie blickte gütig auf den kleinen Jungen, der so betreten dastand. „Und das sind?“ fragte sie lächelnd.

Der Vater drückte ein bißchen nach: „Ist doch ganz einfach, wie beim Kegeln. Na?“

„Alle neune!“ stotterte Pieps. Beim Kegeln hatte er schon mal zusehen dürfen. Was Musen sind allerdings, das lernt sich in Hamburg nicht so leicht. Aber von da an liebte Pieps die Musen fast so sehr wie das kleine Malaienfräulein auf dem zerbrochenen Teller. Der Riß war durch die Paläste und Segel gegangen, aber das braune Mädchen war verschont geblieben. Und Pieps auch. Er durfte sogar die Scherben mitnehmen. Anna riet ihm, Kökschenkitt sei das beste zum Kleben. Und wirklich, das hielt.

So fein klingen jedoch, wie es sich eigentlich gehört, das konnte der gekittete Teller natürlich nicht, und wenn man noch so zart mit dem Nagel des Ringfingers daran klopfte. Es klang dann mehr wie ein verhaltener, von ganz weit hergewehter Seufzer. Und das paßte gut zu allem, was an der nördlichen Küste bedrängend ist, paßte zu der insgeheimen Sehnsucht in die Ferne, nach Übersee, nach tropischen Paradiesen, zumal, wenn sich das Wetter neblig und schudderig anläßt. Selbst als Pieps schon größer war und niemand mehr daran dachte, ihn Pieps zu nennen, er auch längst in manchem fremden Hafen weitherum in der Welt gewesen, schien ihm dieser hilflos halbverschluckte Porzellanseufzer und Fernwehklang genau das Richtige zu sein für diesen Teller. Überdies ist zu erwähnen, daß in den Bombennächten, als zum Beispiel von Muckedeiers Hausrat und Geschirr nicht ein Stück gerettet wurde, sich im Schutt dort, wo Pieps gewohnt, der Teller mit dem Malaienmädchen, geflickt wie je, doch sonst unversehrt, anfand.

Nicht immer ist's der volle Klang,
worauf das Glück beruht;
oft hält, was ungewollt zersprang.
geheilt noch mal so gut.

Flora fina

In jenem Kaufladen bei der Slamatjenbrücke pflegte ich meine Zigaretten zu beziehen, als ich den ersten Mißton der Liebe erfuhr. Ein geschnitzter Indianer war dort über der Tür angebracht. Vom ewigen Hafenqualm war er zwar gänzlich vernegert, aber auf seiner Krone und seinem Schurz aus Tabakblättern erkannte man noch deutlich die Spuren der Vergoldung. Unter seinem Sockel hing ein Schild, darauf stand zu lesen:

Tabacco
Grob und fein
bei
A. Muppensatt

In der Mittagspause schlich ich vom Speicher, die engbrüstigen Twieten entlang, über die Slamatjenbrücke. Mein Herz schlug, als klirre es von kleinen holländischen Scheiben, beklommen starrte ich auf die Auslagen, dann blickte ich empor zu der edlen Rothaut, betend, daß seine Unbeweglichkeit auf mich niederträufeln möge. Die Klinke schrie; Dunst aus Tabak und Schellfisch mummelte mich ein. Hinter der Tonbank, bei den Zedernkisten und den Kruken voll schwarzem Krausen, da pendelte Herr Muppensatt hin und her. Sein Tomatengesicht klaffte saftig und lächelnd zu mir auseinander.

„Zwei zu zwei, Lord Cucu!" forderte ich.

Und ich schielte zur Seite, wo bei dem Vorhang Frau Muppensatt auf einem amerikanischen Hocker thronte. Sie trug eine gelbe Seidenbluse und rauchte aus einer winzigen silbernen Pfeife, welche sie alle Augenblicke an der Tonbank ausklopfte. Das kleine Klickklick läutete wie Sturmglocken in mir. Und sie füllte sie alsbald wieder mit einem blonden Marineschnitt. Sie selber aber war schwarzhaarig. So ebenholzgescheitelt wie die Damen aus Costarica, welche umrankt von goldenen Medaillen und Palmenküsten die Innenseite der Zigarrenkistendeckel zieren und die schöner sind als Mond und Sonne und Flora fina heißen. Und Flora fina nannte mein Herz auch sie, wenn es inmitten des Speichergetriebes oder in der dumpfen Elternstube oder wo auch bei Tag und Nacht sich ihrer erinnerte. Obgleich sie in Wirklichkeit Milona hieß, Frau Milona Muppensatt. Wie kam der greuliche, schiefbeinige, tomatenschnäuzige Herr A. Muppensatt zu diesem exotischen Juwel, zu dieser teuren Importe?

Damals dachte ich nicht darüber nach. Zusammenhänge waren mir noch unwesentlich. Das Gegebene leuchtete überall kräftig und füllte den Tag in jenem Hamburg nach der Jahrhundertwende, als es noch kein Radio gab und keine Flugzeuge und keinen verlorenen Krieg und keine Richtlinien zum Aufstieg des Volkes. Oder vielmehr, als ich noch ein Kind war und sorglos und die weite Welt voll ungeheurer Entfernungen und unentdeckter Geheimnisse genau an den Vorsetzen, an Johannisbollwerk und Baumwall begann, als die Abenteuer der Meere aus allen Speicherluken dufteten und die silberne Ferne mit jedem Dampferdröhnen mitten ins Herz mündete.

Supf Piggel hat mir später verklart, wieso Milona —. Sie war mit einem brasilianischen Dampfer nach Hamburg gelangt, um ihren Onkel aufzusuchen. Ihre übrige Familie war an irgend etwas, vielleicht am gelben Fieber, umgekommen. Der Onkel aber hatte einmütig deren vernichtendes Schicksal trotz aller Entfernungen geteilt. Er lebte nicht mehr, als sie ihn in Sankt Pauli suchte. Er hatte eine weißgestrichene, einer bescheidenen Anrichte ähnliche Karre hinterlassen, welche unter puffergroßen, mildgestuft glockenförmigen Nickelhauben zwei Fruchteisbehälter enthielt, einen für Vanille, einen für Himbeer. Don Olivo hatte solche Labe jahrelang hafenlängs an den Mann gebracht, in Muscheln aus blauem Glas, was einen betörenden Farbendreiklang ergab, fünf Pfennig die Portion. Er hatte keine Reichtümer damit geerntet, obschon er Junggeselle war. Als starker Raucher hatte er sogar Schulden gemacht, so daß Herr Muppensatt, bei dem er den Tabak bezogen, mangels anderer Hinterlassenschaft die zauberhafte Eiskarre zugesprochen bekam. Muppensatt machte sie zu Geld; sie erbrachte auch die fehlenden Ausstände, jedoch erst nach erheblicher Bemühung. Somit war den geachteten, von Großvätern her gepflegten Grundsätzen des kleinen Tabakladens an der Slamatjenbrücke Genüge geleistet. Das Herz des Inhabers aber schwor sich zu, Ware nie mehr anders als gegen bar abzugeben. Es war ein berechnendes, aber einsames Herz. Herr Muppensatt war von der Natur nicht mit Schönheit bedacht worden. Schönheit geht durch jedes Tor. Muppensatt aber war nach einigen vergeblichen Ausflügen in die traulichere Gemeinschaft der Menschen hinter seiner Ladentür verblieben, von dem stillen Tabaksindio beschirmt.

Da nun trat eines diesigen nieselnden Nachmittags Milona durch diese Tür. Und war auf einmal wie die Fleischwerdung aller Sonne, war wie die Damen, die beim Öffnen der schlichten Zigarrenkisten medaillenumrankt plötzliche Paradiese aufblenden lassen. Muppensatt sah in aller Ferne Knabenträume vor sich auferstehen. Er war verwirrt und verzückt über die Erscheinung, die zudem, wie ein vorgelegter Zettel ergab, polizeilich an ihn verwiesen war.

Die halbverhungerte Milona, der deutschen Sprache nicht mächtig, beugte sich der unerwarteten Anbetung. Muppensatt hatte nichts Eiligeres zu tun, als den fremden Traumvogel am Entfliegen zu hindern. Er heiratete Milona.

Die schwarzhaarige Brasilianerin war durch eine Eiskarre zu ihm gelangt. Sie selber aber erwies sich als ein Ofen, der geheizt sein wollte. Tabak glimmt, aber er flammt nicht, Muppensatt war der Sache nicht gewachsen, und Milona nahm ihre Feuerung, wo sie zu haben war. Bis die Behörde das Wahrsagegeschäft unterband und Milona darauf vorzog, wieder nach Übersee zu verschwinden. — „Verdorri und Klüten mit Backbeern nochmalto!" knurrte Supf Piggel genießerisch, spie dünn ins Fleet und kniff die Augen vor Erinnerung. Und er fügte Erläuterungen hinzu, die ich hinter der Hand wohl schon hören durfte; denn Milona war längst dahin und Muppensatt auch und ich über die Jahre hinaus, wo man das Saftige tragisch nimmt.

Damals aber — ja, damals! Der süßliche unvergleichlich würzige Dunst von Tabaksläden, wo auch immer in der Welt, rahmt mir das Bild von damals ein, darin inmitten Milona thront.

Manchmal war ich der alleinige Kunde im Laden. Dann fühlte ich eine unsägliche Angst, die dennoch Seligkeit in sich barg, und ich wagte nicht, die Augen zu erheben. Jedoch meistens waren etliche Ewerführer und Matrosen zugegen. Und Milona öffnete ihren runden Mund ein wenig und ließ ihre Zähne blitzen. Sie neigte sich herüber, ohne ihren Thron zu verlassen, und flüsterte in die beringten Seemannsohren. Die Maaten antworteten laut und heiser, wie sie es von Wind und Wetter gewohnt sind, und nannten zwinkernd die Stunde, in der sie wiederkommen sollten.

Einmal kam auch Supf Piggel herein, der in der gleichen Kru mit meinem Alten Smutje gewesen war. Ich wollte gern hören, was er wohl zu verabreden habe; so lange schon brannte es eifersüchtig in mir, und niemals hatte sie Miene gemacht, auch mir etwas zuzuflüstern. War ich vielleicht noch ein Kind? Nein, ich möchte die Cucu nicht mehr, wehrte ich die zwei zu zwei samt dem vertraulichen Tomatengrinsen ab, sie habe in der Güte nachgelassen, wie üblich, wenn eine Marke viel konsumiert werde, und außerdem —. Herr Muppensatt pendelte hin und her, und er legte mir dies und jenes vor. Ich zögerte die Zeit hin, so gut es ging, und wählte schließlich zum erstenmal in meinem

Leben eine Zigarre. Ich entnahm sie feierlich, mit einem bedeutungsvollen Seitenblick auf Frau Muppensatt, der Flora-fina-Kiste, und es war eine berauschend duftende, giftschwarze Brasil. Trotzdem war ich noch zu früh fertig und hatte nichts Rechtes gehört. Darum lauerte ich draußen, bis Supf Piggel herauskam, und ich fragte ihn glatt, was er da verhandelt habe.

„Klei di, du Näswoter!" grunzte Supf.

Ich hatte nichts anderes, ich mußte ihm meine Flora fina schenken, die ich wie ein Weihrauchgefäß hatte genießen wollen. Daraufhin verriet er mir, er wolle sich wahrsagen lassen bei der Milona. „Klock sieben in den Abend".

Von einem unbekannten Fieber benommen, trieb ich mich zwischen den Speicherballen umher, wo ich das Lagerhalten lernte. Mir war, als müsse ich auf See gehen, dies war kein Leben mehr. Elend langsam spulte sich der Nachmittag an den Kranwinden ab. Endlich war es Feierabend: Laternen erhoben sich im Regenwind. Die Dampfer über der Hafenkante dröhnten. Meine Füße kehrten sich um. Ich war kein Kind mehr, ich würde noch immer früh genug nach Hause kommen. Und warum sollte sie mir nicht auch wahrsagen können, zum Beispiel, ob es gut sei, auf See zu gehen oder nicht! Ich warf den Kopf in den Nacken. Ich kam an die kleine holländische Tür. Trotzig sah ich zu dem Indianer hinauf. Die Kautabakrolle, an die er sich lehnte, schien sich zu bewegen, wie eine Schlange, die sich herabzuringeln drohte. So spät war ich noch nie hier gewesen. Ich drückte die Klinke nieder.

Der Raum war spärlich beleuchtet und voll von Seeleuten mancher Sorte. Im Dampf ihrer Brösel pendelte Muppensatt einsam hinter der Theke. Der Hocker war leer. Niemand beachtete mich.

Ich drängte mich nach vorn. Eine mir selber umheimliche Kühnheit schob mich an der Tonbank vorbei. Schon war ich durch den Vorhang.

Milona saß auf einem roten Sofa. Ihr Fleisch quoll darüber hin, von Spitzen umkräuselt. Ein rauher Schädel neben ihr fuhr herum und sah mich schläfrig an. Es war Supf Piggel. Milona lachte gurrend aus überrotem Munde. Ihr Haar war schwarz. Ich stammelte etwas von Wahrsagen. Eine Petroleumlampe, eine Rumflasche, ein verrutschter Tischläufer und ein ausgebreitetes Spiel Karten drehten sich vor meinem Blick.

„Komm, mein Gold!" flötete Milona: „Die Liebe ist ein Glück!"

Sollte es eine Wahrsagung sein?

Ihr Tonfall war fremd; ja, sie war aus einem Lande von Übersee. Ich war nahe daran, in dieser wüsten Kammer vor ihr hinzustürzen wie ein nasser Hund.

Aber eine rohe Faust riß mich zurück.

Ein Klotz von Janmaat hauchte mich an, ich solle meine Knochen numerieren, und es sei eine Schweinerei, sich vorzudrängeln.

Kurz danach befand ich mich wieder außerhalb der Ladentür. Die Scheiben spiegelten sich trübe in den Frühlingspfützen. Ich sah schmerzlich empor. Der Indianer streckte die leere Hand, die einstmals die Friedenspfeife gehalten haben mochte, geheimnisvoll in die Nacht.

Die Liebe ist ein Glück! atmete es betreten in mir.

Aber er schwieg, erhaben über Glück und Schmerz.

Aller Anfang ist Wagnis

Mehr neugierig als aufgerührt von dem Liebchenbetrieb des Hafenviertels, wollte ich nicht länger hinter den angeblichen Erfahrungen einiger Schulkameraden zurückstehen. Begab mich also eines dürren Nachmittags über die Hamburger Grenze. Gleich dahinter ohne Übergang begann Altona. Und von dort nicht weit war, was gemeint war. Die Straße, in die man einbiegt, heißt Große Freiheit, rechter Hand, und die Kleine Freiheit schließt sich an. Die Namen erinnern daran, daß hier Handwerk und Gewerbe vormals sich ohne hanseatischen Zunftzwang betätigen durften. Auch war hier nach dem ersten europäischen Selbstmordversuch, dem Dreißigjährigen Kriege, auch die geistige Freiheit gemeint gewesen. Eine Barockkirche indes, üppig wirkend in der armseligen Gegend und selbst dem strahlenden Effekt der Tingeltangelnächte standhaltend, unterließ nicht, die Verbindung zum Himmel als am sichersten über Rom zu empfehlen. Die abzweigenden Gassen waren überdies auf die göttliche Jungfrau und deren Schlüsselhalter getauft. Das war so geblieben, obschon niemand mehr wußte, warum. Der Begriff Freiheit hatte sich einzig dem irdischen Vergnügen zugewandt.

Es waren düstere, lauernde, niedrige Schlüfte, diese beiden berüchtigten Gassen. Ihre Ereignisse waren nach innen verwiesen. Eine Außenreklame war hier nicht gestattet. Man gelangte aus den Fluten von Neonlicht, das die Eingänge der beiden „Freiheiten“ umbrandete — und das schon nachmittags — und aus dem Gedränge der Seeleute mancher Nationen und schaugieriger Binnenländer in eine geradezu trübe Unheimlichkeit. Ich zögerte an der Ecke wie als Kind vor der Dachbodentür, hinter der Gespenster warteten, und man war allein. Ich vertiefte mich in die ausgehängten Vorlagen des Tätowierers Fincke. Hinter halb erblindeten Fensterscheiben gab es da mancherlei durchstochene oder umkränzte Herzen, gab Drachen und Schlangen, Segelschiffe, Glaube, Liebe, Hoffnung und Das Seemannsgrab, dazu allerlei Damen in vielen Zuständen der Bekleidung. Schön war keine. Wie würde es in natura sein? Schon gedachte ich, umzukehren und gewaltige Lügen aufzutischen. Da sah ich ein mageres Ladenschild an der anderen Ecke und las eifrig die verwaschenen Buchstaben: „Des Australischen Professor Woinke sein Museum“. Aha, ich hatte munkeln hören, dort gäbe es ein Geheimkabinett gegen Sondereintritt, die sogenannten „Katakomben“. Mir war, als sollte ich mir dort ein bißchen Aufklärung und Anregung holen. Jedenfalls war es dienlich, ein Aufschub vielleicht nur vor der Guillotine.

Es stand da auch etwas von „Ausschank nur gegen bar", und so beschloß ich, mir zugleich etwas Mut anzuduseln.

Es war im Keller, muffig, ungastlich, richtig katakombisch. Die Beleuchtung sparsam, die Schatten gruselig, die Wirtin abschreckend verhutzelt, zahnlos, bucklig, hinkend. Ich hätte die Hexe Hänsels und Gretels nicht trefflicher zeichnen können. Auch war sie so freundlich wie im Märchen. Der durchaus ungewohnte Schnaps brannte mir gräßlich im Schlunde. Aber ich nahm mir nun vor, ein Mann zu sein und durchzustehen, was da kommen mochte. Erst also mal das Geheimkabinett. „Sachte, sachte, mein Jung!" kicherte die Alte und zeigte mir das Museum. Da denn erblickte ich schaudernd die zahlreichen ausgestopften oder in Sprit eingelegten zoologischen Abnormitäten, Hunde mit Doppelkopf, Kälber mit fünf Beinen, einen mühlsteingroßen Rattenkönig, alkoholisch erblichen, wert, die Träume eines verfolgten Mörders zu würzen. Dann war da auch ein meterhoher Eiffelturm. Meine Ciceronin schlug die rotgeränderten grünen Augen zum feuchten niedrigen Kellerhimmel empor und sprach bebend vor Mitempfinden: „Hergestellt in jahrzehntelangem Fleiße aus den Brotüberresten eines begnadeten Insassen der Irrenanstalt Friedrichsberg! Seien wir bedankt, gestattet zu sein, uns normal des Lebens durchzubringen!" Endlich gelangten wir an eine Tür darauf zu lesen stand „Extra-Entree". Ich entrichtete dieses. Die Tür wurde feierlich geöffnet. Ein Schalter geknipst. Von nackter Glühbirne bestrahlt, erhob sich ein Altar mit stuhlhohem Kreuz und papiernem Blumenschmuck. Davor standen sieben Kindersärge aus grauer Pappe. Die Führerin klappte nacheinander alle Deckel auf und leierte die Geschichte jeder der darunterliegenden „Totgeburten" her. In einem der Behältnisse lagen auf modriger Holzwolle sogar drei der gekrümmten winzigen, bräunlich verschrumpften Leichname. Ich stand wie gelähmt und war verurteilt, die heisere Moritatenstimme bis zu Ende anzuhören. Hilf Samiel. Ich hatte mir die Anregung anders gedacht.

Nun erst recht! knirschte ich mir zu. Benommen schwenkte ich in die Marienstraße ein. Alte Kupfer bekunden, daß sie vormals mit Fachwerk und Baumbestand recht malerisch gewesen sein muß. Nunmehr war nichts als öder dreistöckiger Zement, lieblos, lückenlos, skrupellos als Mietequelle hingeklotzt und zum behördlich genehmigten Bordell Haus um Haus abgesunken. Die triste Gegend stand wie zwei geballte Fäuste gegen mich, links und rechts der graue Mauerblock. Ich war keine siebzehn. Mein Vorhaben mir unklar. Aber ein Zurück kam nicht mehr in Frage. Der Schnaps tat seine ermutigende Schuldigkeit. Halte dich in der Mitte der Straße! hatte mir der dicke Uli geraten: damit die Nutten dir den Hut nicht klauen und du alsdann nicht mehr aussuchen kannst! — Er hatte selbst unserm prüden Klassenlehrer nicht verschwiegen, daß er diese Gefilde und ihr Undsoweiter genau kenne. Und ihm schütte keine dort den Nachttopf übern Schädel. — Das will ich nicht gehört haben! war alles, was unser schwäbischer Professor darauf mit entgeistert überschlagender Stimme hervorgebracht. Ich aber hatte mir's gemerkt. Hielt mich also gut ab von den Fassaden, beiderseits indes sowieso abgestoßen von den mehlig bepuderten weiblichen Körperzierden, die sich über die Halbtüren reckten, legten, hängten. O je, waren das die ungebackenen Brote des Lebens? Ich spürte das Kopfsteinpflaster unter meinen Sohlen, als ginge ich über lauter dergleichen Unziemlichkeiten. Und hatte ich mich in den lauten Straßen nebenan vor den athletisch goldlitzenstrotzenden Portiers gefürchtet, hier schienen mir fürchterlicher die geschminkten Gesichter und die getürmten Frisuren, die nackten Schultern, die schwarzen Florhemden, aus denen die Brüste quollen. Ich wollte nichts sehen und sah alles, die formlosen Arme, die ordinären Gesichter, das Glitzern von Talmischmuck. Und ich hörte die Anerbietungen, die zu begreifen ich mich wehrte und dennoch mich krampfhaft lächelnd bemüht fand, ihre Saftigkeit zu genießen.

Die Gasse war ohne Passanten. Außer mir. Ich fand mich einer allgemeinen spöttisch gierigen Aufmerksamkeit ausgeliefert. Aber ich tat, als sei dieser fleischerne Markt, dieser zweiseitige Bilderbogen rüde besetzter Fenster- und Türöffnungen ein armer Hühnerstall gegen großartigere Gelände im Bombay, Rio oder Funchdal und als wisse ich solches nicht nur aus Matrosenberichten. Der schreckliche Bazar begann sich mir zum Karussell zu wandeln. Halt suchend starrte ich geradeaus, als habe ein Fenster da hinten meine Sonderneigung und sei mein Ziel. (Die Gasse krümmt sich dort gen Nord.) Eine — wie ich später erfuhr, behördlich vorgeschriebene — Jalousie war heruntergelassen, die Trallen waren ein wenig aufgestellt, die rote Beleuchtung dahinter und die dürftig mit netzartigem Tüll bedeckten Bewohnerinnen waren wie in blutige Streifen geschnitten. War dies das Leuchtturmlicht ungegorener Sehnsüchte? Die Farbe zeigte drohende Untiefen an. Ich zwang meinen Schritt ins Seebefahrene. Ich schwalkte männlich näher, die Biegung zu gewinnen. Da drinnen entstand Bewegung, sichtlich bestrebt, den Gast zu bewillkommnen. Mein Mut verpuffte wie der letzte Knallfrosch am Sedanstag. Wir hatten ihn als Kinder der Freien und Hansestadt immer hochpreußisch gefeiert. Scharf steuerbord! dachte ich nun: Um die Ecke und weg!

In diesen braven Entschluß erklinkte eine Haustür. Sozusagen in meinem Nacken. Das Geräusch gemahnte mich an etwas Freundliches, an eine Gartenpforte. Sie hatte sich zur Kinderzeit bei Bekannten meiner großen Schwester zu paradiesischen Nachmittagen geöffnet. Nun erblickte in ein Mädchen in Bluse und Rock und schlichtem Haar. Darüber am Gesims der Tür, die es aufgesperrt, schwebte eine große, grellgelbe Hausnummer. Mir erschien sie in diesem Augenblick wie eine Krone. Betroffen wollte ich dennoch vorbei! Da hörte ich sanft zu mir sprechen — ich wollte es nicht hören und hörte es doch —: „Komm herein, Hans!"

Man wird verzeihlich finden, daß ich annahm, das Schicksal selber habe mich gerufen. Ich zähle nicht zur Phalanx der Hartgesottenen. Ich tat einen verlorenen Schritt. Ein einfaches bäuerliches Gesicht lächelte mich an, nicht gerade jung und nicht schöner als an der Küste üblich, blaßblond, blaßäugig, die Nase stupsig, der Mund nicht klein, doch nur wenig betüncht.

Das alles sah ich, als müsse ich's abschätzen. Hier war nichts Aufdringliches, nichts Erregendes und nichts, was abstieß, es war eine Zuflucht in der offenen Darbietung, mit der die übrige Straße sich herzubog; es war womöglich der einzige Weg, glimpflich davonzugelangen.

Sie stieg vor mir eine Treppe hinauf. Ihr kurzer Rock aus rosa Seide pendelte über bloßen strammen Beinen. Ihre Schuhe, brüchiger Lack, hatten schiefe Absätze. Ach, ich hatte vernommen, daß der Ertrag der Liebe den Wirten und Wirtinnen der Freudenhäuser fast restlos zufließt. „Irma", sagte sie, als hätte ich trotz meiner verschnürten Kehle gefragt. Wir betraten ein kleines Zimmer. Sie zog einen Vorhang zu, er war nur dünn, das graue Tageslicht filterte sich nebelnd herein. Was war draußen? Die weite Welt? Bombay, Rio, Rotterdam, die See und kleine Kindheitsgärten? Das Mädchen beobachtete mich aus den Augenwinkeln. „Nun?", sagte es leise. Ich fühlte mich hilflos, tat aber gelassen, so, als sei es meinerseits ratsam, erstmal die Umgebung zu prüfen, und betrachtete das ungemachte Bett und darüber die Wand, wo auf handtuchgroßem Stück Stramin ein mit himbeerfarbenem Garn gestickter Spruch zu lesen war:

Gute Nacht
Gott wacht

Die barocke Schnörkelung der beiden G war von nelkenartigen Rosen durchflochten. Gebannt hing mein Blick daran; es mochten auch rosenartige Nelken sein, ein rührendes Unterfangen, sich auf gitterigem Kanevas schöpferisch zu betätigen. Unterdes begann, nach einer aufmunternden Bemerkung, die Gefällige an mir herumzuknöpfen, äußerte auch mild eine leichte Enttäuschung über meine Unbereitschaft. Sicher, das fühlte ich, durfte von mir nun erwartet werden, etwas zur Föderung der Sachlage beizutragen. Somit brachte ich, als sei es eine Erklärung für mein Zögern, stotternd den Wunsch vor, sie möge sich entkleiden.

Da denn also gewahrte ich zum ersten Male die lebendige, völlige Nacktheit des anderen Geschlechts; es bestürzte mich mehr, als daß es mich erbaute oder gar überwältigte, zumal die Willfährige kaum der Vorstellung entsprach, die sich mir aus älteren und neueren Kunstwerken gebildet hatte. Damals besaßen noch keine Gemälde, keine Plastiken kraft expressiver Maßnahmen die Fähigkeit, neben sich alles Lebendige als angenehm erscheinen zu lassen, selbst wenn es nur mangelhaft ausgestattet ist. Überdies war ich noch zu unreif, um die sonderlich sich mengenden Tinten aus Grau und Rot in dieser Kammer zu erfassen. Die Vorahnung unsäglicher Seligkeiten, der ich mich noch auf der Treppe zu befleißigen versucht, zerging in dem faden Geruch des erkalteten Bettes, den ein billiges Parfüm so geringfügig wie den der Entblößung zu überdecken vermochte. Soeben wehten die Stimmen des Hafens gegen die Fensterscheiben, grollend, lokkend, höhnisch blökend; dann gnickerte eine Grammophonpolka unterm Fußboden, brach schrill ab, als sei die Platte geborsten. Keifen, Gelächter, Gerede, nahebei oder meilenfern, alles schien greifbarer als das, wo ich mich befand. Ich hatte mich auf den Rand des Lagers gesetzt, die Knie waren mir matt, ich zuckte die Schultern wie einer, der alles einkalkuliert hat.

Meine Gastgeberin nahm schweigend einige ordentlich gelegte Wäschestücke aus einer Kommode und kleidete sich wieder an. Vielleicht war sie dem Empfinden des Peinlichen noch zugänglich, aber sie war geschickt genug, die ausgebliebene Wirkung ihres Entgegenkommens mit dem Hinweis zu bemänteln, sie habe sich ohnehin umziehen wollen. Indes mußte ich an den Altar und die Kindersärge denken.

Auf der Kommode stak in einer fischgrünen, wellig geriffelten Kelchvase eine Hutfeder, deren Linie und Tönung an die Bäuche dockender Schiffe erinnerte. Daneben stand schräg ein silbrig bronzierter Jugendstil-Rahmen mit dem Foto eines Vollbärtigen. Er trug die Uniform der Eisenbahner. Und mochte der Vater sein. Doch fragte ich nicht danach. Es war nun überall still. Ich hörte meine Konfirmationsuhr aus der Weste ticken, so lautlos legten sich die dürftigen Hüllen zurück um das vergeblich gelüftete Geheimnis. Und das alles ging vor sich in Anwesenheit des Mannes auf der Kommode. Zwar ließ sein Ausdruck auf Behäbigkeit schließen, jedoch die Strenge, die den Uniformen anhaftet und Haltung verleiht, selbst, wenn sie unkriegerisch sind, war zu bedenken, und nicht minder die weiträumig technische Verkehrseinrichtung, die zu Lande so verbindend und so pünktlich ist und doch mit eigenen Gefahrenmomenten, darin sich dieser scharfrandig Bemützte sicher bewährt hatte oder noch bewährte. Zwei der Totgeburten waren übrigens durch ein Zugunglück . . .

„Nun?", sagte das Mädchen zum zweitenmal und strich glättend über den seidenen Rock. Damals wußte ich noch nicht wie wundersam Frauen sich jeden Zweifels an der Richtigkeit jeweiliger Daseinszustände entheben können. Bestimmt auch muß man mehr unverdorben als abgebrüht sein, um zwischen einem frommen Spruch und dem Bildnis eines Nahestehenden einem Gewerbe obzuliegen, welches, allgemeiner Ansicht nach, das Wohlwollen himmlischer wie irdischer Väter schwerlich voraussetzen darf.

Irma, die Unaufdringliche, wandte sich halb listig, halb verschämt wieder zu mir. Sie wippte leicht mit der Zungenspitze an ihrer Oberlippe entlang. Und flüsterte dann etwas, was ich damals nicht erfaßte. Mir stieg eine gänzlich abwegige Beziehung zur pfingstlichen Apostelgeschichte auf. In dieser bescheidenen Stube der Lust war mir, als sei jäh ein Auftrag angedeutet, der mit körperlichen Vorgängen nichts gemein habe. Als sei an meine heimliche Neigung zum Schreiben gerührt. Ja, als stehe dieses öffentliche Mädchen als Abgesandter der Öffentlichkeit vor mir, mir ein Zutrauen auszusprechen. Kein Engel der Verkündigung hätte bestürzender und erhebender wirken können. Es war vertrauensvoll wie der Spruch an der Wand und zugleich voll unbequemer Verpflichtung. Derweil mich niederdrückte, daß ich noch nicht befugt sei, den Tempel der Erotik zu betreten, schien mir ein anderer aufgetan, darin ich mit feuriger Zunge würde Zeugnis abzulegen haben. Zeugnis abzulegen. Pathetischer und genauer läßt sich nicht ausdrücken, wie mir zumute war. Es war eine merkwürdige, flüchtig aufschießende Verzückung inmitten eines Versagens. Nüchterner gesehen, war es eine vernünftige Notwehr. Eine ärgerliche Zerknirschung lief nebenbei und wollte sogar wieder Oberhand gewinnen. Und während die Zimmerdecke drohte, sich zermalmend über mich zu senken, entdeckte ich erst jetzt den Seestern. Er baumelte an der gußeisernen Hängelampe, das Andenken wohl eines befahrenen Besuchers, vertrocknet, verstaubt, ein tropisches, schön regelmäßiges Exemplar. Obgleich dieses harmlos aussehende Meerestier zu Lebzeiten keineswegs friedlich ist, war mir der Anblick doch tröstlich und schien dem frommen Namen der „Come and kiss me"-Straße gemäß begütigend und entsühnend, so wenig er für einen Protestanten zuständig sein mochte.

Es ist aber einzufügen, daß ich als Kind die Sonntagsschule einer Kapellengemeinde eifrig genossen, allwo konfessionelle Abweichungen weitherzig ineinanderschwankten.

Hierorts aber war kein Verweilen mehr. Ich legte ein Zweimarkstück neben die Vase. Es war der Preis, den Kundige mir verraten. Und sagte höflich „Adjö"! und ging von dannen. Ging die Gasse der Spießrutenblicke und unflätigen Mäuler entlang und aus dem Bumms und Rummel der „Freiheiten" St. Paulis zurück ins Bürgerliche, vorerst ungeletzt und innerst beschämt, aber auch gewappnet mit anmaßender, kaum faßbarer Verheißung.

Irrlicht am Kanal

Spät gelangten wir mit unserer Jolle vor die Schleusen bei Brunsbüttelkoog. Ery hatte sich vorgenommen, schon bei Tagesanbruch in der Ostsee zu baden. Wir machten an der Südmole fest, und ich biesterte mit den Vermessungspapieren auf die Schleusenwache. Man gähnte mich an. Eine Schleppgelegenheit? Vor morgen früh kaum. Und segeln darf man nicht im Kaiser-Wilhelm-Kanal. Wir redeten dies und das. Der Wachhabende wurde munter. Er war als junger Mann in Panama gewesen. Jedoch hier sei alles größer. Ich stimmte ein in das Lob der Heimat. Wir sprachen von Seeschiffahrt und Überseehandel. Aber es nützte alles nichts.

So mußte ich denn unverrichteter Sache über die Schleusenbrücke zurück. Wo aber unlängst ein guter breiter Weg gewesen, klaffte jetzt der Schlund der Nacht. Ein russischer Dampfer war inzwischen eingelaufen und lag am Nordkai. Er sah nicht bedeutend aus in den Schluchten der Schleusenkammern, darin, ob Passage, Fracht oder Tanker, die mächtigsten Schiffe der Welt Platz haben. Doch vor den Schleusentoren sind alle gleich. Ich hatte zu warten. Uferauf und -ab die runden Lampen blühten wie die Blume Trollius in den Fischergärten hinterm Deich, gelb, rund und auf langen Stielen. Ich sah hinunter, wo sie sich zittrig spiegelten, tief unten, wo das Wasser schwärzlich schwappte, ohne das man sein Glucksen vernahm, so tief lag es.

Endlich wurde das Schleusentor geschlossen. Es fuhr als mietskasernengroße Schiebetür von jenseits aus der Dunkelheit heran, geräuschlos; man erblickte keinen Mann Bedienung. Es war ein unheimlicher Vorgang. Und auf einmal war wieder eine bequeme, mild erleuchtete Straße, wo soeben nichts als Abgrund gelauert.

Ery war sehr enttäuscht. Sie hatte keine Lust, die Nacht im Cockpit zuzubringen und erklärte, sie wolle auf die Lotsenstation. Vielleicht wisse man dort besser Bescheid über die Möglichkeit, weiterzukommen. Wir wurden uns nicht einig, und sie verließ das Boot und entschwand die eiserne Molenleiter empor und sozusagen in den Himmel.

Sie ist erwachsen genug. Dann soll man wissen, was man tut, sagte ich mir. Schließlich wurde mir die Zeit lang. Auch vermeinte ich, oben Stimmen zu vernehmen, die mir nicht unbekannt schienen. Ich kletterte also ebenfalls die Sprossen hinauf. Ery stand oben auf den Steinen und neben ihr Lotse Prott, den wir von Hamburg-Altona-Oevelgönne kannten.

„Hallo!" sagte ich.

Aber die beiden sahen, ohne sich stören zu lassen, angestrengt nach dem fernen Ende der Mole, nach dem Signalmast dort, der die beiden Arme waagerecht ausstreckte und gegen den Westhimmel aussah wie ein riesiges Kreuz, mit einem gelben Lampenpunkt links und rechts an den Enden.

„Könnte gleichsam zum Gedenken für mancherlei sein!" äußerte ich, näher tretend, obschon ich wußte, daß es nichts weiter bedeutet als „Einfahrt wird freigemacht". Prott warf mir einen knurrigen Blick zu, und Ery schüttelte den Kopf.

„Ein Irrlicht!" flüsterte sie aufgeregt.

„Ein Irrlicht? Nanu!" Ich vermochte nichts zu erkennen. Und nach einer Weile sagte auch Lotse Prott: „Nö, Deern, nu is es djä denn woll rein weggepust."

Lotse Prott war ein Berg von Mensch, und sein Brösel qualmte wie ein Vulkan. Sein Benehmen war grobdrähtig und seine Seele die eines Kindes. Er war als abergläubisch verrufen. Darum nahm ich die Sache nicht weiter für Ernst, und wir gingen zu dritt zur Station, um die Nachtkühle durch einen Grog aufzuheben.

Die Gaststube war voll Tabaksqualm und Rumdunst. Die roten Gesichter, die darin glommen, lachten Ery zu und gröhlten: „Mensch, Prott, is dat dien Irrlicht?" Prott schien es für richtig zu halten, die Sache so beizudrehen, und erklärte dröhnend, das könne ein Taubstummer mit dem Stocke riechen, daß es diesem Fräulein ihr Haar gewesen sei, was da auf der Mole geleuchtet habe. Und er legte besitzergreifend eine Pranke um Erys dünne Schulter, und jedermann wollte auf der anderen Seite neben ihr sitzen.

Notgedrungen wurde auch mir voll eingeschenkt. Ich warf matt ein, sie könne nicht viel vertragen. Aber die Runde der dreizehn um Kap Horn gepökelten Salzwassermäuler lachte, daß die Glasstäbe in den Gläsern tanzten und die Segelschiffbilder an den Wänden mimten Windstärke zehn.

Ery glühte mitten dazwischen und ließ sich den walfischgroben Hof machen. Ihr Haar stand wie eine gelbe Flamme über dem Sofa. Und sie erzählten ihr Geschichten von der Urwaldjagd auf Halmahara und von den spaßigen Sitten der Damen auf den Nengonengoinseln. Sie hörte zu, wie ein Schiffsjung so tapfer, sie, die sonst empfindlich war wie Seidenpapier; die Garne spannen hart an der Grenze zwischen Großmamas Schaukelstuhl und Störtebekers Stammtisch.

Ab und an wurde einer der Lotsen aufgerufen; dann war sein Törn da, und er mußte in die dunkle Veranda und durchs Glas nach den von See kommenden Schiffen luchsen wie eine Spinne nach Mücken. Und andere wurden dann gerufen und mußten hinaus in die Nacht und auf die Lotsenbarkasse und weit in den Strom an die Dampfer heran und die Jakobsleiter mühsam hinauf an Bord, um Mensch und Fracht sicher hinzugeleiten elbauf durch Untiefen und Leuchtfeuer zum Hamburger Hafen.

Und ehe er sich's versah, war auch Lotse Prott an der Reihe, um auf Ausguck in die Veranda zu gehen. Er erhob sich schwer. Ich sah meine Zeit ebenfalls gekommen und wollte an Bord.

„Recht so, Jung!" meinte Prott väterlich: „Sieh nach dein Boot. Anne Süd is ümmer ekligen Sog. Aberst dein Deern laß man noch 'n büschen hier!"

Der Beifall der Runde übertönte jeden Einwand. Ich ging zum Boot, zog die Leinen nach, machte die Schlafplätze bereit und wartete. Es war eine windstille Nacht. Nein, wenn wir auch hätten segeln dürfen, das Morgenbad in der Ostsee war unerreichbar. Hinter der hohen Schleusentür zischte der russische Dampfer. Sein Signal heulte in die Nacht. Warum schrie er so? Warum lag er noch da? War wohl nicht alles in Ordnung? Hatte er noch jemand an Land? War wer ausgerückt?

Ich hatte auch noch jemand an Land. Doch sah ich keinen Grund zum Heulen. Obschon ich mir diese Reise anders vorgestellt hatte. Oben auf der Mole klangen leichte rasche Schritte. Alsbald mein Herz blies jeden Groll von dannen und sang das alte Kinderlied, ob es wollte oder nicht:

Wenn wir fahren auf der See,
wo die Fischlein springen,
freuet sich mein ganzes Herz,
lauter Heil und Singen.
Ery, Ery, wir sind hier,
die Fischlein, die Fischlein, die fangen wir.

Aber was war das? Die Schritte oben entfernten sich. Kein Zweifel. Sie konnte unser Boot nicht finden. Das kam von dem verfluchten Grog. Ich turnte die Molenleiter hinauf.

„Ery!" rief ich.

Sie wandelte schon fern und gerade auf die Schleusenbrücke zu. Sie wandte sich nicht um, hatte ihren Schal um den Kopf geschlungen. Das tat sie sonst nicht, das mußte auch vom Grog kommen. Und da! Träumte ich? Sie trug ein flackerndes Licht in der Hand, ich sah es deutlich, als sie in der Biegung des Weges den Kurs änderte, sah hell ihre andere Hand, die sie vor die Kerze hielt, den Zug abzufangen. War das ein Spuk? Hatte

Lotse Protts abergläubischer Klabauterzauber einen Scherz in ihr entfesselt?

„Ery!“ schrie ich.

Sie eilte unentwegt weiter.

„Ery!“

Wollte sie etwa, ich sollte hinter ihr hertürmen wie ein verliebter Zeisig?

„Ery! Verflixt!“

Sie lief glatt auf die Schleusenbrücke zu, die, großer Gott, im nächsten Augenblick sich katzenleise öffnen würde, um den Dampfer herauszulassen. Nun rannte ich doch hinterher.

„Ery! Ery!“

Ihre schmale Gestalt war umflossen von flackerndem Schein. Jetzt war sie am Brückeneingang. Die Aufbauten dort entzogen sie jäh meinem Blick. Dünn und schrill hörte ich das Glockensignal der Schleusenöffnung.

Ohne Atem langte ich an beim Brückenkopf. Vor mir gähnte der Abgrund, tief unten das Wasser, die schauernde Schlucht der Nacht, darin ein paar Fetzen Licht zuckten wie verlöschende Kerzen.

Drüben, kleiner und kleiner schwand das Schlußstück des Schleusentors zum andern Ufer.

„Ery!“

Stand sie nicht da? War sie gerade noch hinaufgelangt und, obwohl es verboten ist, mitgefahren, das tolle Balg? Eben bevor der Spalt aufriß zwischen Leben und Tod? Wahrhaftig, da flackerte drüben das kleine Licht, huschte am andern Ufer entlang. Klar, sie wollte über die obere Brücke wieder zurück, zu mir zurück. Jetzt verbarg sie der lange schwarze Rumpf des russischen Dampfers, dessen steilscharfer Schlot bedrohlich fauchte. Seine Maschine rummelte schon. Eine unsinnige Angst überkam mich, Ery würde mit diesem Dampfer durch die aufgestoßene Schleuse auf Nimmerwiedersehn davonfahren.

„Nanu? Stehst du hier?“

Eine Stimme und eine Hand tupften mich an. Es war Ery. Ich mußte mich sammeln und stotterte, sämtlich Olympiaden seien nichts gegen sie, so rasch die ganze Schleuse zu runden, und daß ich jeden Ulk schätze, daß sie jedoch hier erbarmungslos hätte hineinfällen können.

„Schnack!“ erwiderte sie, und es war ein merkwürdig sanfter Klang in ihrer Stimme: „Hineingefallen bist augenscheinlich du, mein Lieber. Läufst du in solchem Tempo fremden Mädchen nach? Das war nämlich nicht ich mit der Kerze, das war das Irrlicht von der Mole, verstehst du? Das war eine Russin von diesem Dampfer. Da geht er raus, er hat wohl auf sie gewartet. Denn sie hat hinten auf der Mole gebetet, weil es da wie ein Kreuz aussieht."

„Aussah!" entgegnete ich, zufrieden, meiner Erleichterung und meiner Beschämung Luft zu geben. Das Kreuz nämlich hatte in diesem Augenblick die Arme gesenkt und seine Lampen in Grün gewandelt zum Zeichen, daß nunmehr die Einfahrt in die Schleuse frei sei oder, was für den russischen Dampfer in Betracht kam, die Ausfahrt.

„Ganz gleich!" fuhr Ery eifrig fort: „Der kleinen Maruschka war es mehr als ein Signal und mehr als ein Zufall. Du solltest Achtung haben vor der Einfalt gläubiger Herzen. Die Lotsen haben natürlich gelacht. Der Schleusenwärter kam eben ins Lotsenhaus, und wärst du dageblieben und hättest mich den Haifischen und Walrössern nicht so lieblos eifersüchtig allein überlassen, so hättest du es selber hören können, und daß die Arme es wegen ihres Mannes getan hat, der im KZ sitzt. Verstehst du?"

Ich verstand und verstand auch nicht. Ich sah den langgestreckten, schwarzen, sonderbar mageren und fast lichtlosen Dampfer sich zum Strom hinschieben. Er schrie böse auf. Mir war, als flöge der dünne Schein des Irrlichts aus dem Schlot empor, eine bleiche, verstörte Flamme, die sich aufmachte, den Himmel zu suchen.

Erys leichte Hand drückte auf meine Schulter. Sie sagte etwas Freundliches, etwa, daß man von den Irrlichtern zu den guten Positionslaternen zurückkehren müsse. Und daß in einer Viertelstunde ein Schlepper nach Holtenau gehe und uns in Schlepp mitnehmen könne; sie habe es am Telefon mit Hilfe des Schleusenwärters schon alles ollreit. Und nach dem Grog müsse sie nun endlich redlich schlafen, und ob ich im Boot auch alles dafür ollreit hätte. Und nun könnten wir also doch den Morgen schon in der Ostsee baden. Das Irrlicht habe Glück gebracht.

„Hoffentlich hat es selber Glück!" murmelte ich benommen. Wir machten das Boot fertig, und der Schlepper kam, und wir hockten dann nebeneinander unterm Persennig. Der Himmel hinter schwärzlichen Flören schien mir wie ein Panzergewölbe, hart und golden vernietet. Und es war fraglich, ob es je einen Schlüssel zum höchsten Gut gegeben habe.

„Hoffentlich hat es Glück!" wiederholte Ery leise. Ich glaubte, sie schlafe längst. Doch sie wiederholte es nochmals, und sogar angstvoll und flehend. Sie richtete sich halb auf, ohne Rücksicht auf die Schwierigkeit, das Persennig wieder so vorteilhaft hinzustauen, indes ich das Ruder auf Kurs hielt.

„Schlaf doch!" sagte ich bedrückt. Aber sie starrte in das zischende Wasser vorm Bootsbug, darin die Hecklampe des Schleppers sich spiegelte und wie ein Irrlicht tanzte.

„Gibt es den alten Mann dort oben?" fragte sie durch die Zähne.

„Hinter der Panzertür — vielleicht —" murmelte ich. Was sollte ich auch antworten?

Sie legte sich still zurück. Wir hatten unseren Ferienausflug so leichthin begonnen. Es schien uns an nichts zu fehlen. Und nun war uns ein Irrlicht hineingehagelt. Ich wollte fluchen. Ich hatte keine Lust, mich um viel andere Dinge zu kümmern als um das angenehme Mädchen, das Ery hieß. Aber es schien nunmehr weit von mir abgerückt, so fröstelnd es sich auch an mich drängte. So wird man, dachte ich, haltlos fortgezogen in das Ungewisse aller Zukunft. Und über uns das Irrlicht stieg und stieg wie eine Pfeilspitze scharf und erlegte unsere heimlichsten Wünsche und zerbrach die besternten Panzer der Ewigkeit und sengte an den Füßen der Engel, daß sie sich aufmachen sollten, das Böse von der Erde zu tilgen.

Knecht Niklas übers Wasser ging

Den Tag, da ab Dunkelwerden Heiligabend ist, kam ein Hamburger Gaffelschoner von Jamaika. Das Schiff hatte Kolonialrum geladen, der den Hanseaten zum Silvesterpunsch dienlich sein sollte. Der Wind blies östlich, aber die Tide lief günstig und der Kapitän verstand sich aufs Kreuzen. Schon war man elbauf Glückstadt vorbei, und jedermann an Bord hoffte, auf dem Rücken der Flut so gnädig als rechtzeitig in eine warme Stube unter den Lichterbaum zu gelangen.

Jedoch bei Julssand begann die Elbe Treibeis zu führen und spickte sich mehr und mehr damit, so daß es die weihnachtliche Eile des braven Seglers dämpfte. Ehe man sich's versah, kenterte nun auch der Strom und lief seewärts und brachte das Eis, das zur Flutzeit gen Hamburg getrieben war, in hellen Mengen zurück. Mit Bedauern mußte der Schiffsführer sehen, wie sein gutes Schiff trotz praller Segel keinen Nagel breit mehr Fahrt voraus machte. Darum ließ er Anker werfen und die Segel festmachen, um wohl oder übel die nächste Tide abzuwarten. Denn zu der Zeit gab es noch keinen Motor. Die Mannschaft fluchte ellenlang im Hinblick darauf, den Christabend in Ungemütlichkeit und Mangel zu verbringen. Nur der Schiffsjunge blieb still, er durfte ja auch nicht fluchen und schlich, sobald es die Arbeit erlaubte, in seine Koje, sein Herz zu erleichtern, weinte und betete, es möge ihm an Weihnachtsüberraschung doch nicht gänzlich alles diesen Abend entgehen. Er war ja noch klein, und an Bord gab es nur Erbsmus, Hartbrot und Plörtee, und selbst das ging auf die Neige.

Als nun die Gäste mißlaunig ins Logis polterten, eine Tranfunzel entzündeten und auch ihre Brösel, um sich mit Tabakswolken und Kartenspiel über den Heiligen Abend hinwegzusetzen, da drückte sich der kleine Schiffsjunge wieder an Deck. Es war schon dämmernd und leicht diesig dazu. Man konnte kein Ufer erkennen, kein Feuer und keinen Stern. Die treibenden Eisschollen schimmerten im dunklen Strom gleich allerhand Zuckerwerk und knufften und knisterten am Schiffsrumpf; das Wasser schmatzte und gluckste, und der Wind spielte auf der Takelung. Das deuchte dem Jungen heute eine sonderbare Musik, so, als stehe er neben der Orgel zu St. Georg, wenn sie leise spielt, und er sei Chorjunge wie noch vorm Jahr und bei der Weihnachtsandacht dort.

Auf einmal erblickte er ein Licht mitten im Strom, und da die Ankerwache es nicht aussang, sang er es aus, wie es Pflicht ist, und es kam seinem Herzen gerade zupaß, es aus voller Kehle auszusingen, grad, als wollte er einen Choral anheben: Licht über Backbord!

Kapitän und Steuermann trampten von achtern, die Matrosen von vorn herbei, das Licht in Augenschein zu nehmen, und nach einer Weile erkannte es jeder und dachte erfreut: Welch Trost, daß es noch andere Leute gibt, die Pech haben! Hielten sie doch das Licht für die Ankerlampe eines anderen Schiffes. Das Licht lag aber nicht still, sondern schwebte in schnurgeradem Kurs auf sie zu. Das war, wenn man Strom und Wind bedachte, ein höchst merkwürdiger Umstand. Der Kapitän machte jedoch bald durchs Fernrohr aus, daß es gar kein Schiff sei, sondern eine Person. Und fügte nach kurzer Pause hinzu: Ein Kerl, der wahnsinnig sein müsse, so im Dustern über die mürben Schollen zu laufen und zu riskieren, Weihnachten als Wasserleiche zu feiern. Und er ließ das Boot klar machen, um dem Manne Hilfe zu leisten. Indes kam der näher, ohne unterzusinken, und jeder konnte ihn jetzt mit bloßem Auge wahrnehmen. Er ging über die schwimmenden Eisschollen wie auf ebener Tenne, und ehe man das Boot ausgeschwungen hatte, war er heran. Die Matrosen warfen die Jakobsleiter über die Reling, ganz vergnügt wegen der Abwechslung, obschon einer brummte, ein junges Mädchen wäre ihm lieber als dieser Greis. In der Tat, der Schollenwandler erwies sich als ein alter Mann, weißhaarig, vollbärtig. Er trug seine Mütze in der Hand, und sie schien gefüllt von Glitzerndem. In der anderen Hand hatte er einen Knotenstock, vor der Brust baumelte ihm eine Stallaterne und auf dem Rücken hing ihm dick ein Felleisen. Aber ungeachtet seiner Last und Jahre enterte er behend an Bord. Die Mannschaft rief Hurra, und der Kapitän stellte ihn zur Rede. Der alte Mann antwortete freundlich: „Ich bin Knecht im Schulauhafen, und mein Name ist Niklas. Ich sollte euch nur ein bißchen bringen von dem, was sich gehört am Heiligabend; denn mein Herr sah, ihr würdet hier sitzen bis Mitternacht, eh euch die Flut weiterschiebt."

Damit reichte er seine Mütze dem Koch. Es seien Fische darin, die er unterwegs gefangen. Der Koch gab die Mütze ein wenig geringschätzig dem Jungen; drei arme Plietfische, die würden wohl knapp für den Käptn allein reichen. Der Junge trug sie in die Kombüse. Die Mütze dünkte ihm ungebührlich schwer, und als er die Fische herausnahm, wuchsen sie ihm in der Hand und waren so fett und glatt und groß, daß es eine Lust war, glänzten auch goldig, obwohl die gewöhnliche Färbung der Plieten silbrig ist.

Als der kleine Schiffsjunge sich genügsam gewundert hatte, flutschte er zurück an die Schanze, wo der Schulauer Knecht sein Felleisen auspackte. Da kamen rotbäckige Äpfel zum Vorschein und Helgoländer Pfeffernüsse und ein schaftsstiefelgroßer Wedeler Rosinenstuten sowie eine grobe Bauernmettwurst von Armeslänge und auch ein vernünftiges Stück buttergelben Wilster Marschenkäses und zum Schluß ein Bund Wewelsflether Störkringel im Umfang eines doppelten Patronengurtes.

„Fehlt bloß noch 'n tüchtigen Grog!" grunzte zufrieden und naseweis ein Leichtmatrose. Knecht Niklas nickte gefällig zu dieser Ausverschämtheit und sagte: „Im Laderaum geht's tipp und tapp."

Das erboste den Kapitän. Seine Fässer seien in Ordnung und tadellos getrimmt und gehörten dem Reeder, da sei nichts zu wollen! knurrte er. Der alte Knecht ließ sich aber nicht beirren, sondern fuhr zur Genugtuung der Mannschaft fort: „Leckes Faß macht die Gurgel naß." Da schickte denn der Kapitän den Steuermann mit Schlüssel und Windlicht nach unten, und tatsächlich, es stellte sich heraus, daß ein Faß richtig leckgesprungen war, worauf der Schiffsführer im Hinblick auf die Versicherung von seinem Recht Gebrauch machte und es freigab. Jeder sputete sich nun, mit Eimer, Topf, Schüssel, Kanne oder Mug seinen Anteil zu erwischen. Um den guten Knecht Niklas, dessen Gaben man rasch ins Logis gestaut hatte, kümmerte sich keine Wimper mehr. Nur dem kleinen Schiffsjungen, der sich sowieso an der Rumquelle nicht beteiligen durfte, fiel es nach einer Weile ein, sich bedanken zu wollen. Da war aber der alte Mann schon von Bord. Ganz klein sah man fern seine Stallaterne, und sie schien zu schweben und sich zu heben und leuchtete wie ein Stern in der Dusternis.

In dieser Nacht ging es munter her auf dem ankernden Schoner, der übrigens den Namen „Hoffnung" führte. Der Koch erstaunte nicht schlecht, als er die Fische wiedersah, und schlug vor, sie lieber an einen Goldschmied zu verkaufen. Aber jedermann war nunmehr lecker auf Fisch, und als Smutje ein weiteres Glas getrunken, warf er die Goldplieten einen nach dem anderen in die Pfanne, wo sie brieten und bruzelten wie andere auch, und danach trefflich schmeckten und üppig für alle reichten von der Hütte bis zur Back und auch für den Schiffskater. Da auch gedachte man des netten Knechtes Niklas und stieß voll an auf seine milde Hand und seinen Wagemut. Und während Harm Püsel die Handharmonika spielte und viele ein Weihnachtslied sangen und Gottlieb Timmer ein Weihnachtsgedicht aufsagte, als sei er ein Kind, da verschwor sich einer, was andere könnten, könne er auch,kletterte über Bord und wollte zu Fuß nach Haus, lag aber bald platsch bis zum Halse drin, schrie um Hilfe und kriegte mit Mühe ein Tau zu fassen. Da erst gingen manchem die Augen auf über das Wunder, das geschehen war.

In der Kuff

Dort im mürben Gang stehen die Häuser eng und schief, es ist feucht auf dem Grunde und beschwerlich auf den uralten Pflastersteinen, und nie wird es ganz hell. An der Ecke wohnt ein Krämer, durch seinen Laden sieht man ins Fleet; eine Speicherwinde knarrt, die Dampferschreie vom Hafen brechen durch die schwarzen Wände, und es riecht süßlich nach neuen Feudeln und nach Afrika. Dort nun, ganz oben im Haus, wohnte Käptn Tundje, und in seiner Stube war es, als ich klein war, schöner als überall auf der Welt; denn er wußte — genau wie etwas später Käptn Pott — Geschichten zu erzählen, daß sich einem die Haare auf der Gänsehaut sträubten. Immer saß er in einem großväterlich gewundenen, gelblichen Rohrstuhl, einen wurstförmigen Pummel im Nacken und je ein pfannkuchenhaftes Kissen im Rücken und unterwärts, worauf ein Blumenstrauß gestickt war. Auf der Kommode aber stand ein herrliches, vollgetakeltes Seilschiff, und schräg darüber hing ein Seeigel wie eine altgewordene, unrasierte Sonne. Von dieser Stube sprach Käptn Tundje immer nur als von seiner Kuff, was ein Fahrzeug bedeutet; und genau so gemütlich war es auch, zumal wenn er von dem Seeräuber Liun Schong berichtete und von den Menschenfressern auf Borneo. Das hörte ich am liebsten, doch das von der Mulattin Anna hörte ich nicht so gern, weil er zu lange und seufzende Pausen dabei machte.

Als es Weihnachtsnachmittag war und ich zu Hause nicht mehr stillsitzen konnte, packte meine große Schwester einige Äpfel in einen Korb, legte ein Paar selbstgestrickte graue Socken obenauf nebst einem Kalender, den sie vorige Weihnachten bekommen hatte und der noch wie neu aussah. Damit schickte sie mich zu Käptn Tundje. Auf der Straße traf ich Lieschen, die es auch nicht erwarten konnte, und ihre Mutter hatte ihr einen winzigen Tannenbaum zurechtgemacht, dessen Stamm sie mit ihren roten Handschuhen sorgsam umklammerte. Und sie wollte auch zu Käptn Tundje. Ohne Schaden zu nehmen gelangten wir die unheimliche Treppe hinauf; da stand die Nachbarin, die immer mit den Zähnen klapperte, bei der Petroleumfunzel im Flur vor Käptn Tundjes Tür. Sie hielt einen Zipfel ihrer blauen Schürze vor den Mund, und ihr Gebiß schlug heftiger als sonst aufeinander. Und sie schrie auf vor Rührung, als sie unsere Gaben sah. Dann schluchzte sie laut: „Sachte, ihr unschuldsvollen Würmer, es ist am letzten mit ihm!“ Voll ungewisser Bangigkeit folgten wir ihr in die „Kuff“. Käptn Tundje aber saß wie gewöhnlich in seinem Stuhl neben dem Ofen, hatte die Augen zu und schnarchte wie ein Sägebock. Seine großen Hände lagen still wie aus Holz auf der Decke, die er sich um die Beine gewickelt hatte. Die ausgegangene Pfeife hing ihm zwischen den Lippen. Wir stellten alles leise hin, und die Nachbarin steckte die Lichter an, wobei sie heftig weinte, was mich ärgerte, mußte es doch, wie auch ihr schreckliches Geklapper, den guten Käptn in seinem Schlummer stören. Und richtig, gerade wollten wir auf Zehenspitzen hinausschleichen, da schlug Käptn Tundje die Augen auf. Er blickte gleich auf den Tannenbaum, aber er sagte kein Wort, lange sah er den kleinen Engel aus Goldpapier an, der da hing. Danach sah er auch alles andere, was wir mitgebracht hatten, und man merkte wohl, so unbeweglich er auch dasaß, wie sehr es ihn erfreute. Schließlich jedoch glitt sein Blick zur Kommode und blieb an dem Seilschiff hängen. „Hol sie dir runter!" sagte er mit mühsamer Stimme; denn es hieß auch Anna. Ich tat es unter Herzklopfen und trug es ungläubig hin zu ihm auf den Armen wie ein großes Brot. Er berührte die so prächtige und wundergenaue Takelung mit einem zittrigen Finger, doch so sachte, wie man einen Schleier berührt. Dabei murmelte er: „Gunacht, Anna! Gode Seils in alle Welt, min Jung! Amen." Als er dies gesprochen hatte, sackte er plötzlich merkwürdig in sich zusammen. Die Nachbarin stürzte herzu, aber auf einmal stand sie ganz still und faltete die Hände. Man hörte draußen die Glocken von Sankt Katharinen. Ich sah durch die feinen Webeleinen des Schiffes das friedliche Gesicht des Kapitäns, beleuchtet von den flackernden Kerzen. Ich ahnte etwas Ungeheuerliches. Aber auch Lieschen wußte nicht genau, ob Käptn Tundje nun tot sei, als wir, von der Nachbarin milde hinausgedrängt, nach Hause eilten. Lieschen hielt übrigens den Seeigel an ihre Jacke gepreßt, und trotz ihres Tannenbaumes schien es mir ungerecht, ihn von dem Schiff zu trennen. Ich muß zu meiner Schande gestehen, daß wir uns darüber entzweiten, und somit gewann ich an diesem Heiligabend wohl ein Schiff und einen schönen Spruch, jedoch ich verlor auch Lieschen, meine heimliche Braut, und Käptn Tundje und seine „Kuff" habe ich nie wiedergesehen. Was alles mir erst später richtig klar wurde.

Santa Kathrin stopft Socken

Junggesellen mögen gewisse Vorzüge genießen, ja, es kann zuzeiten angebracht sein, ihre Ungebundenheit zu preisen, zu Weihnachten aber sind sie ziemlich überflüssig. Es sei denn, sie lassen sich als Onkel verbrauchen, indem sie die Schätze der Süßigkeiten- und Buchläden in vielen kleinen tannenreisgeschmückten Paketen verstreuen oder gar den Weihnachtsmann mimen, wozu natürlich die nötige verwandtschaftliche oder befreundete oder gemeinnützige Gelegenheit und einiges Geld und, den Weihnachtsmann betreffend, Begabung gehört. Das alles nun kam bei dem Junggesellen Christian Möck nicht in Frage. Man mußte ihn, weihnachtlich gemessen, zu den gänzlich Überflüssigen rechnen, was nicht hindert, gerade an ihm merken zu lassen, wie den allzu Einsamen gelegentlich ein unvorhergesehener Trost zuteil werden kann.

Möck war Bootsmann auf der Brigg „Kathrin", die gerade Heiligabend im Hamburger Hafen hinterm Jonas lag. Sie hatte ihr Finnlandholz gelöscht und hoffte, gleich nach den Feiertagen einen Schubs Koks überzunehmen und damit ihren Heimatort Geestemünde anzutun. Bis auf Bootsmann Möck hatte sich die Besatzung samt Kapitän an Land vernebelt, zieht doch jedermann vor, den Festesglanz von einem warmen unschwanken Sofa und womöglich im Familienschoß zu begrüßen, umgeben von Annehmlichkeiten, die an Bord nicht vorhanden sind. Zumal die „Kathrin" von der ganz alten aussterbenden hölzernen Sorte war und noch das geschnitzte Abbild ihrer Namenspatin als Galionsfigur unterm Bugsprit trug, und war sie auch gemütlicher als mancher moderne Eisenkasten, so war sie doch auch eng, verbraucht und verwanzt.

Krischan Möck liebte sie trotzdem, und gern blieb er als Hafenwache an Bord. Im Hamburger Hafen gibt es allerdings nicht viel zu wachen, denn es herrschen dort gesittete Zustände, so daß Möck ohne Gewissensbisse den Mittag sich von einem Jollenführer ans Johannisbollwerk hatte setzen lassen, um sich ein bißchen fürs Abendbrot zu besorgen. Er war fast so alt schon wie das Schiff, mit dem er vor mehr als fünfzig Jahren seine erste Reise gemacht hatte und dem er mit kurzen Unterbrechungen treu geblieben war. Gewiß, die Examina waren ihm entgangen, aber er wußte von den Dingen der See so viel wie irgendein durch Patent Erhöhter, ohne daß es seiner Beflissenheit und Tüchtigkeit vorm Mast Abbruch tat. Wie es denn noch so ein paar dieser alten durchgesalzenen Seerobben gibt, die allen Kartotheken zum Trotz kein Gnadenbrot brauchen und keine Rente kennen, bis der Tod sie holt. So man ihnen begegnet, grüße man sie in Ehrfurcht!

Diesen Abend hatte Krischan Möck den Logisofen gut in Schwung und hielt die Kaffeekanne darauf warm. Seine Hand in ihrer derben Härte schien diesem glanzlos gewordenen Bunzlauer Geschirr sonderbar verwandt zu sein. Schmunzelnd und schmatzend goß er den zichoriengewürzten Inhalt in eine längst des Henkels entbehrende bauchige Tasse und verwandelte ihn schnuppernd jeweils mit einem Schuß Rum in den gehörigen Festpunsch. Auch gönnte er sich heute ein Stück Räucheraal zum Schiffsbrot, dazu ein Viertel Sülze und auch drei Stangen Laufkäse, die er, ohne daß sein Appetit litt, knurrend als Leichenfinger bezeichnete, wie er denn überhaupt den von hohlen Schlafkojen eingerahmten einsamen Raum der Back mit Gerassel und Geräusper und lautem und leisem Geschnack geräuschvoll erfüllte.

Als er genügend in sich hatte, entfachte er den Schägbrösel, qualmte eine Weile gedankenvoll vor sich hin, genießerisch an seinen braunen Zahnstummeln nachschmeckend, was er Gutes gehabt, gedachte mancher Mahlzeit an mancher Küste und mancher schmalen Tage auf See, erhob sich vom Hängetisch, schrob den Docht der pendelnden Petroleumlampe ein wenig höher, vermeinte Glocken zu vernehmen, ging mit steifen, winkligen Knien, die schon sachte sich der ewigen Heimat zuneigten, an die Logistür, jawohl, da läuteten sie schon, die vom Michel und die von St. Nikolai und ebenfalls die von der Katharin. Der Hafen lag diesig. Von Lichtern und von Schiffahrt war nicht viel spürbar. Nun, er hatte seine Ankerlaterne in Ordnung. Ein paar Möwen strichen meckernd umher. Möck holte die fettige Aalhaut, die blankgesogene Aalgräte und die Sülzenschwarte und warf sie ihnen an die Schnäbel, damit sie auch ahnen sollten, daß Weihnachtsabend sei. Es war eine schudderige Luft, und es zog ihn bald ins Logis zurück, wo er dann ein wenig auf und ab ging, wie ein Wachthabender es gern zu tun pflegt, und er setzte seine flachen Füße taubenhaft behutsam auf in der langen Übung, bei keiner Änderung der Grundlage unvorbereitet zu sein. Sein Rücken war nicht mehr so marinestur wie bei den jungen Maaten, seine ungewöhnlich breiten Schultern ermangelten des wohlgefälligen Specks, aber auf den strengen Sehnen seines Halses wuchs der gries stoppelige dürre, zonengebeizte Schädel ihm noch aufrecht und ohne Zittrigkeit, gekrönt von der blauen Bootsmannsmütze, die er nur im Bett ablegte. Nun er so wandelte, war seine gemächliche Seele voller Vorstellung von allerlei Tannenbaum und Kerzenschimmer nebst Karpfenessen und Gänsebraten, wie es zu dieser Stunde sein mochte in Stadt und Hafen, Häusern und Schiffen bis auf die See hin und über die Meere hinaus, soweit es mit der Nacht gelegen ist und es Christenmenschen gibt. Er hörte auch vielerlei Stimmen, große und kleine, lebendige und tote, war er doch alt und besinnlich genug dazu, gähnte hin und wieder den Spuk mit kröchelndem knatterndem Tonfall an und fühlte mit Behagen sich die Lust andämmern, allmählich zu Koje zu muscheln und einen von Glasenschlag und vierstündiger Auspurrerei unbehelligten, gesegneten Schnarch zu tun.

Bevor jedoch versäumte er nicht, feiertagshalber schon ein bißchen frische Wäche bereitzulegen, um den Morgen gleich hineinflutschen zu können, ein graugelbes Normalhemd, eine kleinfingerdicke himbeerfarbene Unterhose aus Flanell, ein mildblauweißkariertes Leinenoberhemd und die schwarzwollenen Pulswärmer, die noch von seiner Mutter selig stammten, und ein Paar graue Socken. Alles erwies sich als heil und richtig bis auf die Socken, die leider nicht mehr von der handgestrickten Muttersorte waren (ist doch das Leben der Socken aufreibender als etwa das der Pulswärmer), sondern aus einem Laden herrührten für seemännische Ausrüstungsgegenstände, welche Läden gemeinhin damit zu rechnen scheinen, daß allen Seeleuten ein rasches Ende beschieden sei. Der alte Möck aber hatte manchen Sturm überdauert und so auch dieses Paar, das mit betretenem Grinsen aus zwei klaffenden Hackenlöchern zu ihm aufjappte. Er durchforschte seine Seekiste nach einem besseren, aber es fand sich keins. Somit nahm er mummelnd und grummelnd Nadel und Knäuel und begann das schwierige Werk, einen fusseligen Wolltampen einzufädeln, indem er ihn mehrmals zwischen Daumen und Zeigefinger aus dem Born des bartlosen Mundes befeuchtete und so zu bändigen trachtete und das Öhr mit ausgestrecktem Arme dicht vor den Lampenzylinder hielt. Aber so spitz und scharf auch seine hellen seegrauen Augen zwischen Brauengebüsch und Zwinkerfalten hervorstachen, es wollte nicht gelingen, sei es, daß die Länge der Arme seiner Weitsichtigkeit nicht mehr gewachsen war, sei es, daß der Kaffeepunsch dem ehrsam häuslichen Bestreben im Wege stand. Gewohnt, die Schläge des Schicksals nie überraschend zu finden, brach er sein Vorhaben ab, den widerspenstigen Faden anfauchend: ich wollte, du wärst ein Kamel, eh du mich dazu machst, denn daß du ein Reicher bist, mußt du einem erzählen, der schon eins ist.

Nach dieser verwickelten, biblisch gegründeten Betrachtung war es Krischan Möck auf einmal erst richtig weihnachtlich zumute. Ihm fiel auch noch anderes bei, indes er die Lampe auspustete und sich schnaufend und ächzent in die Koje rollte. Lieder kamen ihm in den Sinn, die der Stimmung noch gemäßer waren, und gelinde Kindheitsbilder aus Stube, Straßen und Kirchenschiffen dieser Stadt, darin er arm geboren war und in deren Hafen er nun kaum wohlhabender vor Anker lag. Da war es besonders der Choral „Lobt Gott, ihr Christen", der sich zu seiner Genugtuung fast lückenlos in ihm aufzufinden schien, um jedoch bei der bedeutenden Zeile „Er wird ein Knecht und ich ein Herr, das mag ein Wechsel sein!" hängenzubleiben, worüber sich dann einiges in seines Herzens Einfalt bewegte, den Zeitläuften gemäß, und ihn brummig zu stimmen anhub, bis ihm ein verklarendes Beispiel aus eigener Erfahrung in den Wind kam, nämlich von der letzten Instandsetzung und Überholung der „Kathrin" vom Sommer her, wo auch der Galionsfigur eine Auffrischung zugesprochen war, der dazu beorderte Matrose es aber ihm, der Aufsicht führte, nicht zupaß trieb, worauf er denn selber die Schwebebank geentert und die hölzerne Segelfrau unturm Bugsprit in drei Farben angepinselt hatte. Da also hatte er sich vom Herrn zum Knecht gemacht, rein um des guten Erfolges willen. Wie es denn also auch ewigeren Ratschlüssen in Ansehung des Christkindleins vorgeschwebt haben mochte. Zufrieden mit solch findiger Verknüpfung persönlicher und höherer Vorfälle, ließ Möck den Sinn wieder ins Naheliegende sinken, wo im Grunde der Seele die ärgerlichen Socken grinsten. Ein Glück, seine Ausgehstiefeletten reichten hoch genug, um die Ungebührlichkeit nicht in den Festtag ragen zu lassen. Er hatte auch nichts Gewaltigeres auf den nackigen Fersen vor, als eben zum Steinshöft und zum Seefahreraltenheim, woselbst ein alter Freund von ihm, Segelmacher Poggels, den Rest des Daseins in Beschaulichkeit verdöste, und wo die Mission und die Wohlfahrt und gewiß auch ein brauchbarer Damenverein den Insassen zu Weihnacht reichlich zu spenden pflegten, braune Kuchen und Zahnpasta und Zigarren, Nützliches und Unnützliches durcheinander, was zu Weihnacht aber alles ebenbürtig willkommen ist; denn es kommt auf das Herz an, und es sollte doch mit dem Teufel zugehen, wenn nicht unter den milden Gaben für Poggels sich auch ein paar vernünftige Socken anfinden würden, die man ihm abschnacken könnte, wo er doch nur Fußlappen trug.

Möck sann noch ein paar Atemzüge lang der bezüglichen diplomatischen Rede und Gegenrede nach, bis es ihn ermüdete und, wie oft in solchem Zustand, ein kleiner Jammer nicht ausblieb, darin er sich plötzlich fürchterlich verlassen fühlte in der Welt, auch voll Bitternis seiner einstigen Braut gedachte, der einzigen seines Lebens, und es war vierzig Jahre her, da sie ihm während einer Australienreise an anderer weggeschnappt hatte. Seufzend und stöhnend wälzte sich Möck auf die andere Seite, wo ihn der Schlaf alsbald umfing und seine Betrübnis löste.

Da deuchte ihm auf einmal, es brenne wieder Licht im Logis, und dann saß da jemand Weibliches am Hängetisch und hatte seine Socken vor, nahm die Maschen zierlich auf und webte das gute Gitter sachgemäßen Stopfens über die elenden Hackenmäuler. Möck tat nicht erstaunt. Wird wohl eine von der Mission sein, dachte er etwas mißtrauisch. Doch als er länger hinsah, kamen ihm das faltenreiche Gewand der Dame und die Farben Rosa, Gold und Himmelblau merkwürdig bekannt vor, auch entdeckte er eine kleine Goldkrone in ihrem dicken Haar. Kein Zweifel, es war die Galionsfigur vom Bugsprit, die Santa Kathrin höchstselber. Sie hatte so in halber Ansicht die dralle Rundlichkeit seiner verwichenen Liebsten, er entsann sich, das gerade hatte ihm die Malerarbeit nicht unangenehm gemacht. Hallo! äußerte er sich schließlich, schon aus Höflichkeit. Die Santa Kathrin blieb eine Antwort nicht schuldig, oho, man merkte ihr nichts Hölzernes an, und sie sagte, es sei wegen der sommerlichen Gefälligkeit, die Möck ihr erwiesen, darum wolle sie ihm zu Weihnachten auch eine erweisen. Was Wunder, daß Krischan Möcks Herz weit wurde und er, als sie mit den Socken fertig zu sein schien, eine blumige Bemerkung fallen ließ bezüglich der kalten Nacht außerhalb und einer gewissen warmen Koje innerhalb, was ihm die Heilige aber nicht übelnahm, sondern ihm bloß holdselig lächelnd mit der Stopfnadel drohte, worauf sie verschwand. Denn die Heiligen bedürfen der irdischen Erwärmung nicht, wie es auch in dem Liede heißt:

Santa Kathrin, auf Erden ist es kalt,
aber bei dir ist es warm.
Santa Kathrin, nimm uns doch bald
in deinen himmlischen Arm!

Vielleicht hätte Krischan Möck nichts gegen eine derartig reizvolle, aber sicherlich endgültige himmlische Unterbringung einzuwenden gehabt. Statt dessen erwachte er den andern Morgen außergewöhnlich munter. Seine Socken entdeckte er allerdings genau so ungestopft, wie er sie verlassen hatte. Die Wäsche auf dem Schemel hingegen, darauf er die Dame hatte sitzen sehen, schien ihm einen unzweifelhaften Eindruck aufzuzeigen, womit bewiesen wäre, daß auch Erscheinungen ihr Gewicht haben können. Das Gute blieb aber dennoch nicht aus. Denn der Bericht des sonderbaren Traumes ließ den Segelmacher Poggels so irre werden an Möcks Geisteszustand, daß er ihm, halb ängstlich, halb mitleidig- nicht nur die tatsächlich eingetroffenen Mildegabensocken, sondern obendrein eine Tüte Pfeffernüsse, eine Bartbürste, eine Rolle Priem, einen Band „Herzblättchens Zeitvertreib“ und einen kaum gebrauchten Spazierstock aus der Fülle der milden Gaben überließ. Wohl bekomm's!

Konterbaß

Konterbässe (schriftdeutsch Kontrabässe) sind ungeschlachte Instrumente; aber man weiß, wie nötig sie sind, bilden sie doch sozusagen die Grundfesten der Orchester. Ungeschlachter jedoch sind die Gehäuse, darin sie aufbewahrt und befördert werden. Und es passierte Knarf, daß sich ein solcher, in dänischem Auftrag zu Kiel frisch gebauter Konterbaßkasten eines Tages unter seiner Stückgutfracht anfand. Dieses enorme Leergut verlockte ihn, drei Dutzend Flaschen besten Schwedenpunsches darin zu verbergen, welchselber über Kiel, wenigstens damals, billiger zu beziehen war als direkt über Malmö oder Göteborg.

Er wollte nun eben vom Düsternbrook loslegen, da redete ihn eine Dame an, eine nicht mehr ganz junge, aber entschieden vornehme Dame in Schwarz, und sie trug einen Kranz in der Hand, als wolle sie zur Beerdigung. Knarf stellte den Motor ab, um zu hören, was sie wolle. Er war kein Mensch von unnötigen Aufenthalten, und das Geschäft ging ihm über alles, aber gegen Damen war er höflich. Ob er die Strecke nach Korsör fahre, fragte die Dame. — Jawohl, das sei seine Strecke. — Ob er sie mitnehmen könne . . .

Da sie gut zahlte, ließ es sich machen. Steig ein, Muschi, knurrte er freundlich, denn er war von der Sorte, die keine Unterschiede zu machen gedenkt. Aber die Dame überhörte die Vertraulichkeit. Es war ihr um Beförderung zu tun, sonst nichts.

Der Motor knatterte von neuem los, und sie setzte sich auf den Konterbaßkasten, der vorn beim Bugspriet unter einer Persenning verstaut lag. Hinter Holtenau kam der Zöllner an Bord, und Knarf nutzte die Sachlage, wie es so angenehm geboten schien, und erklärte hinter der Hand, die Dame fahre zu einer Trauerfeier nach Kopenhagen, wo sie als Musikerin mitwirken solle, daher sowohl Kranz als Konterbaß. Und siehe da, der kleine Schwindel gelang. Wenn auch nur vorerst.

Knarf war von der Statur, der Damen im allgemeinen aus dem Wege gehen. Er hatte, von außen betrachtet, eine gewisse Ähnlichkeit mit jener Konterbaßhülse. Und die Mädchen, mit denen er hin und wieder seine Späße zu treiben pflegte und die er alle Muschi nannte, waren keine Damen. Er besaß dazu ein „Mikroskop", wie er es nannte, eine kleine Messinghülse zum Durchgucken, und wenn man daran drehte, lief ein primitiver kleiner unanständiger Film ab. Das war sein Köder für manches hübsches Erlebnis gewesen.

Die Dame nun, die er da vor sich sah, deuchte ihm zu zerbrechlich, um anders als mit Ehrerbietung an sie zu denken. Hin und wieder aß sie ein wenig aus einer kostbaren großen Handtasche, ohne aber den Blick lange von der dunstigen, sonnigen, leicht gekräuselten Seeweite wegzunehmen. Gegen Abend zog sie einen wolligen schwarzen Mantel über und schien die Nacht da vorn zubringen zu wollen. Der Wind frischte auf. Knarf setzte Segel, um Benzin zu sparen. Das Spritzwasser kitzelte übern Bug. Wie zu erwarten, unternahm die Dame, sich ans Ruderhaus zurückzuziehen und stand eine Weile mit dem Rükken vorm Fenster, kaum, daß Karf daran vorbeisehen konnte. Wenn die See auch leer war wie ein Frühstückstisch in der Kalorienzeit, muß ein Schiffer doch immer auf Navigation bedacht sein. Darum klopfte er schließlich an die Scheibe. Die Dame fuhr zusammen, als habe jemand sie unversehens angefaßt. Doch kam sie danach ins Ruderhaus und setzte sich ohne ein Wort auf die Signalkiste, und in der Enge roch es nach dem schönen Kranz, der oben auf dem Ruderhaus lag und aus Schwertlilien, Löwenmaul und Schleierkraut bestand, abgesehen von dem Tannengrün, das als Grundlage diente. Es erinnerte Knarf an einen Biergarten, irgendwo in der Welt, der neben einem Friedhof gelegen hatte, und wo es an zarten Anbändelungen nicht gefehlt, damals, als er noch jung gewesen war, und er empfand eine große Lust, die stumme Dame aufzumuntern. Und er erzählte von Kopenhagen, vom Tivoli, wo er einmal eine großartige Revue gesehen habe, Regenbogen genannt, und er bemühte sich, den Hauptschlager in zarten Flötentönen aus sich herauszugrübeln und auf dänisch vorzusingen, konterbaßtief: Lille Lise let pa to. Und er schnitt gewaltig auf vom dicken Essen und Trinken, als sei er ständiger Gast im Jachtklub oder im „Admiral".

Die Dame hörte zu, ohne eine Miene zu verziehen. Kein Zweifel lag in ihrem Gesicht, und Knarf versuchte, einen Törn weiterzugehen und seine Fähigkeiten in ein gesteigertes Licht zu setzen. Er ahmte ein ganzes Rudel liebeskranker Hunde nach, das tiefe Röhren bejahrter Tölen und das Gefiepe der jungen Rüden, die ihren ersten Frühling erleben, und ihm selber war, als habe er den fehlenden Konterbaß zur Hand, um die reichhaltige Tonskala hervorzuzaubern. Aber die Dame lächelte nicht. Sie blickte durch das Fenster in die Weite, als erwarte sie etwas. Somit griff Knarf zu seinem letzten Mittel. Stellen Sie sich vor, sagte er ganz scheinheilig, wie die Leute doch so sind. Da haben sie mir doch, als ich zuletzt in Jokohama war, dieses hier angedreht.

Und damit holte er sein Mikroskop aus der Hosentasche, indes er Kompaß und Steuerrad nicht vernachlässigte, blickte mißbilligend hindurch und reichte es ihr. Wirklich blickte sie auch hindurch. Man soll sogar ein büschen dran drehn, fügte Knarf mit künstlicher Verächtlichkeit hinzu.

Und wirklich, sie tat es, tat es sogar eine ganze Weile, aber so, wie man jemandem gedankenverloren ins Gesicht sieht und erst nach einiger Zeit die perfide Miene des anderen bemerkt. Auf einmal warf sie das Ding hinter sich aus der offenen Tür des Ruderhauses hinaus über Bord.

Richtig! sagte Knarf da. Gut, daß der Schweinkram weg ist! Er hatte in seinem Schreck jedoch mit Erleichterung vernommen, wie es nicht im Wasser, sondern im Beiboot gelandet war.

Sind Sie ein guter Mensch? fragte die Dame, und mehr sagte sie nicht und ging hinaus und setzte sich wieder auf das Konterbaßgehäuse; der Wind war auch fast eingeschlafen, und es war nicht kalt den Abend. Knarf stellte den Motor auf voll, um seine Flüche zu übertönen; denn er war von der einfachen Statur, die sich Luft machen muß, um nicht zu platzen.

Als nun das Leuchtfeuer von Dovnsklint über die Himmelskante fingerte, erhob sich die Dame unversehens und taumelte mit matten Knien zum Ruderhaus zurück und griff nach dem Kranz — der auf dem Rettungsring lag, als sei er ein anderer, schönerer Rettungsring —, und Knarf wunderte sich, daß der nicht weggeweht sei, hatte er ihn doch nicht festgelascht, um die Greifbarkeit des eigentlichen Rettungsringes nicht zu gefährden. Die Dame also nahm den Kranz und ging seufzend und mühsam damit nach vorn, stützte sich auf das Musikgehäuse und warf das schöne Blumengebinde ins Wasser.

Es muß gesagt werden, daß Knarf, der Feierlichkeit zuliebe, alsbald den Motor abgestellt hatte; denn die unverbildete Begabung auf See ist rasch im Begreifen.

Nicht, daß er damals gleich nach den näheren Umständen gefragt hätte. Takt ist ein anderes Wort für Zurückhaltung, und es ist gleich, wodurch man zurückgehalten wird, durch Einsicht oder Ehrfurcht oder Schüchternheit; es ist immer besser, der andere sagt aus sich, was man liebend gern wissen möchte. Und Knarf tat ein übriges und lüftete das Konterbaßgehäuse ein wenig und entnahm daraus von dem, was in der Verwandlungsmöglichkeit alles Irdischen ein Stück flüssiger Musik wohl genannt werden konnte und des augenscheinlichen Gedenkens nicht ungemäß. Es wurden sogar zwei Flaschen ...

Gut, daß es wenigstens diese beiden waren; denn die dänische

Zollkontrolle war von Kiel her schon freundschaftlich aufmerksam gemacht, daß es mit dem instrumentalen Transport womöglich nicht ganz seine Genauigkeit habe.

Jedoch hatte Knarf inzwischen erfahren, was von seiner sonderbaren Passagierin zu erfahren war, nämlich, daß sie vor Jahresfrist mit zwei Freunden im Segelboot unterwegs gewesen sei. Es war an einem ähnlichen Tage vor Sommerende gewesen, wenn die Nächte auf See lieblicher sind als an Land, weil die Sonne sich in den Fluten haltsamer speichert als in Wiesen und Straßen. Die Dame war den beiden Freunden herzlich zugetan gewesen und die beiden ihr. Der eine aber, durch eine Verletzung aus dem Kriege behindert, war beim Halsen über Bord gerutscht. — Knarf vermied zu fragen, ob es nicht etwa beim Umhalsen geschehen sei. — Der andere Freund aber, nach kurzem, bitteren Kampf mit seiner Eifersucht, war dann dem Freunde nachgesprungen, und beide waren, ineinander verkrampft, in die Tiefe gesunken. Nach langer Irrfahrt — die Dame verstand nämlich wenig vom Segeln — hatte die Fähre Kiel—Korsör das Boot aufgefischt. Und darum fahre sie nicht gern mit jenem Dampfer, so schloß sie den Bericht, und sie sei ihm, dem Spediteur Knarf, sehr dankbar, daß er ihr die Gelegenheit zu einer unauffälligeren Gedenkfahrt gegeben, und sie habe die Absicht, wenn es ihm recht sei, jedes Jahr auf diese Weise die Fahrt zu wiederholen. Das Unglück sei übrigens an einer leicht auffindbaren Stelle geschehen, dort, wo man das Hauptfeuer von Laboe und das von Langeland eben am Horizont einander gegenüber aufleuchten sieht, und die beiden Feuer hätten sich unnatürlich in ihre Seele eingebrannt und die Namen angenommen der beiden Ertrunkenen.

Knarf entsann sich des Vorfalls, der durch die Zeitungen gegangen, und damit war es gut. Und es wurde nun die nächsten Jahre immer eine lohnende Sache für ihn, diese kleine Sonderunternehmung, immer durch eine Postkarte der Dame rechtzeitig vorbereitet. Längst war auch die unerfreuliche Sache mit dem Konterbaß, dem Schwedenpunsch und dem dänischen Zoll vergessen. Bis dann eines Sommers die Benachrichtigung für die Gedenkfahrt ausblieb und Knarf, beunruhigt und treulich, seiner Statur entsprechend, einen reinen Kragen umlegte und der vornehmen Anschrift nachfischte, die auf der Rückseite der aufbewahrten Postkarten zu finden war.

Hatte er aber gemeint, dem hochmögenden Monogramm und der Krone gemäß, was beides, auf der Reisetasche der Dame eingepreßt, ihm in alteingefleischter Neigung des Menschen zur

Hochachtung, auf jenen Kranzfahrten immer das Gefühl einer sanft sonderlichen Erhobenheit vermittelt, nunmehr einen Palast oder zumindest eine hochherrschaftliche Villa vorzufinden, geriet er einzig in eine ärmliche Etagenwohnung, allwo ein Zimmer an jene Dame vermietet war. Gerade kam der Arzt heraus, und die Wirtin berichtete jammernd, die Dame sei nach kurzem Kranksein den Morgen plötzlich verstorben, und sie zeigte den soeben unterfertigten Totenschein, und es sei doch nur ein bescheidenes Herzleiden gewesen.

Nun, soweit war alles klar, bis auf die betrübliche Tatsache, daß sich an irdischem Erbe außer einiger sehr feiner, mit dem fürstlichen Monogramm gezierter Wäsche und reichlichem Riechwasser nichts anfand, was die aufgesummte Miete, geschweige denn ein Begräbnis hätte begleichen können, wie denn auch irgendwelche Hilfe von Verwandten seit längerem nicht mehr in Frage stünde, da sämtliche, im Osten ansässig, dort verarmt gleich ihr, nie mehr geantwortet hatten.

Knarf stand nicht lange unschlüssig da. Geht in Ordnung! sagte er mit der Selbstverständlichkeit des gewiegten und durch nichts verblüffbaren Güterbestätters.

Es war der Abend, wo ich unterm Düsternbrook seine Slup liegen sah. Gerade ging er an Bord. Auf seiner Schulter balanzierte er das gewaltige Gehäuse eines Konterbasses, leichthin, wie ein Seemann etwa die wohlgefüllte Kommode seiner die Stellung wechselnden Liebsten treppab, treppauf ohne Murren und Absetzen hin und her zu befördern pflegt. Ich folgte ihm über die Gangplanke. Wenn du mitwillst, sagte er und packte einen Kranz aus Schwertlilien, Löwenmaul und Schleierkraut aufs Ruderhaus, so komm in einer Stunde wieder!

Was sollte ich nicht mitwollen? Das Wetter versprach eine schöne, klare, gutwindige Nacht.

Bald hinter der Ecke von Laboe knurrte der Zollkreuzer heran, und wir legten das Segel herüber. Der amtliche Bug scheuerte hart an uns vorbei, und das behördliche Grün tat einen kecken Hupf zu uns an Bord. Der Schiffer wies ihm die Papiere, seins, meins und ein drittes, dazu die Konnossemente, machte auch gleich die kleine Ladeluke auf. Der Grüne, der Grashüpfer, die muntere Wasserlinse (in welchen Bezeichnungen sich Knarf still erging) ließ die Aufmerksamkeit nur kurz auf den vier Nähmaschinen, zwanzig Rasenmähern und der Sitzbadewanne weilen, woraus die Fracht laut Aufstellung bestand, spähte dann über Deck und sinnend zur Logisleiter hin. Die Dame ruht wohl ein bißchen, meinte er höflich. Ganz bestimmt! erwiderte Knarf.

Der Zöllner entdeckte den Kranz auf dem Ruderhaus, nickte und sagte: Aha, schon wieder ein Jahr dahin. War es doch nicht das erstemal, daß er diese Kranzfahrt inspizierte. Er zeigte auch keine Neigung, aus seinem Posten mehr zu machen als die Notwendigkeit erfordert, wo doch solch biedere Typen wie Knarf nur geringfügige Zugriffe bieten, dieweil die großen Schiebungen und Schmuggeleien anders vor sich gehen. Jedoch war die gewölbte Persenning auf dem Vordeck nicht übersehbar. Und der Beamte stocherte ein wenig daran herum, indem er witzig bemerkte: Nanu, was ist denn das für ein Sarg? Aber dann fiel ihm ein, wie doch vor manchem Jahr schon einmal ein solch verdächtiges Stück Möbel auf Knarfs Vorschiff gestanden habe und, obwohl ihm entgangen, doch den dänischen Kollegen in die Hände gefallen war. O ja, es hatte, ihres guten Inhalts behördlich beraubt, diese Konterbaßhülse lange zu Korsör und rückreisend in Kiel auf Station gelegen; weder der Fabrikant noch der Abnehmer hatten das Ding noch haben wollen, den Spesen abhold, die sich amtlich darauf angesammelt, und somit war es schließlich bei Knarf hängengeblieben, und er hatte mit dem Grundsatz der Frächter: Man weiß nie, wozu es gut ist, das gewaltige Musikgehäuse auf Lager genommen, und sie da, wenn auch nach Jahr und Tag, seine Anwendbarkeit war nicht ausgeblieben.

Is man bloß ein leeren Konterbaßkasten, Herr Inspektor, erklärte Knarf überaus freundlich.

Na, na, die Musik kennen wir! sagte der Zöllner. Mit kundigem Griff öffnete er den Deckel, stutzte und schnüffelte mit gekrauster Nase ins Innere: Das riecht ja verdammt nach Kölnisch Wasser oder dergleichen! gnatzte er. Aber was war zu machen, der Kasten war leer. Und Knarf lächelte, und auch der Beamte lächelte, und beider Lächeln war getragen von dem Bewußtsein, einander nicht entwischen zu können, früher oder später. Für diesmal ging es hin. Und wir waren wieder allein.

Ich begann mir zurechtzulegen, um was es sich hier handeln möge: Ein Kranz, ein Jahrestag, eine Dame, die See ... Und Knarf nickte versonnen zu meiner Vermutung, es handele sich um eine Totenehrung, und er hielt mich nicht zurück, als mein Mitgefühl mich veranlaßte, dem Zöllnerblick nachzusteigen, der sich so pflichtgemäß als höflich durch die Lukenkappe nach unten ins Logis gestochen hatte, wo denn in der molligen, nach Petroleum, Transtiefeln und Lavendel dunstenden Dämmerung auf dem abgewetzten roten Plüsch des Sofas besagte Dame bleich und scheinbar schlummernd die Kajütsecke ausfüllte. Es war eine laulichte Witterung. Die See lag hinterm Bullauge wie ein frisches blauseidenes Nachthemd einladend unterm Mond hingebreitet. Wer wollte da wohl so ungerührt dem Schlaf verfallen, ohne sich über des Tages Last hinweg noch ein wenig mit Rede und Gegenrede des Herzlichen anzunehmen, was in der Welt Platz zu haben hätte allüberall trotz aller Traurigkeit und Verluste und Sorgen und nicht nur abseits des Getriebes und auf See oder so ...

Aber die Dame ... Ja. Jetzt erst erkannte ich ...

Als ich wieder auftauchte, merkte ich wohl, wie Knarf darauf wartete, mich über Seite beugen zu sehen, den Fischen zu opfern. Doch ich tat ihm den Gefallen nicht. Und so saßen wir in äußerster Gelassenheit hinterm Ruder und betrachteten das braune Segel, und ich zähle die groben Ringe, die es am Mast hielten; es waren dreizehn, und ich sagte mir, ein Mord kann es kaum sein, und danach erfuhr ich, wie alles gekommen sei.

Es wurde Mitternacht, und das Feuer von Dovnsklint fächelte über die Kimm. Da drehten wir bei. Und wir holten sie heraus aus dem Logis, in das er sie hingebettet hatte, um dem trefflichen Zoll keine unnötige Aufregung zu bieten wegen des nicht alltäglichen Transportes einer Leiche in einem Konterbaßkasten. Und wir legten ein gutes Ende dreizölliger Klüsenkette, wie solche aus dem Marineschrott dieser Erde überall reichlich anfällt, behutsam um ihre schwarzseidene Dürftigkeit und ließen sie ohne weitere Hülle hinab ins Unübersehbare, wohin ihre Liebsten ihr voraufgegangen waren. Und Knarf warf mit andächtigem Schwunge den teuren, aus eigenen Mitteln bestrittenen Kranz dem kleinen Strudel nach, und ich bedachte, daß wohl die Schwertlilien dem einen, das Löwenmaul dem anderen gegolten, angedeuteter Hauch verblichener, nicht mehr zeitgemäßer Wappenzier, ihr selber aber das Schleierkraut.

Hätte man sie nicht lieber in dem immerhin sonderbaren Sarg lassen sollen? fragte ich pietätvoll.

Wo denkst du hin! sagte Knarf und zog ein Stück Zeitung aus der Tasche: Gestern abend gerade stand ein Inserat drin: Gesucht ein Kontrabaßkasten. Kuck, hier! ... Und wenn du zur Erholung durchs Mikoskrop sehen willst ...

Aber für diesmal lehnte ich ab.

Die Rosenmöwe

Wer will der Nordsee verargen, daß sie zumeist kalt und grau wirkt? Es ist ihrer Lage gemäß, und ihre guten Tage sind ein wahres Wunder, vom Golfstrom vermittelt, der die Sommer der Wasserkante mit Badestränden segnet, bis auf die Insel Helgoland hin.

Helgoland. Fast wäre es zur Sage geworden. Aber damals wie heute sieht es von weitem, wenn es eben überm Horizont auftaucht, aus wie ein Ziegelstein, der von Urgewalten verloren oder bereitgelegt wurde, als sie darangingen, einen neuen Kontinent zu bauen oder Atlantis oder den allumfassenden utopischen Tempel des Friedens.

Minna Sulz empfand etwas davon durch ihre Seekrankheit hindurch. O dieser lang geträumte Meeresinseltraum! Welch rauher, würgender Weg dahin! Es war noch auf einem jener weißen Seebäderdampfer, die später als Minenleger vor die Seehunde gingen.

Zehn Jahre hatte Minna Sulz von dieser Meerfahrt geträumt in der kleinen küstenfernen Stadt, indes sie in den Kontoren an der Schreibmaschine verbraucht wurde. Ein dicker Mann neben ihr an der Reling, hellgrau gekleidet und mit dem Hute eines Wildwestfarmers, den er mit einem Kinnriemen erfolgreich gegen den Wind verteidigte, sagte breit und freundlich: Helgoland, das ist eine Zunge, gegen Großbritannien ausgestreckt.

Das erschien ihr schrecklich, und auch das Ausbooten und die spöttischen Bemerkungen der Leute an der Landebrücke, die es schon hinter sich hatten, und der fleischig rote, nackte Fels und der Dunst nach faulendem Seegetier und die Pensionspreise. Als Minna Sulz aber erst von der Kante des Oberlandes, wo es Falm heißt, den Blick in die Weite richtete, war es dennoch schön; denn es war ein perlmuttfarbenes Wetter, und der Horizont lag geheimnisvoll und ungeheuer wie die Unendlichkeit.

Sie kleidete sich in bunte Wolle und schlürfte den salzigen Wind, den sie auf der Fahrt gehaßt hatte. Sie wurde ganz betrunken von soviel Meereshauch und taumelte auf der Insel umher bis an alle Grenzen, die bald erreicht waren. Und nachdem sie sich von oben her genugsam an den Anblick der wild heranrollenden Wogen gewöhnt, beschloß sie, darin zu baden. Sie begab sich wieder zum Unterland hinab und von da — es war gerade Ebbe und die Marine hatte noch nicht alles verbetoniert und verboten — unter den himmelhohen Felsen über das abgenagte Geröll entlang. Es war mühsam, aber Minna jauchzte laut auf über jeden Taschenkrebs, der in den Spalten hockte, und über die kleinen hornigen, länglichen, grünschwarzen Kissen der Seerochen-Eier. Sie sammelte die Bademütze voller Meerwunder an Steinen und Muschelschalen und fand sogar einen halbvertrockneten Seestern.

Nebenbei lugte sie nach einer geeigneten Badestelle aus. Aber der gehörige Respekt vor der schaumig schwellenden Tiefe bewahrte sie, voreilig zu sein. Erst an der Ecke, wo es das Nordhorn heißt und ein einzelner Felsenturm steht, schien das Wasser ruhsamer und nur so eben schülpig und in einer Mulde glasklar, als sei es ein Extrabadebassin für sie. Minna Sulz gedachte des Mannes, der auf Helgoland so schön gedichtet hatte: Einigkeit und Recht und Freiheit sind des Glückes Unterpfand. Der Prospekt des Verkehrsbüros nannte neben Hoffmann von Fallersleben auch Klaus Störtebeker, den Piraten, der zusammen mit Godeke Michels hier gehaust. Dieser düstere, einsame Felsen aber hieß unzweifelhaft — der Abbildung im besagten Prospekt gemäß — Der Mönch. Man durfte ihm eher trauen als einem Seeräuber betreffs der Freiheiten, sagte sie sich, und um ihr allererstes Seebad den hohen Begriffen gemäß recht zu genießen, schonte sie den hübschen Badeanzug, den sie gleich als Unterwäsche angezogen, und stieg unverhüllt ins Nasse.

Ihrem Blick verborgen, um die Ecke herum, war Omko Treesen eben dabei, seine Hummerkörbe aufzuholen. Er hörte das sonderbare, verzückte Geschnaufe und verhaltene Gekreische und kam dann sachte mit dem Boot vorüber, tat aber, als sähe er nichts. Minna Sulz schrie Huch! und entschlüpfte hinter den Mönch. Omko Treesen war von biederer Sorte und lange genug Junggeselle und Haluner, um nicht wegen ein bißchen Badenixe den Dreh zu verlieren. Aber hier war viel Rosa auf einmal gewesen und an unvermuteter Stelle. Auch war eine laue Julistimmung in den Lüften, und er hatte ganz gut was in den Körben. Und so zögerte er die Beschäftigung damit eine Kleinigkeit hin, bis denn die Dame angezogen wieder hervortrat und schämig sich mit der Zunge über die Lippen fuhr, das salzige Wasser nachschmeckend, und davonwollte.

Da können Sie wohl kaum wieder retour! sagte Omko Treesen und kam ein bißchen näher mit dem dicken Boot.

Richtig, die Flut hatte sich eingestellt; der Geröllwall begann sich zu bedecken. So war Minna froh, einsteigen zu dürfen, schmerzten doch überdies ihre Füße von der raschen Flucht auf den scharfen Steinen. Und sie staunte über die groben Vogelbauer, darin die gefangenen Hummer saßen und ihre Scheren zwicklüstern durch die Trallen reckten. Omko band ihnen die gierigen Zangen zusammen, damit die Bestien die Kraft und Wut in sich aufspeichern und somit ihr eigenes Fleisch im voraus schon selber etwas dämpfen sollten. Und einer war dabei, fast einen halben Meter lang, der saß ganz schräg in dem Käfig, so lang war er und von allerlei Tang und Seepocken bewachsen. Omko erklärte, der sei an die hundert Jahre alt, und häuten tue der sich nicht mehr, und darum sei er schon Siedlungsgelände ... Omko schmunzelte über diesen seinen Witz. Und Minna Sulz lachte beifallsfreudig und lange.

Sie ging mit, als der Fischer das Exemplar ins Kurhotel brachte. Dort tauchte auch der Herr mit dem Farmerhut auf und sagte: Eine Rarität! Haben Sie immer soviel Glück? ... Und er lächelte dabei mehr das Fräulein an, das an der Reling so blaß gewesen war und nun rosig und fidel aussah.

Omko knurrte ungefällig und wandte sich dem Wirt zu. Aber der Herr wurde von dem Wirt mit Aufmerksamkeit behandelt, weit mehr als der Hummer, und es stellte sich heraus, daß er ein berühmter Naturforscher sei und auch an anderen Raritäten Interesse habe, zum Beispiel an der Rosenmöwe. Die sollte es vormals auf Helgoland gegeben haben, eine echte Rhodostethia rosea, eine Abart der nordamerikanischen.

Weiß ich! antwortete Omko, ohne das Auge vor der lateinischen Vokabel niederzuschlagen: Mein Großvater hat die noch massenweise an die Putzmacherinnen nach Hamburg verkauft.

Wirklich? lächelte der Naturforscher: Eine mit rosa Gefieder und um den Hals einen blauen Streifen?

Genau die! knurrte Omko und setzte hinzu: Und ein bißchen kurz in den Beinen.

Der hellgraue Herr gab einen Whisky aus und für die Dame etwas Mildes, was beides hier nicht teurer war als an der Küste Korn und Kümmel, und sie errötete; denn sie glaubte, man erlaube sich Scherze mit ihr, trug sie doch eine Kette aus Kobaltperlen, und betreffs Teint und Statur stimmte es auch ungefähr.

Das Museum, für das ich arbeite, sagte der Herr, würde einen guten Preis für den einwandfreien Balg zahlen. Es ist eine ausgestorbene Art.

Omko tat ganz ungerührt und erledigte den Handel mit dem Wirte.

Womöglich hundert Pfund, sagte der Herr.

Omko zuckte nur ein wenig mit der Achsel. Aber er steckte die Anschrift doch zu sich, die der Herr ihm gab. Welch Abenteuer! dachte Minna Sulz, und ihr war, als sei sie in die Fänge eines Mädchenhändlers und Seeräubers geraten. Aber draußen sagte Omko, man könne dann gegebenenfalls heiraten.

Mein Gott! dachte sie: Geht das hier so schnell? Ist das ein Antrag? So ist es der erste in meinem Leben. Aber gewöhnen muß ich mich erst doch wohl ein bißchen können.

Sie lächelte abwägend, und Omko setzte das Thema nicht fort, sondern empfahl das Hotel auf der Düne. Das gehöre seinem Bruder. Auch er wohne da. Und somit wechselte Minna Sulz die Pension.

Abends sah die Insel mit ihren Lichtern aus wie ein einziger Tanzpalast; man hörte die näselnden Saxophone bis auf die Düne über die knappe Seemeile hin, wenn der Wind nicht zu sehr heulte, und die kreisenden Lichtpritschen des Leuchtturms sahen aus wie einladende Reklame. Auf der Düne gab es keine Grogkeller und Tanzdielen. Da war es nichts als einsam, wenn das letzte Badeboot nachmittags den Strand verlassen hatte. Darum wohnten bei Omkos Bruder auch nur sehr verliebte Liebespaare. Oder Sonderlinge.

Dazu gehöre ich, sagte Minna Sulz: Einsamkeit und Meeresweite, das hab ich gesucht. Und Omko Treesen erschien ihr wie die verkörperte Gegend, so weit und breit und sandig und felsig und karg, ohne alle waldige Geborgenheit, und er duftete nach Tang und Fisch und bitterem Knaster wie die See, und seine Augen schillerten grau und gefährlich wie der Strudel in der Brandung. Leider sprach er nicht viel und sah sie auch kaum an. Er spähte nur immer nach der Rosenmöwe aus. Nur einmal redete er etwas Längeres, und Minna meinte erfreut, es als Bestärkung buchen zu dürfen. Er wies nämlich mit der immer schußbereiten Flinte auf eine Partie Bauholz beim Hotel und sagte: Reicht für 'ne Hütte. Mein Bruder will zwar die Veranda mit ausbessern. Er hat ja gebetet. Und dann hat es geweht. Und dann ist ja auch ein Schwede kapseits gegangen mit Holz. Wer es aber gestrandet hat und raufgeschleppt, bin ich. Er ist ja auch man Koch gewesen auf Dampfern. Ich aber war Vollmatrose auf echten Pi-leinern, wo die Masten so hoch sind wie das Nathorn und der Mönch.

Damit denn ging er auch schon wieder zum Boot und war draußen bei jedem Wetter und spähte und lauerte überall. Er tat nichts anderes mehr. Die Rosenmöwe beschäftigte ihn vollends. Kaum daß er noch gelegentlich zur Insel hinüberkreuzte, um dort auf dem Oberland seinen Tabaksbeutel neu zu füllen in dem kleinen Laden, wo auf dem Schild darüber stand: Holländische ff. Rauchwaren und Pfeifen bei Gesine Pölpema Ww.

Es war damals, wo hundert Pfund zweitausend Mark waren, zweitausend Mark ... oho! Minna Sulz nun segelte immer treulich mit und mußte sodann Schot und Pinne halten, wenn er meinte, die Rosenmöwe endlich gesichtet zu haben. Und sie nahmen den Motor nur selten, um die Natur nicht voreilig zu warnen. Aber es war immer nichts, und Minnas Ferien gingen dem Ende zu. Sie erzählte ihm, ein Chef von ihr habe sie Minze genannt. Und sie kicherte dabei. Omko äußerte lange nichts darauf. Schließlich sagte er: „Scharfes Aroma!" ... Und das blieb die einzige Zärtlichkeit, die aus ihm herauszulocken war. Und sie segelten bis nach Scharhörnriff und Neuwerk und auf die andere Seite der Elbe nach Trischen und an allen Feuerschiffen vorbei, alles ohne Erfolg.

Eines Nachts hörte sie in ihrem einsamen Bett durch die Bretterwände des Hotels, wie Omko sich aufmachte, noch eh es recht hell wurde. Flink zog sie sich an und eilte ihm nach. Denn es war der letzte Tag vor ihrer Abreise. Sie sprang ihm nach ins Boot. Er achtete ihrer nicht. Er hielt auf die Nordspitze der Insel zu, und das Boot bockte und krengte, und die See schwoll schwarz aus der Unendlichkeit heran und bleckte die Schaumzähne. Fast im Norden stand das Morgenrot wie ein glühender Fittich. Und da sagte Omko merkwürdig singig vor sich hin in die böige Luft: Das hab ich geträumt. Sie sitzt oben auf dem Mönch. Und dann pack ich sie auf Eis und charter einen Fischdampfer und steh immer neben der Kiste, bis wir in Bristol sind. Und nehm sie untern Arm. Hier! Ist gut! Hundert Pfund Sterling. Und dann vergrößeren wir den Tabakladen mit Konfitüren. Und so. Und heirateten.

Welchen Tabakladen? fragte Minna Sulz unruhig.

Omko schien es überhört zu haben wie vieles. Erst als sie nahe bei den Felsen waren und abhielten, fuhr er so merkwürdig mit der Stimme fort, als träume er: Das hab ich ihr versprochen, zwölf Jahre her, Witwe Pölpema beim Kurhaus neben oben. Und die Hütte vermieten wir. Ich bin der Ältere. Mein Bruder hat nichts zu melden.

Danach versank er wieder ganz ins Spähen, und so kamen sie ans Nathorn. Auf einmal gab er Fräulein Sulz die Ruderpinne und die Schotleine, nahm die Flinte hoch, indes er sich mit den Knien gegen die Ducht stemmte, und schrie heiser: Da ist sie! Und schon feuerte er schräg aufwärts auf den Mönchsfelsen hinauf, obwohl der bei der Dünung wie ein betrunkener Wolkenkratzer über ihnen torkelte und Minna dort nichts hatte entdecken können als etwas Morgensonne und Himmelblau.

Es flatterte auch nichts als ein bißchen vom Schrot zerbröckeltes Gestein herab. Und das Boot rutschte ihr aus der Hand und jagte im Schwell auf den roten Schotter, daß es krachte. Aber Omko schien es gerade richtig. Er sprang über Bug an den Felsfuß und begann wie behext an der steilen Wand emporzuklimmen, obschon dort an den glitschigen Riefen kaum Halt zu finden sein konnte.

Er wäre trotzdem sogar wohl auch hinaufgelangt, gleichsam schlafwandlerisch in seiner Gier. Minna konnte vor Angst und Kummer keinen Laut hervorbringen, so gern sie ihm prophezeit hätte, daß er da oben seinerseits ebenfalls nichts als Enttäuschung erleben werde. Da jedoch schor katzenleise die Barkasse des Wasserschutzes um die Ecke, um die gleiche wie damals Omko. Diesem schnittigen Polizeiboot war Omkos Sucherei schon längst auf die Nerven gefallen, und da man ihn nun so unsinnig als halsbrecherisch an dem Felsen kraxeln sah, ließ der Steurer einen kleinen Warnruf der Sirene erschallen.

Keine Posaune des ,üngsten Gerichts hätte augenscheinlicher wirken können. Omko stürzte ab wie heruntergeschnippt. In der Mulde, worin das Fräulein gebadet und so rosa ausgesehen hatte wie eine Rosenmöwe, schlug er überkopf auf den harten Grund und kam nicht wieder zu sich.

Minna Sulz nahm ihr Erlebnis und ihre Trauer still mit nach Haus. Erst als es eines Tages heiß herging auf Helgoland, erzählte sie Näheres und meinte dann, das mit Omko sei wie das Meer gewesen, schön und schrecklich zugleich, und wie jene Insel, die man zu befestigen gedacht für die Ewigkeit, und das gerade habe das Verderben gelockt. Witwe Pölpema, die mit dem Tabakladen, habe zwar am selben Tage, da Omko umgekommen, seinem Bruder das Jawort gegeben, und der habe dann als Mariner auf der Insel bleiben dürfen, indes seine Frau für lange Jahre aufs Festland abgeschoben worden sei. Und das — ja, das allerdings ist schlimmer für eine Halunerin als etwa für eine Irgendwelche, die schon geglaubt hatte, eine Halunerin zu werden.

Das Erbe

In der Hansestadt gibt es eine aussterbende Generation rüstiger Damen, die von ihren ebenfalls aussterbenden Dienstboten noch mit „Madame“ angeredet wird. So eine Dame war Madame Muffeldey, der Überrest einer einst bedeutenden Reederei. Sie wohnte ganz allein in einem Haus am Strom, das aus der Glanzzeit stammte und dem Verfall entgegensah, den der letzte aus der vor Jahren so zahlreichen Gesindeschar, der würdige Hausdiener Johann, auch nicht mehr aufhalten konnte. Bezog er doch nicht einmal mehr seinen Lohn, sondern nur noch Essen und Trinken, das teils er, teils Madame selber zubereitete. Längst wäre er zu lukrativeren Plätzen enteilt, wenn nicht Madame ihn wieder und wieder vertröstete, indem sie sagte: „Jehann, wenn ich erst ßterben tu, dann werden Sie ßtaunen, Jehann! Das ganze Haus, Jehann!“

Somit denn wartete er getreulich auf das Ableben seiner „Herrschaft“. Sein Traum nämlich war, Stine zu heiraten, die Köchin von nebenan, und mit deren Hilfe ein Pensionat aus der immer noch solide den Witterungen trotzenden Villa Muffeldey zu machen. Aber Madame erwies sich als zähe. Madame badete sogar noch im Freien und pries es als gesund, dieses kalte trübe Wasser vor dem Garten, diesen „ßmutzigen Mudd“, wie Johann pietätlos die majestätische Elbe nannte.

Das heißt, letzten Sommer hatte Madame zumeist verzichtet. Das Wetter sei gar zu unfreundlich, sagte sie. Aber daran lag es weniger. Das Strandleben war allmählich eine allgemein moderne Einrichtung geworden. Was trieb sich da nicht alles herum. Madame vermißte die Ruhe und Unauffälligkeit, die vormals dieses Gefilde ausgezeichnet, wenn Johann den Badekarren ins Wasser schob. O ja, Madame Muffeldey war die einzige, den Strom auf und ab bis hinter Cuxhaven, die noch einen Badekarren besaß und benutzte. Und sie betrachtete Anstoß nehmend die jungen Mädchen in den knappen Trikots. „Pfui“, sagte sie, „kucken Sie nicht hin, Jehann, die haben nöch mal ’n Hemd, die haben tja woll rein man ’n Untertalje an, nöch?“

Sie wußte nicht, daß inzwischen nicht nur die Hemden, sondern auch die Untertaillen ausgestorben waren. Aber als es Herbst war und ihr das Essen nicht mehr recht schmecken wollte, da sagte sie, es komme daher, weil sie so lange auf das Baden verzichtet habe. Und darum sollte Johann eines Morgens den Badekarren flottmachen, der im Garten gleich hinter einer Pforte an der Strandmauer stand. Denn es war ein letzter sonniger

Als Johann sich dem Badekarren näherte — er mußte vom Haus den Abhang durch den Rhododendronweg hinunter —, hörte er ein sonderbares Geräusch, so als wenn jemand fürchterlich schnarche, und als er nicht ohne Furcht die morsche Tür aufzog, lag da ein stoppeliger Landstreicher.

„Das kann dir gefallen, du Sottje!" schimpfte der würdige Herr Hausdiener.

Der Mann erwachte, war aber so sternhagelduhn, daß er nicht vom Fleck zu rühren ging. Johann kratzte sich die eisgrauen, hochherrschaftlichen Koteletts, und da ihn plötzlich ein Gedanke durchfuhr, machte er die Tür wieder zu. Er öffnete die breite Gartenpforte zum Strand, nahm die Bremsklötze vor den Rädern weg und erfaßte mit abgewandtem Gesicht die Deichsel, während Madame schon heranrauschte in der Pracht ihres Badekostüms, das auf jeder Maskerade eines Motettenchors als keine Grenzen überschreitend hätte gelten können und etwa das Aussehen einer sommerlichen Eskimokleidung besaß. Trotzdem achtete Madame streng darauf, daß Johann nicht gucke, und wandte deswegen kein Auge von ihm, indem sie sozusagen rückwärts in ihren Badekarren stieg. Und so kam es, daß sie die Tür schon wieder geschlossen hatte, als sie sich umdrehte und den sie blöde anstarrenden struppigen Vagabunden erblickte. Ihr Entsetztensschrei ließ sogar Johanns vorbereitetes Herz erstarren, sie stürzte ohnmächtig heraus in des treuen Dieners Arme und erlag wenige Sekunden später einem Herzschlag.

Wenn auch nicht so rasch, aber so ähnlich hatte der brave Johann und vorgesehene Erbe ihres Hauses es sich gedacht.

Somit stellte er der in Beharrlichkeit — auch inzwischen bejahrten Köchin Stine anheim, nun für das standesamtliche und kirchliche Aufgebot zu sorgen, während er sich darum kümmerte, daß Madame anständig unter die Erde kam. Das Testament, das sich in Madames Schreibtisch fand und sogar notariell beglaubigt war und ihn wahrhaftig zum Alleinerben des Hauses einsetzte, legte er noch am gleichen Tage der Behörde zur Überschreibung unter die Nase.

Leider machte die Behörde Schwierigkeiten. Die verlangte nämlich die Nachzahlung der Grund- und Hauszinssteuern für mehrere Jahre, und da das unmöglich geschehen konnte, ließ sie das Haus pfänden und den Garten dazu und das ganze wacklige Inventar bis auf den armen Johann selber und bis auf den Badekarren, den sie als unverwendbar und wie zum Hohn dem traurigen Erben überließ mit der Weisung, ihn umgehend und auch sich persönlich vom Grundstück zu entfernen.

Was blieb dem Armen übrig, als zum letzten Male die Strandmauerpforte zu öffnen, bevor sie sich für immer hinter ihm schloß, und den Karren über die morschen Bohlenschienen auf den Sand zu schieben? Er tat es verzweifelt, nachdem er zuvor seine Habseligkeiten, einen Frack mit Escarpins, ein Paar vertretene Schnallenschuhe, etwas schadhafte Wäsche, eine Haar-, eine Schuh-, eine Nagel-, eine Zahn- und eine Kleiderbürste, ein Rasierbesteck, die silberne Medaille für treue Dienste sowie eine von seinem Großvater, der Equipagenkutscher gewesen war, geerbte Pferdedecke darin untergebracht hatte.

Der Strolch natürlich war längst daraus verschwunden. Und statt seiner hauste nun Johann in dem Badekarren. Die Polizei drückte ein Auge zu; denn schließlich kann ja nicht jeder so einfach am Strand wohnen, wo es keine Miete kostet. Und anfangs erbarmte sich die Köchin Stine trotz ihrer maßlosen Enttäuschung seiner Nahrung ein bißchen; an Heiraten war ja nicht mehr zu denken, er schien ihr auf einmal auch doch zu alt, obwohl er erst rund siebzig und immerhin fünfzehn Jahre jünger als seine verblichene Herrin war. Und als Stine es satt hatte, tat es die Toilettenfrau von der Badestelle an der Mondsicheltreppe, wo auch im Winter immer jemand stationiert ist, damit etwaige Naturfreunde und Lustwandler sich der Notdurft gesittet entledigen können. Und diese robuste Anstandswärterin riet ihm, den Badekarren nach dem Strom zu aufzumachen, wo die Leute vorbeigingen, und er solle die Bank, auf der er jämmerlich genug schlief, in die Türöffnung setzen und mit Bonbons und Eiskrem oder warmen Würstchen handeln. Bei seinem Aussehen in Frack und Seidenhosen, wie der Alte Fritz, da könnte das Geschäft nicht fehlschlagen.

Das war kein schönes Ansinnen für einen einst herrschaftlichen Hausdiener und brachte ihn um den Rest seines Verstandes. Es war schon schrecklich gewesen, daß die Vorübergehenden sein Asyl wie ein exotisches Wunder begafften. Es war schrecklicher, daß seelenlose Halbstarke ihm angeschwemmte, aufgedunsene Katzen- und Rattenleichen vor die Tür baumelten. Aber dies war das Schrecklichste: zu verkaufen, wo er sein Leben lang nur eingekauft hatte.

Als den Abend nun alles still war und menschenleer und die Toilettenfrau im Kreise ihrer Lieben daheim, und nur die großen Schiffe wie Jahrmärkte leuchtend in die Welt glitten, da schob der arme, alte Mann mit vieler Mühe den Badekarren ins Wasser, und dann öffnete er die Tür nach der Wasserseite, aber nicht, um mit Bonbons zu handeln. Er wartete, bis die Flut über die Räder stieg und kleine mondglitzernde Wellen schon über den Karrenboden liefen. Da legte er seine silberne Medaille an, rückte noch einmal die vormals weiße Schleife zurecht, nahm eine würdig ergebene Haltung an und sagte mit leichter Verbeugung, wie es ihm gewohnt gewesen: „Ich komme Madame."

Und was er einst als unbeneidetes Vorrecht seiner Madame geachtet hatte, jetzt tat er es ihr gleich, obschon nicht zum Vergnügen, und es war ein Erbteil, das er bis dahin schaudernd von sich gewiesen, nun aber erschien es ihm als das einzig Dankenswerte. Zitternd, doch unerbittlich begab er sich ins Nasse und Kalte.

Das Zollboot, das vorüberfuhr, hörte etwas gurgeln und keuchen, fischte es heraus und erstaunte nicht schlecht, als es ein greiser kleiner Herr in Escarpins war.

Man tat, was man konnte, jedoch Johann zog vor, in den Himmel zu entschweben, um bei seiner Madame Muffeldey wieder in Dienst zu treten, hoffend, daß es dort besser mit den Erbschaften bestellt sei als auf der trüben Erde.

Das Honigkuchenschiff

Als ich in die zerstörte Alexanderstraße gelangt war und genugsam an den Trümmern geweilt, darunter ein Teil meiner Jugend begraben lag, kam ich ein paar gewesene Häuser weiter an eine für mich bedeutsame Stelle. Dort sprossen die Spuren eines Vorgartens aus der Vernichtung, und das klassizistische Maßwerk der Pforte, zerspellt und verrostet, fand sich noch nach so vielen Jahren wie ein wunderliches Siegel in den Schutt gedrückt. Mir war, als sollte ich in dem mäandrischen Gegitter die Formen von Wellen, Segeln und Dampferwolken erkennen, wie solche einst gegen Weihnachten mich hier erstaunt, und der Dunst aus Verwesung und Staub, der über der Gegend schwelte, zog sich drängend in den Duft verbrannter Honigkuchen zusammen.

Die Bomber hatten hier zu Hamburg-St. Georg anno 43 ganze Arbeit geleistet. Aus dem gewaltsamen Zerfall ragte noch ein wenig Säule und Gesims im Stil der Jahre nach 1870, deren Bezeichnung Gründer- oder Nachahmungsjahre uns gemahnen, daß selbst als glücklich bezeichnete Kriege selten zu auch kulturellem Ruhm befähigen. Ein reich gewordener Schiffsmakler hatte sich hier zur Ruhe gesetzt gehabt bei den billigen Bodenpreisen, durch welche sich der Stadtteil St. Georg erschlossen. Sein Haus mochte wie die Häuser der ähnlich gelagerten Nachbarn steinern in strahlendem Weiß über die Wiesen triumphiert haben, die vordem sich hier gebreitet und die man nachts — wenn man zu lauschen verstand — unterm Bürgersteig weinen hören konnte. Nun, nachdem die Bedrückung hingemäht war, gedachten sie sichtlich aufs neue hervorzugrünen.

Zu meinen Knabentagen waren Mauern und Veranden des mehrstöckigen Gartenhauses schon ergraut, grau wie das gewöhnliche Wetter der Stadt und ein Zeichen, wie schöner Schein doch der ständigen Auffrischung bedarf. Aus behaglichen Zeiten war nichts als eine freudlose Witwe und ihr pickelnäsiger Pflegesohn geblieben nebst dem Dienstmädchen Hertha, und während dieses ein Dachkämmerchen innehatte, hausten die Erben des Besitzers kaum weniger bescheiden im Keller. Die Stockwerke waren zimmerweise an Ausländer vermietet.

Die Pensionsinhaberin, Frau Koriander, hexenhaft ragend, war erpicht, mit unnennbarer, vornehm leidender, atemringender Miene und Stimme ihre Gäste gleich ihrem Pflegesohn zu erziehen, jedes Geräusch aufs äußerste zu dämpfen. Es war ihr weitgehend gelungen. In ihrem Hause, anders als hier und da nebenan, wo ebenfalls Witwen oder sitzengebliebene Töchter in ähnlicher Verwendung des Überkommenen vegetierten, vernahm man kaum ein lautes Wort. Kein robustes Auftreten weitgewanderter Goodyear-Sohlen oder gar gelegentliche Gelage mit Gesang, Grammophon oder Instrumentalbegleitung, wie es doch gern zu Trost und Betäubung in der Fremde geschieht, gefährdete den Verputz der Stubendecken. Auch ich bin, selbst durch den Vorgarten, nie anders als auf Zehenspitzen gegangen, und mein Herz hatte Neigung, als Füllen davonzugaloppieren, wenn ich an die abgewetzten Sandsteinstufen des Kellereingangs trat und vorsichtig das mit Ortwin vereinbarte Signal pfiff; von der Straße her hätte es entschieden zu laut geklungen. Ich versuchte dabei, meinen Engel zu bereden, nicht das schaurige Antlitz von Ortwins Mutter am Kellerfenster auftauchen zu lassen, schlich auch eilends nach getanem Pfiff wieder davon, indes ich das scharfe Petschaft dieses von drohender Erstickung gefolterten Gesichts Frau Korianders mir in den Rücken sich senken fühlte und ich nachts auf solcher Einbildung lag wie Suso auf dem Nagelbrett.

Meistens aber kam Hertha, das Dienstmädchen, hinter mir her. Wir nannten sie die Flagge; denn sie war in schwarzem Satin mit weißer Schürze und trug die weiße, flockige, ovale Tüllraupe des Hamburger Häubchens. Alles andere an ihr war rot oder rötlich. Haar, Gesicht und Hände. Sie war pummelig klein, ältlich und einfältig, ein Überbleibsel aus den Hochtagen des Hauses. Wenn sie sprach, klang es einnehmend wohltuend, was sie, da sie zudem proper, flink, fleißig und anstellig war und leiser als auch der Leiseste im Hause, bei den Fremden beliebt machte und die nichts als Respekt und Sorge einflößende Erscheinung der Hausherrin und die nichtsnutzige Anwesenheit des Pflegesohnes aufwog. Und sie wurde mir an der Pforte nachgeschickt, um in zartester Abweisung zu verkünden: Ortwin ist bei den Schularbeiten ..., während ihre rötlichen Augen vermieden zu erspähen, wie der Besagte sich eben unweit hinter einem Nachbargartenbusch oder einem nahenden Passanten zu verbergen trachtete. Er war über abseitige Fenster, Hintergärten und Luken auf die Straße gelangt, gewiß, anders keine Möglichkeit zum Fortgehen zu erhalten. Nie aber, das wußte er wie ich, trat Frau Koriander selber ins Freie. Sie hatte gelesen, so erklärte Ortwin, daß, einem Forscherbericht nach, alle Höhlenbewohner wegen der feuchten Erdnähe von Asthma verschont seien. So wußte sie sich den Hinabzug in den Keller, das sonst übliche Asyl der Hausmeister, als eine medizinische Maßnahme versüßen.

An der nächsten Straßenecke vereinigt, pflegten an jenen Nachmittagen Ortwin und ich gelegentlich auf Wallfahrten zu gehen, wie wir es nannten, und mit frommer Haltung die lebhafte Parallelstraße, den Steindamm, entlang in den Hausfluren die Klingelknöpfe zu bedienen, die zu den obersten Geschossen leiteten — seltsam, man nennt in manchen Gegenden die Stockwerke Geschosse —, und wir waren sicher, daß sie explodierten, ohne uns zu treffen. Mir aber war bald, in Verknüpfung mit einem Erlebnis, das erfolgte, als spielten wir auf einer ungeheuren Handharmonika eine langsame, aufrührerische Weise. Ortwin hatte dieses Spiel erfunden. Er behauptete, katholisch wie er war, ein Gelübde getan zu haben, arm wie ein Barfüßer die Barmherzigkeit hinter den verschlossenen Türen der Mitmenschen aufzurütteln. Er war zwölf, ein Jahr älter als ich. Ich pflegte seinen spärlichen konfessionellen Erläuterungen begierig zu lauschen. Vor allem aber hatte ich mir die rührende Einrichtung des Schutzengels unbedenklich zu eigen gemacht, obwohl er mir erklärte, die Schutzengel der Ketzer hätten Fledermausflügel, Bocksfüße und Schlangenköpfe mit Hörnern. Und sie hießen Seraph und seien bösartig.

Und die guten? fragte ich ungläubig.

Er tat geheimnisvoll: Die sehen aus fast wie gewöhnliche Damen, nur etwas leichter. Vielleicht kann ich dir einen leihen, weil wir befreundet sind. Aber Vorsicht! Man sieht es wegen der langen Gewänder nicht. Sie haben statt der Füße Löwentatzen.

Nachdem ich mich lange gescheut hatte, meinem Engel eine deutliche Gestalt zuzumuten oder vielmehr, innerlich die Augen zu ihm aufzuschlagen und ihn zu betrachten, nahm er doch ungewollt eines Tages Gesicht an, und es war das von Miß Meltman, einer jungen Dame, die nebst ihren Eltern und ihrem Bruder im zweiten Stock des Korianderschen Hauses seit einiger Zeit wohnte. Ihr Vater war als Vertreter einer britischen Australlinie nach Hamburg beordert worden und hatte seine Familie aus Melbourne mitgebracht. Auf eiliger Suche nach einer streng anständigen Unterkunft war er auf Empfehlung an Frau Korianders Haus geraten und hatte es bald bereut. Denn Elevine sollte Musik studieren, und nun war man in eine Pension ohne jedes Instrument, ja ohne jede Übe-Erlaubnis geraten, was allerdings der heranreifenden Tochter selber nur angenehm war, denn sie besaß bei aller Begabung keine Ausdauer, wäre auch — wie Ortwin zu berichten wußte — lieber Artistin beim Zirkus geworden, nur nicht Pianistin. So denn beschränkte sie sich hier nicht ungern darauf, eine kleine Handharmonika mehr zu streicheln als zu martern. Und das war es, was ich eines späten Herbstnachmittags vernahm, als die Blätter von den Akazien des Vorgartens wehten und aussahen wie welke Mietshausklingelzüge oder wie rostige Akkordeontasten. Da hörte ich das leise, für eine seemännische Handorgel ungewöhnlich liebliche Spiel. Doch wiederholte sich dies vorerst nicht. Frau Koriander, das erzählte Ortwin wichtig, habe auch dieses „Geräusch" sich aufs unumgänglichste zu verbitten gewußt und fast auch noch das Hündchen Meltmans, das vor Gutgenährtheit kaum noch Japp sagen konnte, aus dem australischen Familienherzen gerissen. Immerhin hatte ich die Spielerin selber am offenen Fenster lehnen sehen, und von da an blickte mein heimlicher Schutzengel blaß und großäugig unter weich geringelten braunen Locken auf mich hernieder, indes alle sonstigen Fragen nach seiner Gestalt in einer unendlichen Batistwolke verborgen blieben. Um jene Zeit las ich, daß der Name der guten Engel Cherub sei. Ich hörte auch am Hafen, wo mein Vater beschäftigt war, im Nebel jemanden rufen: Hol öwer! Hol über! Es kam dann ein Jollenführer mit dem Boot und nahm den Rufer samt Seesack mit, irgendwohin an Bord und in die weite abenteuerliche Ferne.

Seitdem war mein stilles Stoßgebet verknüpft mit meinem Engel und diesem Fährmannsruf und lautete kurz: Hol über, Cherub!

Warum nur mag deine Mutter keine Musik? fragte ich erbittert. Du meinst meine Pflegemutter! erwiderte Ortwin. Und da erfuhr ich, wie sein Schicksal eine Ausnahme sei unter den Schicksalen der Adoptivkinder, die es im allgemeinen gut haben. Frau Koriander, das Geniale verehrend, hatte unter Hinzuziehung eines Astrologen gerade diesen Findling erwählt gehabt als einen zukünftigen Stern am Himmel der Musik. Ortwin aber hatte sich als stockunmusikalisch erwiesen und wirkte auch in anderen Fächern bürgerlicher Wertschätzung durchweg enttäuschend. Er ging, ein Jahr zurückgeblieben, in die gleiche Klasse wie ich, und daher und von den gemeinsamen Schulwegen rührte unsere Bekanntschaft. Bei Frau Koriander hatte, den Fehlschlag zu ertragen, eine eigenartige Notwehr eingesetzt, eine heroische Umstellung, die sich nach dem Hinscheiden ihres Mannes als übermäßig empfindlich gegen jede laute Äußerung der Welt erklärte und auch jede musikalische Ausübung in die Rubrik vermeidbarer Störungen einreihte. Ortwin ahnte verschwommen, daß er die Ursache sei für die von manchem gerühmte Lautlosigkeit des Hauses. Jedenfalls verbat er sich jedes Lächeln und jede Kritik meinerseits darüber.

Nun hub die bebende Zeit vor Weihnachten an; erster dünner Schnee war gefallen, und die vier Straßenmusikanten, die in der steten Abgrasung des Viertels allwöchentlich auch in unsere stille Gegend gelangten, bliesen fern einen adventlichen Choral. Ich beeilte mich zu Ortwin zu stoßen, ehe die biedere Kapelle so nahe gerückt sei, daß Frau Korianders Gesicht in stummer, himmelzerreißender Anklage am Kellerfenster erscheinen würde. Das Quieken der rostig abblätternden Gartentür vereinte sich mit meinem diesmal schon hier beginnenden Stoßgebet. Da spürte ich schnuppernd einen anregenden Geruch von scharfgebackenem Lebkuchen, als säusele er von der Kemmschen Fabrik aus der Querstraße herüber, und ich meinte auch, die Straßenmusik unversehens herangezaubert zu vernehmen, erkannte jedoch mit Erstaunen, daß der gleiche Choral in vollen Harmonika-Akkorden aus Miß Meltmans offenem Fenster quoll, die Gardinen dort gleichsam segelhaft blähend. Das Herz wollte mir stillstehen in Angst vor der Katastrophe, deren Folge nur ein völliges Verschwinden der Familie Meltman und damit meines Engelvorbildes sein konnte. Welche Kühnheit geschah da? Welcher Durchbruch durch den eisernen Zwang dieses Hauses? Zu meiner gesteigerten Verwunderung sah ich Ortwin erscheinen, ohne daß mein Pfiff ihn gerufen, und er kam, was noch nie geschehen war — außer auf seinem Weg zur Schule —, direkt aus dem Keller herauf. Und er trug seinen blauen Sonntagsanzug. Vielleicht hatte Frau Koriander Geburtstag und hatte in allem eine Ausnahme gestattet. Oder aber — und diese Erkenntnis traf mich wie ein flacher Schlag in den Magen — sie war tot.

Mein Gesicht mußte sich verzerrt haben. Denn Ortwin, der unterstrichen gemessen sich zu mir heranbegab, sagte finster: Da ist nichts zu lachen. Sie ist abgeholt. Und er fuhr dann, geschwollen von soviel Erlebnis, heiser fort: Mister Meltman hat dafür gesorgt. Sie hat die ganze Nacht Honigkuchen gebacken. Und dann hat sie auf einmal laut gesungen, ganz deutlich, ich hab es gehört, und plötzlich war es still. Da war sie umgefallen, und die letzten sind im Backofen angebrannt; da ist Mister Meltman heruntergekommen und hat geschnüffelt, als wenn das Haus brennt, und hat alle im Schlaf gestört, und alle haben Licht gemacht, und Madame Meltman hat nach der Polizei gerufen, aus dem Fenster, und ein Schutzmann ist gekommen, und da hat er gesagt, das ist wohl Mord, und fast hat er Mister Meltman verhaftet, und dann haben sie sie abgeholt, und es war noch dunkel.

Ich dankte meinem Engel, daß ich nicht in verderblicher Neugierde am Zaune zu lungern brauchte, bis die Männer, die sturnackigen, in schwarzen Zwilchjoppen und mit schwarzer Dienstmütze — ich kannte sie von Brotmann Wambüdels Tod; er hatte sich erhängt — den platten Zinkbehälter leichtfüßig hinein- und ächzend heraustrugen, und der Deckel ist so geringfügig gewölbt, daß man meinen muß, der stille Benutzer drücke sich die Nase. Nun aber lag das Gelände frei, ja befreit, und die heimlich geliebte Harmonika im zweiten Stock jubilierte durch die kahlen Gartenzweige darüber hin, weit schöner als das schmatzende Blech der nahenden Straßenmusikanten. Wir standen noch an der Pforte, und ich fragte mehr erlöst als bedrückt, was denn Frau Koriander die Nacht gesungen habe. Es sei nichts Besonderes gewesen, antwortete Ortwin, nur ein Kinderlied:

Maria, bicke, backe
das süße Himmelsbrot,
daß jeder satt
auf Erden hat
und keiner leidet Not.

Er fügte hinzu, das Schlimme an der ganzen Sache sei, daß sie gar nicht habe backen dürfen, wenigstens nicht mit der dazu verwandten Backform. Die Flagge Hertha habe die Backmodel von Frau Meltman erhalten mit dem Auftrag, die Kemmsche Bäkkerei um die Ecke in der Lindenstraße zu bitten, mit dieser Model acht Dutzend Honigkuchen herzustellen, womit die Freunde in Übersee und auch hier zu Weihnacht beschenkt werden sollten. Aber da hatte Frau Koriander zu Hertha gesagt, das Geschäft könne sie selber übernehmen, und sie könne es so gut wie Kemm. Und so war es gekommen. Und Meltmans hatten alle die fertigen, halbfertigen und auch verkohlten Kuchen beschlagnahmt und nicht einmal ein Fitzelchen für die Katze gelassen.

Ortwin begann nun mit Macht zu schluchzen, als müsse er damit mitten in dem doppelt und voll erbrausenden Adventskantus zu hörbarer Wirkung gelangen; es schien nicht nur wegen der Honigkuchen zu sein. Und dann schwiegen die Straßenmusikanten, indes das sanftere Bälgespiel über uns noch forttönte. Mir war, als hätte ich nie solch süße Weihnachtsmusik gehört. Auf einmal teilte Miß Meltmans braulockiger Kopf die grobgemusterten Tüllschals wie der Engel der Verkündigung das Nachtgewölk. Sie mußte uns längst erspäht haben und warf den Kopf ein wenig zurück, als halte ihr Mund ein Band und Ortwin und ich hingen daran und sollten hinaufgezogen werden. Dabei traf uns ihre Stimme, wie sie die Hirten nicht erfreulicher hat treffen können, und sie rief: Come on, boys!

Ich erschrak. Ortwin jedoch erklärte, man dürfe eine „ansprechende Dame“ nicht enttäuschen. Auch sei „keins der Eltern“ daheim.

Nie vordem hatte ich das Haus betreten. Wir gingen durch die Veranda aus Gußeisen und Glas, die den Eingang der Pension für die Fremden bildete, über schadhafte, doch saubere Kokosläufer, und mir war, als müßte ich mich an den blanken Messingstangen, von denen das grobe Geflecht an die Stufen gepreßt war, auf allen Vieren hinaufziehen, so dick war hier der Honigkuchenduft und an der Grenze des Verbrannten, wo es bitter schmeckt, und mir wurde wie bei Hänsel und Gretel, als röche ich im Duft des Knusperhäuschens den von verbrennendem Hexenfleisch. Auch warf eine Glasmalerei buntes Licht über die Stufen aus Kunstmarmor, ich sah einen Trompeter in Barett und Stulpstiefeln einer Dame zublasen, und ich wußte, es war der längst verblichene Herr Koriander, und die Dame hing melancholisch über eine Zinnenmauer herab und war nun auch tot. Bei uns aber war es anders. Eine höchst lebendige Dame hatte uns zu sich heraufmusiziert. Und wir kamen in einen halbdunklen Flur mit einer stuhlhohen chinesischen Vase, darin staken ein Schirm und zwei Spazierstöcke. Eine der mahagonifarbenen Türen stand halb offen. Flagge Hertha räumte dort verweint für neue Gäste auf. Ein General aus Hindustan hatte hier bis diesen Morgen gewohnt. Ihm war der Fall auf die Nerven gegangen. Doch der Betrieb durfte nicht stocken. Ortwin musterte das Gefilde mit dem Blick des Erben und klopfte ohne Scheu an die fernst liegende Tür. Sofort öffnete sich der Raum, darin Miß Meltman ihre flüchtige Bleibe aufgeschlagen hatte. Sie war noch bei dem Versuch, etwas Ordnung zu schaffen in dem Wust aus Heliotrop und Rosa, was als Bett- und Wäschestücke über rote Plüschfauteuils ergossen lag. Die von weitem so heimlich Verehrte war erschreckend viel größer, als ich gedacht, und keine Batistwolke verhüllte ihre Gestalt, sondern sie zeichnete sich kräftig ab in einem schwarzseidenen Schlafanzug, wie ich dergleichen bis dahin nur auf einer Blechdose gesehen hatte, worin zu Hause Tee aufbewahrt wurde. Und die Bastion ihrer Statur ragte schattend über das mit einem Schulterriemen gehaltene zierliche Bälge-Instrument.

Ob ihre Füße Löwentatzen seien, war nicht zu erkennen. Die Zierlichkeit ihrer Pampuschen ließ eher auf Katzenpfoten schließen.

Hier! sagte sie und deutete auf den ovalen Tisch, wo auf blauem Samt zwischen Büchern, Noten, Lockenschere, Briefen,

Tintenfaß, Marmeladenglas, verschnörkelt gerahmten Fotografien, Kamm und Spiegel ein goldener Teller stand mit zwei handgroßen viereckigen flachen Honigkuchen darauf. Sie waren dunkelbraun und lecker. Ortwin langte gleich zu, keck, familiär, und da ich benommen zögerte, reichte Miß Elevine das mir Zugedachte aufmunternd mir entgegen. Es war ein schöner Kuchen; ein Dampfschiff war darauf gepreßt, jenes frühen Typs, der noch eine Raabesegelung führte, und die schwellenden Formen der Segel, des Schlotqualms und der Wogen, einander ähnlich, prägten sich herrlich heraus aus der mattglänzenden, leicht porösen Fläche. Ortwin biß krachend in das kunstvolle Gebilde, als habe er einen gerechten Anspruch zu verzehren. Ich aber konnte mich nicht entschließen, das dahinrauschende Schiff sobald zu vernichten. Der Ozean tat sich vor mir auf, golfstromgewärmt; ich schwang weit davon unter dem Gefieder des Windes und der wilden Fahne des Schlotes. Das Lächeln Miß Meltmans ruhte auf mir, aber sie glich dem Engel meiner Einbildung kaum; zu gewaltig und zu irdisch ragte sie in diesem Zimmer, wo der Honigkuchenduft in schwülen Parfüms ertrank und sich wandelte in die Blumendüfte entlegener Palmeninseln. Sei nicht so dösig! kaute Ortwin und tat gewandt und erwachsen: Man läßt sich von einer Dame nichts schenken ohne Gegengabe . . .

Miß Meltman spielte unterdessen weiter auf der in Elfenbein und Silber blinkenden Ziehharmonika. Sie erklärte uns dabei in gebrochenem Deutsch, sie müsse noch für die Weihnachtsfeier im Seemannsheim in der Austral-Reederei üben, endlich sei es hier erlaubt, und auf dem Honigkuchen, das sei eines der Schiffe, das erste, noch immer im Dienst; es seien nebenbei die beiden letzten Kuchen, die andern hätten den Vormittag schon den Weg in alle Zonen gefunden, die verkohlten aber habe Pussy gekriegt. Und sie zeigte mit dem Ellenbogen in die Ecke eines der Sessel, wo halb unter schillernden Volants ein kleiner Mops schlief, prall und rosagrau wie ein Preßsack.

Gib ihr wenigstens einen Kuß! drängelte Ortwin.

Mir war schwindlig. Der Zusammenhang mit der Vorstellung des Schutzengels war noch nicht ganz aufgehoben, und dieser war drauf und dran, die langen weißen Finger Miß Meltmans, die so hurtig über die Unzahl der Akkordknöpfe tanzten, in seine Batistwolke gnädig einzufügen. Wer hätte wohl je wagen dürfen, seinen Schutzengel zu küssen, wo doch höchstens der eigene Scheitel für dessen Kuß in Demut bereit sein darf, und ich muß gestehen, ich wartete töricht darauf; doch zugleich wandelte sich das Gesicht meines Engels in das der toten Frau Koriander.

Diese Wandlung geschah plötzlich und war so schrecklich, daß mir das schöne Lebgezelt aus der Hand glitt. Es kam in diesem Augenblick zudem Harold herein, Miß Meltmans Bruder. Er war wenig älter als wir, aber von der Haltung eines Weltmannes. Seine kalten, seefarbenen, von schwarzen Wimpern geränderten Augen erfaßten die Sachlage ohne Umstände. Er nickte Ortwin zu — der später mit ihm zur See fuhr auf den Schiffen der Meltmanschen Betreuung und noch später zu der gleichen Besatzung eines Bombenflugzeuges gehörte, und beide waren vielleicht dabei, als der satanische Teppich sich über St. Georg senkte —. Mich aber sah er prüfend an, zuckte leichthin die Achsel, nahm den von mir verschmähten Honigkuchen von der Sessellehne und warf ihn dem Mopse hin.

Die Harmonika schwenkte über zu dem aller Welt bekannten O du fröhliche ... Wir lauschten dem eleganten, neuartigen, wie Lametta flimmernden Satze der Spielerin und hörten kaum nach draußen, wo ein Wagen vorfuhr. Miß Elevine selber nur ließ den Blick so nebenbei ein wenig durch die Gardine schweifen, die Fensterflügel standen offen, der Ofen war überheizt, und dann schrie sie auf und sank bleich in den Sessel und auf den knabbernden Mops, und der aushauchend schrille Akkord ihres Instrumentes wurde abgelöst von dem Wehgejaul des Hundes. Wir drängten ans Fenster. Der Wagen, eine geschlossene Droschke, fuhr eben wieder ab; aber durch den zertretenen Schnee des Vorgartens kam, aufgerichtet wie ein Banner, gehalten vom Arme einer Wärterin ... Frau Koriander und wandte das steinere Gesicht gespenstisch empor zu uns, die wir übers Gesims starrten. Sie hob ein wenig die Hand, unendlich vornehm, und dann hörten wir sie sagen, leidend und langsam, unwahrscheinlich milde: Spielt weiter, Kinder! ... Schön weiter ... immer schön ... weiter ...

Sie lebte noch, als wir von der Alexanderstraße in die Reismühle zogen.

Seit ihrer Wiederkehr vom Tode wurde viel musiziert und gesungen in den Zimmern der Gäste, wenn auch nicht von meinem Engelsbilde. Denn die Familie Meltman war damals bald den Honigkuchen nach in die weite Welt abgereist. Nur Harold, Elevines Bruder, war bei der Hamburger Filiale geblieben, obwohl nicht lange, und Ortwin hängte sich an ihn, folgte ihm sogar ins Ausland, so daß ich, eine Weile ohne Freund und Engel, lernte, meinen Weg vorerst für mich allein zu gehen.

Tauwind

In der Dämmerung ging er unter den Schleusen durch übers Eis und gelangte auf den Asiakai. Da lag seit Mittag ein Dampfer, nicht groß, aber gut. Das Eis hing noch dick auf der Back, und es roch so bitter tangig, im Wind verdunstend, wie es auf See riecht. Das Eis war von draußen mit hereingekommen, die Seen waren über den Bug gelaufen, und jede hatte einen Hauch zurückgelassen. Man müßte mal mit der Zunge darüberrutschen, dachte der Kaikämmer. Sein Magen bog sich zusammen, den hohlen Raum zu verengen. Keks? dachte er. Er kannte die Kisten aller Sorten. Er war selber gefahren. Die Winschen lärmten. Im Schein der Tiefstrahler hoben sich die Kolli aus der Ladeluke, immer sechs Kisten, seufzten im schnürenden Tau, drehten in der Luft, schwenkten über die Rampe und rasselten nieder. Er hielt sich im Schatten. Jetzt sollte eine platzen, dachte er. Der Schuppenviz hatte sich mit dem Wachtmeister in eine Berechnung des Wetters eingelassen. Beide waren zu gewitzt, als daß ihre Aufmerksamkeit gelitten hätte. Aber immerhin, dachte der Kaikämmer, der Momang ist günstig. Er drückte sich hinter den Kran. Nein, es war verfrüht. Die Arbeiter kriegten die sechs Dinger richtig auf die Karren und schoben damit los. Die Ladung war fast gelöscht und im Schuppen. Die Vorstellung der blassen Keks wuchs groß in ihm an wie Briefkästen, zerkrachend zwischen Riesengebissen.

Die Hiewe landete unsanft auf dem Pflaster. Aha! Jetzt gibt es Stunk! Er stand sprungbereit. Mulk? sagte plötzlich jemand hinter ihm. Mulk? Das war sein Name nicht. Und dann diese dünne Mädchenstimme. Das fehlte noch. Er tat, als sei er nicht da. Die Arbeiter hatten die Kisten schon wieder auf Schub. Die konnten einen Stoß vertragen.

Der Schlotqualm taumelte warm herüber und ein Duft von der Kombüse. Ich hab' dich doch erkannt, sagte das Mädchen, du hast in unserer Straße gewohnt.

Sie sagte es dicht an seinem Ohr. Die Winschen waren laut. Man hörte den Wachtmeister lachen: Tauwetter? Hohoho, Tauwetter!

Du hast meinem Bruder mal einen jungen Hund verkauft, den hab' ich zum Geburtstag gekriegt, wir haben ihn lange gehabt, sagte sie.

Heute würde er den Geburtstag kaum überleben, dachte der, den sie für Mulk hielt. Sie schnupperte fröstelnd. Die kochen da gut, sagte sie nach einer Weile. Und fuhr dann fort: Ich bin direkt hinter dir hergegangen. Die Zöllner haben nichts gemerkt. Ich hab' doch gleich gesehen, das ist Herbert Mulk aus unserer früheren Straße.

Halt den Sabbel! knurrte er roh und ging ein Stück zurück. Hier war nichts mehr zu wollen, hier war einer schon zuviel. Und nun ging das Weibsstück auch noch ins Helle und direkt auf den Polypen los. Von Bord troff ein fettiges Hallo, Baby! Der Beamte blickte brummig von seiner hoffnungslosen Wetterprognose weg. Na, schnaufte er, abhaun hier!

Das Mädchen blieb schüchtern stehen in den dünnen Sachen, mit dem grauen Kopftuch. Sie entgegnete etwas. Wie? schrie der Polizist. Er hielt den Handschuh steil hinters Ohr. In eine Pause der Winschen hinein sagte das Mädchen überlaut: Ich hab' einen Freund an Bord. Das Beamtenlachen klang fast väterlich. Hohoho! Und dann wurde schroff ein Ausweis verlangt. Ein Ausweis? Jawohl! Ein gültiger, von den sämtlichen zuständigen und notwendigen Behörden gestempelter Ausweis. Das Mädchen begann, in etwas zu kramen, das einer Handtasche ähnlich sah.

Mensch, die ist frech, dachte der Kaikämmer. Die denkt sich das puppig. Erfahrung hat die nicht. Brief? Hier ist der Brief, sagt sie. Damit wickelt sie drei nackte Wanzen ein. Wenn jetzt keine Kiste platzt, kann sie drei Tage Kartoffeln schälen.

Der Schuppenviz mischte sich nicht lange hinein. Den Wauwau zu spielen, war seine Aufgabe nicht; derartige Unerquicklichkeit gebührte mit Recht denen, die in Uniform den Zeitgenossen zu erschrecken vermochten und die Handschuhe schützend vor das löcherige Gewand der Moral zu legen hatten. Und indem er sich abwandte, ließ er die übliche Bemerkung allgemeinen Mißtrauens fallen: Sowas will hier nur organisieren. — Mit diesem Urteil zeigte sich das Jahrhundert bis aufs Mark entblößt, späteren Geschlechtern zum Erschauern. Organisieren! Welche Verachtung aus schlichter Vernunft lag in dem Ton dieses vierschrötigen Arbeiters, welch klare Absetzung von allen Maßnahmen staatlich mißbrauchter Ordnungen. Und wenn auch der in allen Abschattungen mitschwingende Begriff der Beraubung hier nur, ein bißchen augenzwinkernd sogar, als eine privat versuchte, aus Not erklärbare Abweichung vom Anständigen gemeint war, schwang doch das Strauchrittertum des Krieges mit allen Pfiffen in den Lüften, das dieses Wort, dieses Staatswort, grinsend über alle Schandtaten geklebt hatte, über kleine und große, mit dem geschwisterlichen Empfinden für die gleiche Angreifbarkeit aller sanktionierten Beraubungen an Freiheit, Auskommen, Recht und Friedlichkeit.

Dem Kaikämmer war im selben Augenblick, als solle er einen Stacheldraht schlucken. Er war nicht ungewiegt, er hatte viel gesehen und viel gelernt und war gewohnt, nachzudenken. Seine abschüssige Bahn ins Nichts hatte ihn noch nicht abgestumpft, er stand gleichsam geduckt vor seiner Aussichtslosigkeit, entlassener Kriegsgefangener, mittellos, heimatlos, Seemann von Beruf, nicht mehr gesund, für die Bergwerke nicht mehr gesund genug. Gott sei Dank, nicht gesund genug, hatte er gesagt. Aber für die Fischdampfer und die Minensucher reichte es auch nicht mehr. Somit strich er am Hafen, im Hafen auf und ab, kämmte die Kais ab, Eßbares oder Verscheuerbares zu organisieren, schon zweimal geschnappt, zweimal schon vorbestraft. Die Aussichten, wieder hoch zu kommen, waren gering. Aber es war ja dieses Organisieren nicht, es war ja dieses, was ihn hatte „Gott sei Dank" sagen lassen, diese Luft war es, dieser Geruch des Seewassers, der seine Zunge geneigt gemacht hatte, der ungeheuren Badewanne von Dampfer über die Schnauze zu lecken. Und nun hatte ein in Brot und Lohn stehender biederer Schuppenlöwe das infame Wort unterm Schnurrbart hervorgeknurrt, und es wuchs jählings auf wie ein Netz von Stacheldraht, dicht, dicht, dicht um den ganzen verfluchten Erdball, und hier stand einer und sollte ein Loch hineinbeißen und das Herausgebissene schlucken.

Der Beamte strich mit der Taschenlampe über den Fetzen Papier, den das Mädchen ihm gereicht hatte; er nahm sich wirklich die Zeit, zu lesen, wobei er unaufhörlich den Kopf schüttelte. Jetzt müßte endlich eine Kiste platzen, dachte der Kaikämmer. Aber der Abend ist sowieso versaut. Er ging stracks auf das Mädchen zu. Hallo, Hiddi! sagte er breit und erstaunt.

Sie schrak zusammen, strahlte auf: Oh, Bobby, da bist du ja! Sie hängte sich in seinen Arm.

Er schwenkte zur Gangway.

Nanu? Stop! sagte der Schutzmann.

Okee! schrie jemand von der Reling. Jetzt die Kiste! dachte Mulk. Ja, ich bin Mulk, Herbert Mulk, dachte er, und stamme aus Pantifloria und habe als Junge einen grünen Pullover mit lila Maiglöckchen getragen und einen gestohlenen Hund verkauft, um mir Sahneeis dafür zu kaufen, und bin mit Hiddi verlobt. Ihr Vater hatte eine Glasfabrik. Schade, daß er auf der Flucht erschossen wurde, er könnte jetzt viel Geld verdienen, und meine Sorgen wären geringer. Zum Beispiel müßte Hiddi endlich ein Paar alberne tüchtige Schuhe haben, wenn von Tauwetter geredet wird.

Sie waren schon auf der Gangway. Der Polizist packte ihn am Ellenbogen, leicht und bestimmt, sozusagen ohne die beiderseitige Würde zu verletzen. Passeport! sagte er höflich. Mulk winkte ab mit jener großen, heiteren, internationalen Geste, wie sie in den Bars von Melong so gut wie in den kleinen Gelegenheiten des Geldverzehrs zu Sankt Hilo oder Frisco geübt wird von denen, die den wandelnden, von keinen Gebäuden unterbrochenen Horizont der Meere lange und beruflich genossen haben. Dennoch dachte er dabei: Spaß, Mulk, billiger Spaß, aber Keks sind kein Büchsenfleisch.

In demselben zarten amtlichen Ruck am Ellenbogen jedoch oder vielmehr wie von der alle Bedenken großartig weglöschenden Hand ausgelöst, lief die Winschtrommel greller rasselnd, von keinem Stopper gebändigt, und die Hievlast knallte aufs schmutzig gefrorene Kaipflaster. Das splitternde Geräusch und das beifällig empörte Gegröle zeigten an, daß endlich eine Kiste sich ihres Inhalts übergab. Der Beamte wandte pflichtgemäß sein Auge dorthin, ohne die Berührung mit dem Verdächtigen auf der Gangway zu verlieren. Als er sich diesem wieder zudrehte, war das Mädchen schon an Bord.

Na, also! nickte Mulk und wollte schon verzichten weiterhin der frischgebackene Mulk zu sein oder wie der vor Jahren von wer weiß wem gemopste und verhumpste Köter Bobby zu heißen. Vielleicht war sogar noch etwas bei den Keks zu erwischen. Meine Papiere sind an Bord geblieben, sagte er, und er log nicht einmal; denn sein letzter Dampfer war auf eine Mine gelaufen, und es war sehr eilig gewesen, in die Boote zu kommen, in die, die noch heil geblieben waren. Er hatte jetzt andere Papiere, aber von denen brauchte hier nicht die Rede zu sein. Die vorigen waren ihm wichtiger gewesen. Ein Seefahrtsbuch. Ja, ein richtiges Seefahrtsbuch. Das war es. Das war das einzig Richtige und Wirkliche. Alles andere war Schwindel für ihn. Und was für ihn Schwindel war und was für ihn Wirklichkeit war, das zu unterscheiden, konnte selbst einem diensteifrigen Polizeibeamten nicht zugemutet werden, sagte er sich, doch ohne Hoffnung, auch nur auf das geringste Verständnis zu stoßen. Das Hiddi notgetaufte Stück armer Zeitgenossenschaft ist inzwischen auf die Planken gelangt, das ist wenigstens etwas, und es riecht dort nach Bratkartoffeln mit Speck. Mahlzeit! Das sagte er sich und drehte bei, die behördliche Ausübung, die nicht anders konnte, als sie tat, nicht länger aufzuregen. Aber da kam die Gangway herab mit dem Schall guter heiler Stiefelsohlen derjenige, der von der Reling Okee gerufen hatte, ein Mann ebenfalls in Uniform, in ausländischer, und dann wusch ein Behördenlächeln sozusagen das andere, und der Kaikämmer stieg ungehindert empor.

Er wurde in den Niedergang gewiesen, über dem steht: Maschine. Zutritt verboten! Es stand da auf englisch. Da ist es warm, sagte der Okee-Mann. Wir dachten, es würden viel mehr kommen. Wir haben extra reichlich gekocht. Wir haben es ja reichlich.

Er sagte es auf deutsch. Arme Schweine! fügte er hinzu. Man merkte, er hatte ein Herz. Kann ich nicht bei euch anmustern? fragte der Kaikämmer. Der Okee-Mann erwiderte: Von mir aus sofort. Einer unserer Feuerleute hat Malaria, altes Leiden, kommt selbst im Winter wieder, da könntest du gleich einspringen. Muß aber den Chief fragen. Ich bin bloß Dritter.

Wollen Sie nicht essen? fragte das Mädchen. Sie sagte Sie. O ja, ein gedeckter Raum ist etwas anderes als die laute, gefährliche freie Dämmerung an der Hafenrampe. Sie saß auf einem Ölkanister in der Ecke hinter der Tür, einen Teller auf den Knien. Die Speckstücke glänzten zwischen den leicht gebräunten Kartoffelscheiben. Eine dicke dampfende Schiffsschüssel stand vor ihren Füßen. Man merkte, wie sie ihre durchfrorenen auftauenden Schuhspitzen heimlich daranpreßte. Sie können die Schüssel gleich nehmen. Können Sie mit dem Füllöffel essen? — Danke, ich kriege schon noch, antwortete er. Hier war es doch reichlich hell. Arme Schweine, das hatte der Okee-Mensch gesagt. Ja, man sah so aus. Und man war es fast schon.

In Dresden, sagte sie, und es war, als dämpfe sich ihre Gierigkeit, mit der sie die Gabel führte, aus Gesundheitsgründen von selber, da haben wir gewohnt, ehe uns alles kaputtgeschmissen wurde. Sie schwieg eine Weile. Dann schreckte sie auf, blickte furchtsam ins Leere, und dann lief es wie ein Tonband über ihre verhärmten Lippen: Ich hatte mich unter die Kartoffeln verkrochen in unserem Keller. Und dann kamen sie. Die Frauen schrien. Aber es half ihnen nichts. Meine Mutter und meine Schwester waren dabei. So ging es den Tag und die Nacht und bis zum andern Mittag. Und ich lag da und meinte sowieso zu sterben unter dem Kartoffelberg. Und dann war es still. Ich kroch heraus. Meine Schwester war weg und alle andern auch. Meine Mutter lag da und stöhnte noch. Sie hatte Gift genommen, starb dann bald. Mein Vater hing im Treppenhaus an einem Türpfosten. Er hatte es nicht überleben mögen. Ich nahm ihn herunter, schleifte ihn auf die Straße. Und aus dem Keller auch meine Mutter. Ich hab' lange dazu gebraucht. Niemand war da mir zu helfen. Ich wollte sie nun auf den Friedhof bringen.

Fand irgendwo eine Karre, die wir eine schottische nennen, so eine mit zwei Rädern. Zweimal rutschte mir der Vater wieder herunter. Ich war so schlapp, hatte so lange nichts gegessen als nur die rohen Kartoffeln. Dann fuhr ich los, kannte mich kaum aus in den Schuttstraßen. Keiner hielt mich an; ich hab' auch überhaupt keinen gesehen, auch keine Soldaten mehr. Kam dann wirklich zum Friedhof, suchte die Stelle, wo Vater einen Platz bezahlt hatte. War aber zu weit, blieb darum an andrer Stelle, wo Platz war. Wollte nun ein Grab graben. Aber womit. Ich lief umher, rief sogar laut vor Verzweiflung. Schließlich kam ein Mann, der sich hier versteckt gehalten, ein Landser, desertiert und in der Gegend zu Hause. Der wußte, wo die Totengräber ihre Spaten hatten. Wir gruben also. Es wurde schon dunkel, und wir waren noch nicht tief genug und schließlich zu müde. Da legten wir uns in die Kuhle. Und schliefen erstmal. Und gruben dann weiter, bis es genügte. Und so hab' ich Vater und Mutter begraben. Hörte später, daß meine Schwester abtransportiert ist, nach Osten. Sie war hübsch, hübscher als ich. Hab' nie wieder von ihr was gehört.

Der Kaikämmer blickte still durch die Grätings hinunter, den langen säuberlichen Eisenleitern nach in die Tiefe, in die helle, öldunstend warme Tiefe.

Jetzt seh' ich, sagte das Mädchen. Sie sind gar nicht Herbert Mulk. Verzeihen Sie, bitte.

Bobby und Hiddi, das klingt hier geläufiger, nickte er. Das Mädchen füllte sich den Teller neu. Nun langen Sie aber auch zu, Herr . . .

Gleich, sagte er und ging hinaus. Es kostete Überwindung, aus der Wärme und den guten Düften wegzufinden. Aber dem Chief, dem begegnete man besser für den ersten Eindruck im Freien, wo es nicht so eng und sichtig war, und ohne Damengesellschaft. Da kam er auch schon, ein kleiner, dicklicher Herr. In Ordnung, dachte der Kaikämmer. Die Dicken sind von gesättigter Laune und immer in Ordnung mit Schlaf und Verdauung. So sollte die ganze Menschheit sein. Dann stünde ich nicht hier. Dann hätten wir keinen Krieg gehabt. Nun steh' ich hier. Nun Obacht!

Sehr freundlich, sagte der Dicke und spitzte den Mund, als solle er einen zweifelhaften Pudding probieren. Sehr freundlich! Er wiederholte es einige Male und bot eine Zigarette an aus einem schweren Etui, das nach Gold aussah. Und dann sagte er freundlich: Aber die Bestimmungen!

Und begab sich wieder davon, elastisch, ein einziges menschliches Bedauern. Die Bestimmungen. Leider! murmelte frostig der Okee-Mann, sichtlich gekränkt, daß er eine ganz und gar vergebliche Sache angefaßt und sogar den Ersten damit belästigt habe. Eine Sekunde schwiegen beide, der Kaikämmer und er, der doch hatte hilfreich sein wollen, christlich und praktisch zugleich, auch fürs Schiff. Eine feindliche, verlorene Sekunde. Dann hob er die Stimme ärgerlich: Glauben Sie, wir sind etwa zur Zeit der Segelschiffe, wo man bei irgendwem längsseits gehen konnte: Ahoi! Braucht ihr 'ne Hand?

Das hab' ich ebenfalls in Büchern gelesen, lachte der Kaikämmer trocken. Und drehte sich um und sagte sogar: Gute Reise! und stakte über die Gangway zurück, und man sah seinem Schritt an, daß er über manche Gangway an Land gegangen war. Die Hafenarbeiter waren noch eben dabei, die Reste der zerborstenen Kekskiste als Feuerholz fürs kalte Daheim miteinander zu teilen. Seinem langen Blick auf ihre prall gewölbten Rocktaschen begegneten sie mit grinsend mampfenden Mäulern: Na, der! Der hat sich den Belly mit britisch Pantryfraß vollgeschaufelt und ist nun lecker auf büschen Dessert! — Er knurrte hinter den Zähnen zurück: Geklautes Besatzungseigentum, gänzlich schmacklose Weizenweißware, schmeckt wie Pappe und Himmelszuversicht, und der Zoll wirds euch schon gehörig bestoßen! — Es war ein saurer Trost. Er ging über den Kai, ging hinter dem Schuppen entlang. Totenleer froren die langen Hafenschlünde. Wo bei den Schleusen die Lücke ist, fing es an zu wehen. Er zündete die Zigarette an, drückte sie aber bald wieder aus und steckte den Stummel sorgfältig ein. Er dachte nicht mehr viel. Nur so viel etwa: Vielleicht ist inzwischen ein Schlepper durch die Schleuse gefahren. Ich geh' übers Eis. Ich geh' übers Eis, als wenn es noch überall hält. Vielleicht gibt es Ruhe.

Es war kein Schlepper durchgefahren. Er kam auf die Stadtseite, er kam ungekränkt an den Posten vorbei. Der Wind ist milder, es gibt Tauwetter.

Das dachte er, und auch noch, indem er nach der Zigarette tastete: Finger weg! Die Nacht ist lang. Die Nacht ist noch lang.

Als er in den Schlafbunker kam, sagte der Wärter: Mensch, da ist jemand, der sucht welche. Nee, keine Sorge! Der ist von den Eisbrechern. Mulk heißt er.

Mulk?

Du bist doch Seemann gewesen. Ich hab' dich empfohlen. Ganz ohne Formulare. Geh' man gleich rüber. Die wollen die Nacht noch die Schleusen klarkriegen. Verpflegung an Bord.

Wird auch Zeit, nickte der Kaikämmer, es gibt Tauwetter.

Die Törin

Nicht weit von See am Strome lag die kleine Stadt. Die Würgedrachen waren darüber hergefahren. Wer von den Bewohnern deshalb sein Leben hatte einbüßen müssen, er brauchte nicht mehr zu klagen. Denn die Zeit, die folgte, war elender als der Tod.

Nur die kleine Törin blieb guter Dinge. Zwar besaß sie einen Buckel, nicht groß, aber immerhin. Sozusagen zum Ausgleich hatte sie hübsche Beine und überdies ein einfältiges Herz, keineswegs etwa frei von Neigung zu bedeutenden Dingen, doch des Zweifels enthoben über das, was sie tat, und das, was darzustellen ihr gegeben war. Sie pflegte nach Feierabend durch die Trümmerschluchten zu gehen, die vormals Straßen und Gassen gewesen waren, und dann sang sie: Ja, sie hatte eine freundliche Stimme. Und sie nickte zu den ausgebrannten Mauern empor, als singe sie für die, welche hier gelebt und ausgelitten hatten.

Der Fischknecht aber war unterwegs.

Er war der einzige, der außer ihr noch Sinn darin fand, unterwegs zu sein oder Erlaubnis dazu hatte.

Zwischen Ruinen in den Rattenkellern, da wohnte noch mancher. Da wuchsen, wenn sie singend vorbeikam, die Köpfe wie giftige Pilze aus dem Mulm, und Aasgeruch ging davon aus. Die Reinlichkeit war selten geworden; ach, was soll man darüber reden, man weiß, wie das ist, wenn der Mangel überhand nimmt, wenn man unter dem baren Nichts zu ersticken droht und den Regen beneidet, der weiter keine Bedürfnisse hat, als feucht zu sein, sich hinzuhauen und zu verdunsten, und der — so nebenbei — die Weidenröschen hervortätschelt, den Schutt zu überblühen, unaufgefordert wie der Gesang der Buckligen. Denn das Schöne ruht nie.

Und mancher grinste ihr zu, einladend, sein bißchen Nichts mit ihm zu teilen und das ihre mit seinem. Von den Kellerlöchern war es eine günstige Perspektive, an ihr hinauf zu blinzeln. Das war denen, die an Bartgestoppel und kahlen Schädeln als männlich anzusehen waren, mit blassem Vergnügen klar. Außerdem war der Vater dieser Sängerin der Verwalter der Fabrik, wo sie alle in Lohn standen. Die weiblichen Wesen jedoch in den mürben Höhlen, von aussichtsloser Hausarbeit und jenseits aller Schönheitspflege trübe aufmerkend, hielten nicht zurück, an die Tatsache zu gemahnen, daß diese Nachtigall eine höchst alberne, verbogene, bucklige und durchgedrehte Schraube sei. Denn welchen Wert man auch dem männlichen Geschlechte beizumessen sich entscheidet, derzeit und des Orts hatte es den Wert der Seltenheit und war von Begehr, Neid und Verzweiflung umwittert.

Der Fischer aber gab der großen Stadt den Vorzug, wenn er das Gewicht seines Wertes mit dem seines Fanges ins Unerhörte steigerte. Die kleine Stadt oder vielmehr das, was so trostlos von ihr nachgeblieben war, hätte es nötiger gehabt und hatte nichts davon, nicht den kleinsten Stintschwanz.

Die Törin aber sang, und keiner nahm sie für voll.

Sie kam bis an die Uferkante. Dort, in dem engen Bunker des Postens, der vormals die Gegend hatte bewachen sollen, hauste der Fischknecht, falls er jemals da war. Dann auch lag sein Boot auf den Strand gezogen, ein derbes dickes Boot, das einzige, was ringsum erhalten geblieben war und sein angebliches Eigentum, und es wäre schwer gewesen, es zu stehlen; auch war das, was daran beweglich war, samt den Seestiefeln, sorgfältig unter dem panzerstarken Lukendeckel verschlossen.

Viel Mißgunst lagerte um dieses Boot.

Die Törin sang auch daran vorüber. Und der Fischknecht blickte ihr nach.

Wenn man mit den Augen nicht zu hoch hinaus will, sagte er sich, dann ist es so übel nicht.

Sie dürfte nur nicht singen.

Man möchte ihr beinah etwas geben dafür. Aber was hätte sie schon Handfestes zu tauschen?

Und er blickte in die Wolken und auf seine Armbanduhr, es war Zeit, wieder auf Fang zu fahren.

Die Fabrik stellte Bausteine her aus dem Schutt der Häuser und verkaufte sie an die große Stadt, wo schon wieder Industrie und Geld wuchsen. Für die kleine Stadt gab es keine Bausteine, die Bewohner hausten weiter in den Kellerlöchern, gingen in die Fabrik, mahlten Schutt, verbuken ihn zu Ziegeln, erhielten ihren Stempel und Lohn und erstanden die kargen Lebensmittel, die aus dem Erlös der Steine herangeschafft wurden.

Der Verwalter der Schuttziegelei war zwar vom Staate fest angestellt, hatte es aber auch nicht viel besser in der undichten Bretterbude, wo er nebst dem bißchen Behörde und mit seiner Tochter untergekommen war.

Er war ein ehrlicher Mann. Er verwaltete auch den Schuppen mit den Vorräten.

Das genügte, ihn mit Bosheit zu belauern.

Seine einzige Tochter, das war die kleine Törin, die Bucklige, die einfältige Sängerin.

Sie war seine einzige Freude, und so unnachsichtlich er gegen jede Nachlässigkeit im Betrieb einschritt, die Törin durfte tun, was sie wollte, spät aufstehen, vergessen, den Ofen zu heizen, vergessen, die Mahlzeiten zu bereiten, vergessen, das Geschirr und die Stube zu säubern.

Jedoch sie nutzte es selten aus, war früh zugange, hielt alles in Ordnung, soviel an dem bißchen, was der Zerstörung entgangen, zu halten war, kochte, deckte auf und ab, wusch, schrubbte, flickte, stopfte und besorgte alles zur rechten Zeit.

Was Wunder, daß auch sie der Neid umrankte derer, die fauler oder zermürbter waren als sie oder ungeschickter.

Sie aber wuchs still dahin unter dem Efeu und den Mispeln des Abspenstigen, und ihre zierliche, liebreiche Stimme hob sich wie ein zarter Wipfel über den Verfall, die Öde und die Ungüte, als sei in ihr die vergangene Blüte des Ortes aufbewahrt.

Moiji hieß sie, Moiji, so nannte ihr Vater sie.

Ihre Mutter war den Soldaten erlegen, ihre Brüder gefallen, ihre Schwestern verschleppt.

Und nun erreichte es auch ihren Vater.

Niemand hatte gewagt, ihm ins Gesicht zu meckern, aber die Verdächtigungen, er habe sich nicht nur an den Vorräten, sondern auch an seiner übergedrehten Tochter vergriffen, genügten zu seiner Festnahme.

Die Törin aber sang noch eine Weile weiter, zwischen den Höhlen zuseit der ehemaligen Gassen, und die Kinder gnickerten ihr nach und bewarfen sie mit Schuttbrocken. Doch dann kam die Sache mit dem Fischknecht. Seine Beute, die vormals als ziemlich belanglos gegolten, hatte er, den Bedarf ausschlachtend, in schwärzestem Tausch umgezaubert und Entsprechendes dafür in Besitz genommen, Gerät und Behang, ja sogar eine Armbanduhr aus angeblichem Gold, von der großartigen dicken Wollmütze ganz abgesehen und von den Sonntagsschuhen. Für die aber hatte er seine Butt wohl etwas eilig verhumpst, sie waren ihm sichtlich zu eng.

Dem sollte man den Untersatz wegpusten! murrten die Kellerlöcher: Haben wir nichts, brauchen andere auch nichts. Und seine Katze sollte lieber unsere Ratten fressen, als den guten Fischabfall.

Es kam so weit, daß einer jener Schiefmäuligen, der einige Munition zu verbergen gewußt, gelegentlich eine Sprenggranate unter den Bootskiel schob; und somit ging auch dieser Glanz dahin, der letzte der kleinen Stadt, der solide Fischerkahn. Und auch die Katze war mit draufgegangen.

Der Fischknecht schlich gekrümmt wie ein böser Angelhaken umher, schnupperte in alle Löcher, als wolle er den Täter erschnuppern: oho, welchem Beton von Ehrbarkeit, Ahnungslosigkeit und empörter Gekränktheit begegnete er überall. Er ließ nicht locker. Schwankend vor Ingrimm, geriet er zur Dämmerung ins Kielwasser des Singsangs, der die störrischen Visagen wie üblich ein wenig ans Freie zu locken verstand. Hieß es eben: Der letzte Glanz? O je, wie stand es mit dem kleinen Singsang der Törin? Keine Sorge, sie sang noch. Aber wer schon fand Besonderes dabei? Der Fischknecht gedachte es nur als Köder zu nutzen. Gierig folgte er der zarten Stimme, die wie alltäglich ungefragt und kostenlos hin und her zog durch die traurigen Winkel. Aber die struppigen Schädel, die eben hervorgeschlüpft waren, der Törin an die Beine zu schielen, verduckten sich restlos, als sie des Fischknechtes Sonntagssohlen heranknirschen hörten, und auch die Kinder entflohen. Seine großmächtigen Wasserstiefel und selbst seine Holzpantoffeln waren mit dem Boot in die Luft geflogen.

Du bist die rechte Sirene, knurrte er der Törin nach; denn er hatte aus den Zeiten, wo es noch Bücher gegeben, manches Absonderliche behalten, unter anderm auch das mit den Sirenen, die lieblichere Töne hervorzubringen wissen als die Signalpfeifen der Fabriken, Luftwarnungen und Ozeaner.

Schließlich blieb die Törin stehen, und als er heran war, sagte sie mitten in ihrem Gesang: Und du willst ihn erdrosseln?

Das will ich, antwortete der Fischer. Und wenn du mir das Saustück zeigst, hier auf der Stelle.

Was hättest du wohl zu geben? lachte die Törin.

Er überlegte nicht, so aussichtsreich erschien ihm die Frage. Was du willst! sagte er.

Gib mir deine Uhr, sagte sie und kam dicht an ihn heran.

Aber erst ..., meinte er und wäre etwas zurückgewichen, wenn nicht die elenden Mauerbrocken und das enge Schuhwerk die Beweglichkeit gehindert hätten. Da fühlte er ihre Finger auch schon an seinem Handgelenk, und die teure Uhr löste sich von ihm.

Wie also heißt das Ferkel? fragte er drohend.

Es ist noch nicht genug! lächelte sie, und ihr Gesicht blickte rund und milde zu seiner Ungeschlachtheit auf.

Nicht genug? Das wäre noch schöner! brummte er. Jedoch er brummte lange nicht so, wie er wohl hätte toben mögen. Es gafften nämlich schon wieder ein paar borstige Schnauzen über die Kellerschwellen und, über die Schultern gedrückt, zwei, drei hohle, hungrige Kindergesichter. Die Törin lächelte weiter und sagte: Deine Mütze muß ich auch haben, die ist auch ergaunert.

Erlaube mal, polterte er und richtete sich auf, um das gute Stück aus der Reichweite zu entfernen.

Und deine knackigen Schuhe auch, sagte sie.

Er wollte ihr höhnisch den Rücken kehren. Es wurde ihm zu dumm. Zumal ihre Stimme höchst verändert und eindringlich geklungen hatte. Du bist wohl verrückt, knurrte er, aber er kriegte die Beine nicht recht von der Stelle. Zieh sie doch aus, sagte Moiji sonderbar leichthin: Sie drücken dich ja doch nur.

Der grobe Fischknecht schnappte nach Luft. Derartige Frechheit war ihm noch nicht vor den Bug gelaufen. Sie sah ihn merkwürdig an, wandte sich nun ihrerseits und ging weiter und sang.

Was denn sang sie? Nicht viel. Wie meistens, nur dieses:

Hol über, Cherub,
komm mit deinem Boot!
Am andern Ufer
gibt es keine Not,
so hörten wir.
O gönn uns einen Blick!
Doch ist es dort wie hier,
bring uns zurück!

Mach keine Scherze! keuchte er ihr nach und: Rutsch mir deinen Buckel rauf! Du zeigst mir jetzt den Banditen oder . . .! Und er kam hinter ihr her, seine Schuhe klemmten wie Kneifzangen. Er drehte seine Wut, von der sie nicht erreicht zu werden schien, den Kellern zu, aber da war nichts mehr, weder Gaffer noch Löcher. Die Gegend war verändert; sie waren weiter hinaus gelangt, als er zu meinen sich entsann. Die Schutthaufen sahen geglättet aus, Hügel an Hügel, und Kreuze waren darauf gepflanzt. Da bin ich noch gar nicht gewesen, dachte er, und duster ist es auch schon. Die Hügel lagen überall im Weg, er stolperte hierhin und dorthin. Die Weidenröschen standen dicht und hoch, starr wie Bambus schlugen sie in sein Gesicht. Und man hörte die Kröten aus den Muddlöchern den Baß blasen zum Lied der Törin, und dort, wo sie ging, war ein dünner Weg, dort, sieh an, ging auch seine Bootskatze und schrie begehrlich. Er mußte wohl oder übel ihr nach, und es war wohl auch klüger wegen der weggeschnappten teuren Armbandsache. Auch würde sie schon wissen, diese gefährliche Buckellerche, wie man aus diesem elenden Friedhofe hinaus gelangen könne. Sie sang so völlig unbeschwert, sang und sang. Es ist der Mond, sagte sich der Fischknecht, der hinter den Wolken sich herumdrückt, der zaubert schlimmer als ein Schnapshändler. Und er zog eine Flasche aus der Jacke und nahm einen stärkenden Schluck. Wird's nun bald? fragte die Törin.

Er wäre fast auf sie geprallt, so plötzlich hatte sie sich wieder umgewandt und stand dicht vor ihm; er mußte sich an ihren Armen halten, und das fühlte sich nicht unangenehm an, schade nur, daß dabei die Flasche ihm aus der Hand entglitt und zerschellte. Die Bootskatze — oho, träume ich? dachte er —, die Bootskatze zerschellte mit.

Verzeihung, sagte er höflich. Die Törin erwiderte milde: Setz ab! Zieh aus! Da setzte er wahrhaftig die dicke Mütze ab, die er um fünf Kilo grünen Aal erscheuert hatte. Deck dir den Buckel damit zu, wollte er sagen. Es wollte ihm jedoch nicht durch die Kehle. Sie lächelte ihn an, und sie lächelte gut. Und die Schuhe, die engen Schuhe? drängelte sie.

Wer redet von eng? erwiderte er. Ich hab, was ich hab.

Dabei hätte er aufheulen mögen, seine Füße saßen wie in Schraubstöcken. Ich brauche die Senkel nur ein wenig lockerer zu schnüren. Er bemühte sich, derartiges ganz behaglich hervorzubringen, bückte sich aber schon eilig, und dabei berührte seine Stirn ihre Knie, und gerade begann sie wieder zu singen. Der bebende Klang floß in ihn ein, durch ihre Knie in seine Stirn, und indem er sich für bodenlos lächerlich hielt, weil er daranging, seine tadellosen Sonntagsschuhe, weiß dieser und jener, von den Socken herunterzuwürgen, kam eine Art Freudigkeit über ihn, so, als müsse er ihre Knie dankbar umfassen, denen er gleich anderen gelegentlich gern nachgeblickt hatte, ihrem Buckel zum Trotz und allen sonstigen Erlebnissen, die derzeit mit genügend frischen Fischen leichthin einzustreichen waren. Nimm den Dreck! sagte er dann, so heftig es gehen wollte, und er richtete sich auf, und es beruhigte ihn, daß sie sich allein und im Dunkeln befanden: Und nun laß das Gesinge und raus mit der Sprache!

Du mußt erst auch noch deine Jacke ausziehen! entgegnete sie. Für die hätte hier jedermann mindestens eine Woche gut Fisch gehabt.

Schwindel, gräßlicher Schwindel! brüllte er auf, und ihm war wirklich ganz schwindlig. Ja, es ist heiß, brummte er dann, und damit zog er, man sollte es nicht glauben, tatsächlich die Jacke aus. Los, los! sagte er benommen. Ja, da sind wir! lachte sie. Sie standen wieder mitten im Ort, und die Mäuler grinsten ringsum aus den Kellerlöchern, auch die Kinder wagten sich wieder heran, so scheu sie sich vordem verkrochen hatten; sie witterten, daß das Verderbliche sich gesänftigt habe und das Unnütze fruchtbar geworden sei. Da schenkte ihnen die Törin die guten Sachen, die Jacke, die Schuhe, die Mütze und …

Halt, halt! …

Aber da war auch die schon weg, die wunderschöne Armbanduhr. Der Fischer hatte nur leise halt gerufen. Er schien zu hoffen, daß niemand ihn gewahrte, wenn er so tat, als gewahre er niemanden. Aber auf einmal fuchtelte er mit den Armen, nun, wo die Kinder mit seinen Sachen davongeweht waren wie eine Wolke Mörtelstaub. Wo ist der Satan? brüllte er. Wo ist er, der mein Boot kaputtgemacht hat und mein Geschäft? Ich will ihn wie eine Qualle zertreten!

Komm! sagte die Törin.

Hier auf der Stelle will ich Muschelfleisch aus ihm machen! winselte der Fischknecht.

Komm nur! lächelte die Törin und ging weiter.

Er torkelte ihr nach, schäumend vor Grimm, und sie sang. Er hörte gar nicht mehr zu, er schrie nur immer wieder: Her mit dem Luder! Ich will ihn an der Zunge aufhängen! Ich will ihn zu Regenwürmern verarbeiten.

Sie sang immer weiter und immer lieblicher. Er brüllte so, daß er sich selber nicht mehr vernahm. Und da er, barhaupt und hemdärmelig und in bloßen Strümpfen, wie er war, allmählig abkühlte, der Mond auch wieder aus den Wolken rollte und die Landschaft aufs neue verhexte, und diesmal ins Schönere, fing sein Auge sich wieder an ihrem Buckel und glitt ab zu ihrer Schlankheit, und wunderte sich, wie solches beieinander sein konnte und ihn überlistet hatte mitsamt ihrer Stimme. Noch einmal brüllte er, sich anstemmend gegen etwas ganz und gar Unberechnetes, brüllte aus Leibeskräften und wie eine Heulboje bei Windstärke 10: Her mit dem Schuft! Ich will ihm die Beine um die eigene Gurgel verknoten! Sag! Sag! Wer ist es gewesen oder …

Und seine Fäuste holten zu Schrecklichem aus.

Da sprang die Törin wie ein Kätzlein ihm unter die Achsel und reckte den Mund zu ihm auf. Welch Angefühl doch, welch schnurriges Angefühl war es dem derben Klotz, der Fischer Plucks hieß. Wer war es? röchelte er mit letzter Energie.

Ich! schnurrte sie: Vielleicht ich. Nun tu, was du willst!

Er tat, was er wollte, ja, was er wollte … das heißt, eigentlich sollte man von hier ab schweigen. Die beiden zogen danach in die große Stadt, und Plucks fuhr dann auf den Fischdampfern, die er vormals verachtet hatte. Und ihr Vater wohnte bei ihnen und wurde am Hafen angestellt, weit besser als vordem in der Ziegelei, nachdem sich allerseits seine Unschuld ergeben hatte. Und die kleine Törin, Moiji, sang sie noch? Gewiß. Drei Kindlein hatte sie, alle drei ohne Buckel. Grund genug für viele Wiegenlieder. Und wenn die Toten zu Besuch kamen, denen sie vorgesungen hatte in der kleinen Stadt, in dem kleinen verrotteten Ort — inzwischen blühte er neu —, dann nickte sie ihnen zu und sagte: Husch! Hört ihr es ticken?

Und die Abgeschiedenen, von denen man nichts weiß, aber doch ahnen mag, daß sie imstande seien, ganze Ebenen zu füllen oder auch winzig zu sein wie ein Bazillus, versammelten sich um die Armbanduhr, die auf Umwegen mit Recht an den gelangt war, der das Glück der Törin begründet, an den nämlich, der das Boot wirklich in die Luft gesprengt hatte, und der ab und an mit der Handkante durch den Wind hieb, als wolle er einen Schwarm Mücken verscheuchen. Später wollte er die Uhr wieder loswerden, geriet in Streit darüber, betrank sich maßlos, fiel ins Wasser oder wurde hineinbefördert und ging unter wie ein lecker Kahn. Weg war er.

Herz, geh in dich
und sieh, wie öd und leer
du nun geworden seist!
Erfülle dich und mich
mit Zartgefühl und Geist
zu deines Himmels Wiederkehr!
Hol über, Cherub!

Das war auch so eines der Lieder, welche Moiji, die Törin, gesungen hatte. Ist es erstaunlich, daß viele geglaubt haben, sie sei nicht recht bei Trost? Möge uns allen die Gnade leuchten, das Wirkliche vom Scheinbaren zu unterscheiden!

Die Puppenorgel

Der Wind blies von See und kämmte die herbstlichen Büsche in den Strandgärten. Die Weite verhüllte sich, und mit spitzen eiligen Geräuschen fiel die Regenflage übers Fenster. Ich blickte trübe hinaus. Viel Vergebliches war mit dem Sommer dahingegangen, hoffnungsleer stand die Sorge in der Tür. Doch das Getrommel an den Scheiben gewann Melodie, fern herflatternd in den Windseufzern. Der melancholische Walzer einer Drehorgel kam den Weg herauf. Es war ein Lied, das meine Mutter mit dünner Stimme gesungen hatte, damals, als sie noch nicht zu mürbe gewesen war, um zu singen. Ich hatte es nicht gern gehört, ja, ich war noch zu klein gewesen, die arme Rührung darin anders als peinlich zu empfinden. Ich entsann mich auch nur der beiden Anfangszeilen:

„Weißt du noch, wie's damals war?
Die Nachtigall sang in den Zweigen . . ."

Für Drehorgeln zu schwärmen, überlasse ich stabileren Naturen. Mich stimmen sie zu weich. Auch haben sie etwas an sich vom perfiden Lohn des Vaterlandes für treue Dienste, selbst heute noch, wo kraft Parteien und Organisationen kein Kriegsinvalide sich damit abspeisen ließe. Dieser jedoch, der mit dem Instrument daherzog, trug eine verschlissene Felduniform. Er war ein langer, magerer Mann, barhaupt. Der Regen fuhr über sein dunkles, dürftiges Haar und den gutgeformten, schmalen Schädel. Die Orgel, mit schwarzem Wachstuch verkleidet, war auf das rostige Fahrgestell eines Kinderwagens montiert. O regennasse Dürftigkeit! In der Feldmütze, die den Sammelteller darstellte, wuschen sich ein paar Pfennige und Groschen.

Diese Melodie, diese schreitende, verhangene, bebende, dunkel untermalte und flimmernd durchrankte, wehende, schluchzende Melodie!

Es war nicht das erstemal, daß diese Drehorgel hier vorbeikam. Ich hatte auch einiges gehört über den, der sie spielte, aber nie bislang hatte ich das Fenster geöffnet, in meiner Arbeit gestört mehr als erbaut von den allzu vergangenen Tönen. Nun, in der Leere der Verzagtheit erkannte ich die ungewöhnliche Milde und das zarte Tremolo der Wiedergabe. Und so öffnete ich das Fenster und, was zuvor ebenfalls nie geschehen, der Mann dort auf dem Weg hob das Gesicht — ich wohnte im ersten Stock — und blickte herauf. Es war ein Gesicht jenseits aller Wirklichkeit. Da sah ich, daß es wohl stimme, was mir erzählt worden. Es war die letzte der Orgeln, die er gebaut, die letzte aus einer großen Werkstatt, daraus in mehr als hundertjährigem Bestehen Tausende von Leierkästen in die Welt gewandert waren, ein dünnes Netz seufzender Weisen in die Gassen, Hinterhöfe, Bahnunterführungen und sonntäglichen Promenadenwinkel kurbelnd, rings um den Erdball. Wie manches Herz, wie manche liebreiche und wehe Erinnerung hatte sich darin gefangen.

Dieses schmächtige Klappflötenspiel hier aber, aus der Zerstörung gerettet, war das Meisterstück dessen gewesen, der es, der Erbe des zu Schutt zerbombten Betriebes, zur Aufbesserung seiner Rente durch die Vorstädte zog, wo im Übermaß kalter Funktechnik der Sinn für das Aussterbende und Romantische weniger erstickt war als in den Massenvierteln. Seine Fabrik war, klar gesehen, im rechten Augenblick weggefegt worden und ebenso seine berufliche Fähigkeit. Seine feinen Nerven, die Nerven eines schöpferischen Menschen, waren den groben Ungeheuerlichkeiten des modernen Krieges nicht gewachsen gewesen und hatten sich „zurückgezogen". Sie hatten verzichtet, vom Dasein ferner mehr zu begreifen, als was zur einfachsten Funktion nötig war. Unheilbar, aber harmlos ...

Ich zog meine Börse; ach, es wog nicht viel, was darin war, und es war mein Letztes für vielleicht lange Zeit. Aber ich lebte, ich sah, ich empfand. Die Fähigkeit, auf meine Weise zu schaffen, war über die Jahre des Grauens hin gerettet worden. Und so erlahmt, so vernichtet meine Kraft mir soeben noch gedeucht, jetzt, im Anblick dieses abwesenden Lächelns, fühlte ich mich neu begnadet. Voll jähen Dankes warf ich das lederne Etui meiner Finanzen hinunter, traf auch gut auf die nassen Münzen in das Oval der ausgedienten Mütze.

Doch er, den Wagen und die Weise anhaltend, und als erwache er, ergriff die ungewohnte Gabe und warf sie mir zurück. Sein überwirklicher Gesichtsausdruck veränderte sich nicht dabei, und in seiner Geste war nichts Gekränktes oder Beschämtes, sondern etwas, das mich wundersam anrührte, etwas Brüderliches, Ahnendes, wie es sich in absonderlicher Gelegenheit mitteilt zwischen denen, die innerst einander verwandt sind. Und nun, ehe er die Kurbel weiter drehte, in dieser allein vom Atem des Windes und Wassers erfüllten Pause, schob er das Wachstuch von der Vorderseite der Orgel zurück. Da denn eröffnete sich mir über dem Fächer der vergoldeten Pfeifen hinter Glas ein schmächtiger Streifen Puppentheater, das sich bei wieder einsetzender Musik zitternd bewegte.

Da sah ich der Reihe nach: das zum Märchen gewordene Symbol hoher Macht in Purpur und Krone, dann einen Ritter in silberbronzierter Rüstung, eine Prinzessin in Himmelblau, einen Drachen sodann, einen grabenden Bauern, einen hackenden Bergknappen, einen Fischer, der sein Netz auf und nieder zog. Dann kam eine Tänzerin im Ballettröckchen, auf einem Beine sich stetig drehend; sodann ein bäuchiger Herr in zivilem Anzug, einen Geldbeutel zückend; als nächster, in Narrentracht, die Hand über ein Buch führend, unzweifelhaft ein Schreiber, daran man die Doppelzüngigkeit der Feder ahnte, die des Beamten wie auch des Dichters ist, wie denn auch der Bauernspaten an den des Totengräbers gemahnte, das Schwert des Ritters an das des Scharfrichters und zugleich an das tranchierende Messer.

Doch nicht der Tod dirigierte diesen seltsamen Verein, sondern, über dem Drachen schwebend, ein Engel, und seine Flügel und Arme bewegten sich im gleichen zitternden Takte wie Szepter und Schwert und Drachenrachen und die flehenden Hände der Jungfrau und Spaten, Netz, Geld und Schreibstift. Nur die Tänzerin schien der völligen Ordnung dieser Schnur anmutig zu entwirbeln.

Ich starrte hinunter, als entblöße sich hinter dem vom Regen schon erblindenden Glas eine erstmalige Einsicht in den Gleichpuls alles Bösen und Guten, der sich traumhaft blitzartig, trotz einiger veralteter Symbole und Werkzeuge, bis ins Modernste hinauf zu erweisen schien. Mir war auch, als stehe ich selber dort unten im Regenwind und drehe die verborgene Zackenwalze des ewigen Schauspiels aus Pracht, Gewalt, Unheil, Angst, Mühsal, Lust, Begierde, Deutung, Warnung und Bewahrung. Ich wollte meine Töchter rufen, es ihnen zu zeigen. Sie waren beim Geschirrspülen in der Küche. Ich hörte sie die Weise der Drehorgel mitträllern, es schwang herüber, leichthin, unerfahren und schon voll wehmütiger Ahnung. Da aber sank der Wachstuchvorhang nieder, und der Leierkasten auf den Kinderwagenrädern rollte weiter, ohne daß der Barhäuptige, grußlos lächelnd, sein Spiel unterbrach. Und das Lied zog von dannen und verwehte, dort auf dem Fliesenweg zwischen den Strandgärten an jenem einsamen Regennachmittag.

Inhaltsverzeichnis